乙女ゲームの悪役なんてどこかで聞いた話ですが 1

柏てん

Ten Kashiwa

カノープス
騎士団の副団長。
仕事熱心で
真面目だが、
人付き合いが苦手。
シャナン
メイユーズ王国の王子。
病に臥《ふ》せるリシェールの
もとに足繁《あししげ》く通う。
リシェール
乙女ゲーム世界に
ヒロインのライバル
として転生した少女。
だけどひょんなことから
悪役ルートの回避に
成功して……？
シリウス
魔導省の長官。
その正体は、
天界から人間界に
やってきたエルフ。
ヴィサーク
リシェールの
契約精霊。
登場人物
紹介

エル
リズの妹。
アル
リズの弟。
リズ
リシェールが森で助けた
ちょっぴり天然な女性。
ゲイル
騎士団員。ミハイルの側近。
強面《こわもて》だが、おおらかで
優しい性格。
ミハイル
騎士団員。戦術の天才。
俺様気質で、周囲の人間を
よく振り回す。

目次

乙女ゲームの悪役なんてどこかで聞いた話ですが 1

1周目　貴族の娘

はじめまして。

わたくしはリシェール・メリス。

ファンタジー系乙女ゲーム『恋するパレット～空に描く魔導《まどう》の王国～』の悪役です。

なんで自覚があるかって？

それは私が、その乙女ゲームの世界へ転生したからです。

前世の私は日本で生まれ育ちました。酸《す》いも甘いも、とまではいかないものの、色々と経験した二十五年間でした。

けれども車の運転中、飛び出してきた子供を避《よ》けるためにハンドルを切ったら、電信柱につっこんで呆気《あっけ》なく死亡。次に気づいた時には、生前に携帯ゲーム機でプレイしていた『恋するパレット～空に描く魔導の王国～』、略して『恋パレ』の世界でリシェールとして生を受けていたのです。

『乙女ゲーム』とは、いわゆる女性向けの恋愛シミュレーションゲームの俗称ですね。プレイヤーはゲーム内の主人公を操《あやつ》り、好みの男性キャラクターとの恋愛成就《じょうじゅ》を目指します。

恋パレの舞台は、魔力や精霊が存在するファンタジー世界。プレイヤーは主人公の通う名門のケントゥルム魔導学園で、攻略対象キャラと様々なイベントを通じて親しくなっていきます。

ところが、主人公の恋のお相手となる攻略対象キャラには、それぞれ主人公のライバルとなるキャラクターがいます。

『リシェール・メリス』はそのライバルキャラの一人。主人公の恋路を邪魔《じゃま》する悪役なのです。

なんで、よりにもよって……

何度その言葉が脳内を駆《か》け巡《めぐ》ったことでしょう。

なぜなら、リシェールはその悪役の中でも、特別つらい過去を背負っているからです。

彼女は貴族の庶子《しょし》として下民街《げみんがい》で生まれ育ち、五歳の時に流行病《はやりやまい》で母親を亡くします。

その際ショックのあまり、秘められていた魔力を放出。図らずも歴史に名を残す精霊、『西の猛《たけ》き獅子《しし》』ヴィサークを呼び出し、その影響で下民街《げみんがい》を壊滅《かいめつ》状態にしてしまうのです。

そのあと、リシェールの莫大な魔力に目をつけた父親のメリス侯爵に引き取られるのですが、当然周囲の目は厳しいのなんの。

義母には冷たくされ、異母兄弟には無視される日々。使用人にさえいない者のように扱われます。

それだけならまだしも、とにかく力が強すぎて自分の魔力を制御することもできないのです。おかげで特に病気にかからずとも、その強すぎる魔力に体が耐え切れず、何日も熱を出して寝込んでしまうことも。

心細い毎日ですが、そこに優しい母親はもういません。

泣いて泣いて泣き尽くし、やがてリシェールは世界のすべてを憎むようになるのです。

さらにはそれから十年後。ケントゥルム魔導学園に通う彼女を悲劇が襲います。

リシェールと同じ魔導学園に入学した主人公は、魔導石《まどうせき》という魔力を凝縮《ぎょうしゅく》したアイテムの研究に励みつつ、見目麗《みめうるわ》しい攻略対象達といくつものイベントを経て愛情や友情を深めていきます。

そんな主人公のことを、リシェールの初恋の人が好きになってしまうのです。

彼は、リシェールが孤独で寂《さび》しさを抱《かか》えていた五歳の頃から、優しくしてくれる唯一の人でした。

自分と似たような出自でありながら養父に恵まれ、初恋の人に愛される主人公に嫉妬《しっと》し、悪の道をつき進んで死亡END《エンド》をむかえてしまうリシェール……

……ふぅ、そろそろ堅苦しい話し方はやめようかな。

思うんだけどさ、主人公さえいなければ、リシェールはそこまで悪いやつにならなかったんじゃない？

あー、やだよ嫉妬《しっと》なんて。疲れるだけだよ、チート主人公と自分を比べるとか。

前世で私は、女ばかりで人間関係ぐちゃぐちゃの職場に勤めていた。そんな私としては、もう嫉妬《しっと》はするだけ無駄！　他人のことは気にしないのが一番！　という意見を推《お》したい。

そう簡単にいかないのも、わかっているんだけどね。

ちなみに私が前世の記憶を取り戻したのは、お母さんが亡くなって魔力を放出してしまった時。

すんでのところで思い出して、本当によかった。

あわてて力の放出を制御したので、なんとか下民街《げみんがい》には大きな被害を出さずに済んだ。

とはいえ私の魔力は強大らしく、それに反応した精霊ヴィサークが私のもとに召喚されてしまっていたのだけど。

そして現在、実の父親に引き取られて一月《ひとつき》の私はといえば、熱に魘《うな》されベッドに横たわり中。

西の猛《たけ》き獅子《しし》ヴィサークことヴィサ君は、獅子《しし》というだけあって元のサイズだと部屋に入りきらないほど大きい。なので子猫サイズになって、ほっぺをぺろぺろしてくれている。

初雪を思わせる柔らかな毛並みと、湖のように青く澄《す》んだ目。キャットフードのＣＭにだって出られそうなくらい上品な容貌《ようぼう》だ。

あーかわいい、すごくかわいい。でも舌がざらざらして熱くて、熱がある人間には正直逆効果だよ、ヴィサ君。そんなところも好きだけどね。

ひたすら熱に耐えていると、こんこんと扉がノックされた。一拍置いて、メイドと背の高い男が、だだっ広く殺風景な私の部屋に入ってくる。

彼の名はシリウス・イーグ。

ゲームに出てくる攻略対象キャラで、リシェールの初恋の相手である。

彼は今、背が高いだけで普通の青年に見える。でも、それは彼が魔導を使っているから。彼の本当の姿はとっても美人さん。男でも、美人は美人だ。ちなみに魔導とは魔力を使う技術のことね。

ゲームで攻略対象キャラが抱《いだ》く主人公への好意レベル――いわゆる好感度。これは、主人公の行動や発言によって変化し、数値化される。好感度を上げていけば、イベントが発生したり、ゆくゆくは恋人になれたりするのである。シリウスを攻略するルートでは、彼の主人公に対する好感度が三十パーセントを超えるとリシェールが登場し、彼を取り合うライバルイベントが発生する。

つまり、主人公がシリウスの好感度を上げなければイベントは起きず、リシェールは名前しか出てこない。そんな哀《あわ》れなキャラこそ、私、リシェール・メリスだ。

ゲームではリシェールの叔父《おじ》だと名乗るシリウスだが、その正体は不老不死のエルフ。本当は叔父《おじ》じゃないことを、ゲームをプレイしていた私は知っている。しかも彼は、この国の魔力に関わるすべてを取り仕切る魔導省のお偉いさんである。

さて、メイドは少しでも私との接触を避《さ》けるように、あわてて部屋を出ていった。

お客様のシリウスにお茶の一つも出さないなんて、信じられない。

ちゃんとお客様はもてなせよ、接客失格！　と、大学時代に居酒屋バイトで培《つちか》われたサービス精神が叫ぶけれど、幼い体は溢れ出る魔力でそれどころではない。

この世界の人間はみんな、魔力を持って生まれてくる。けれど、強い魔力への耐性があるのは、貴族と王家の血筋の者だけだ。魔力の強い者と弱い者の間に生まれた子供は、その魔力に体が耐えられない。よって、多くが第二次成長期を前に命を落としてしまうのだ。そういう訳で、一般的に貴族は貴族同士でしか結婚しないし、子供も作らない。

私が庶子《しょし》だというのは……うん、レアケースなのだ。

私は強大な魔力の放出でたまたま精霊を呼び出した。だから父親は私が生き延びれば利用価値があるだろうと目をつけた。でもこの家での扱いを見れば、メリス家の人間はいつ死ぬかわからない私に肩入れしてもしょうがないと思っていることが、嫌というほどわかってしまう。

シリウスはそんな中でただ一人、私を気にかけて様子を見に来てくれる相手だ。

本当の血縁でもないのに、どうして頻繁《ひんぱん》に私を見舞《みま》ってくれるのだろう。

ゲームでは明らかになっていなかったから、私はその理由を知らない。

尋ねることもできたけれど、私はそれをしなかった。母を亡くした私を支えてくれているのは、シリウスだ。もしも余計なことを尋ねて彼の気分を害したらと思うと、怖くて何も聞けなかった。

彼は私の額に手を置き、体からしゅるりと魔力を抜いてくれる。そのおかげで、暴《あば》れていた強大な魔力が私の体でも耐えられる量まで減り、呼吸が楽になった。

涙でにじんだ目を瞬《またた》かせて見上げれば、いつも無表情な彼が不器用に微笑《ほほえ》んでいた。

「調子はどうだ、リル」

彼はなぜか、出会った頃から私のことをリルと呼ぶ。

この世界で私を愛称で呼ぶのは、彼だけ。

シリウスは私に寄り添うヴィサ君を右手で制し、左手に持ったハンカチで私の頬を拭《ぬぐ》いながら、甘く低い声で言った。

何度聞いてもいい声だ。

ゲームでは、とある大御所《おおごしょ》声優が彼の声を担当していた。

ゲーム世界が現実になった今も、彼の声はなんとその声なのだ。

こんなに優しくされたら……好きになって当然だろうが！　リシェールは悪くない！

ゲーム内のリシェールに激しく同情しながら、私はこくりとうなずいた。

「シ……シリウス……叔父《おじ》様……ありがとう……ございます」

私に優しくしないで、でもありがとうございます！

彼に恋して嫉妬《しっと》にとらわれ、やがてライバルキャラに成り下がる――悪役落ちなんてしたくない私は、心の中で彼を拒む気持ちを抱《いだ》きつつ、なんとかそう言った。

喉はがらがらで、まともな声が出ないほど掠《かす》れている。

ヴィサ君が心配そうにくぅーんと鳴いた。

ずっと気になってたんだけど、その鳴き声……お前は獅子《しし》でも猫でもなく、犬なのか。それとも見た目からしてシーサーか。

「無理に喋《しゃべ》らずともよい。飲みなさい」

シリウスが枕元に用意されていた吸い飲みに呪文《じゅもん》をつぶやく。吸い飲みに液体が満たされ、シリウスは手ずから口まで運んでくれた。

誘われるようにそれに吸いつくと、スポーツドリンクみたいなほどよい冷たさの飲み物が喉に流れこんできた。

夢中で液体を飲み、私は再びお礼を言うためにシリウスを見上げる。

しかし彼が私の目の上に手をかざして何らかの呪文《じゅもん》を唱えた途端《とたん》、私の意識は遠くなり、それは叶わなかった。


部屋の主《あるじ》が眠ってしまうと、シリウスは右手で不機嫌そうなヴィサークをいなしながら、小さくため息をこぼした。

「潮時《しおどき》かもしれんな…………いっそ攫《さら》うか」

不穏《ふおん》なつぶやきを落としたシリウスを、ヴィサークがフーフーと威嚇《いかく》する。

シリウスはそんな精霊などそっちのけで、眠るリシェールの顔を見ていた。

＊
❖
＊

今日も今日とて、私はベッドの中だ。

でも昨日シリウス叔父《おじ》様が魔力を抜いてくれたので、比較的体調がいい。

開け放した窓から、キラキラと光の魔法粒子《まほうりゅうし》が降り注《そそ》いでいるのが見える。

そこに薄水色をした風の魔法粒子が混じり、とても綺麗《きれい》だ。

魔法粒子というのは、簡単にいうと魔力の粒《つぶ》のこと。魔力には色々な属性があり、それに伴《ともな》った色を帯びている。ゲームでは重要なシーンでのみ見ることができるものだったので、実は詳《くわ》しいことはよくわからない。ただ、いくら魔力があってもこれが見えない場合もあるのだとか。見えないと、魔導を使うことができないらしい。

魔法粒子を集めて、目的のために魔力を導くこと——それこそがこの国の『魔導』の基本だ。

懐《なつ》かしいな。ゲームでは画面にタッチペンでそれぞれの属性に則したペンタクルという図案を描くと、主人公が魔導を使うことができた。

主人公の持つ、魔導石精製用の道具はパレットの形をしている。ゲームのタイトルもこの道具を意識して『恋するパレット～空に描く魔導の王国～』。

他の乙女ゲームとちょっと違うのは、主人公の魔力属性パラメーターを上げなければならないところ。各攻略対象の持つ属性を上げることで、好感度も上がる仕組みになっている。

発売前に公式サイトを見た時は、タイトルのダサさに「これはないわな」とパソコン画面の前で呆《あき》れた。今ではいい思い出だ。

舞台設定もベタベタで、中世ヨーロッパ風の石畳の街並みや実用性そっちのけの萌《も》え重視の衣装。さらに、メラニンに一体何が起こったとつっこみたくなる華やかな髪と目の色。それもこの国ではごく普通のことだ。むしろ日本では一般的な黒髪に、地味な灰色の目をした私のような人は少なく、貴族ではほぼ見られない。

というか、悪役だから黒という安直なキャラデザに、イラストレーターの手抜きを感じる。

私だって、ゲーム世界に転生するならいっそシルバーとか、日本人じゃありえないような髪色がよかった！　この容姿に生まれて五年が経ち、もうすっかり諦《あきら》めはついているけれど。

それに、庶民として生きるならこのぐらい地味なほうが好都合だ。

私は主人公を引き立てて没落していく悪役にはなりたくないので、もう少し成長したら王都を離れるつもり。

私を厄介《やっかい》者扱いしている義母達はそのほうが喜ぶだろうし、私もこんな場所にはいたくない。碌《ろく》に顔を合わせたことのない父親には、未練などない。

子供がどうやって一人で生きていくんだ？　と、世の中の大人には考えが甘いと言われるだろう。けれど、私だって五歳まで治安最悪の下民街《げみんがい》で生きてきた。しかも前世の二十五年分の記憶まである。やってできないことはない、はずだ。

それに、どうにもならないと嘆くより、どうにかしようと意気込むほうが建設的でいい。ま、肝心の体調がよくならなければ、ゲームがはじまる十年後を前に、私はこの世界から退場になりかねないけどね。

どうして私がそこまでしてリシェールの運命から逃《のが》れたいかというと、それにはゲームのある特殊《とくしゅ》な事情が大きく関係している。

恋パレは、主人公が魔導学園に入学したところからはじまる。

主人公はなぜか精霊に嫌われていて、魔法粒子を上手く集めることができない。そのせいで魔導の成績はイマイチ、というマイナスのステイタスから物語はスタートする。あ、ちなみにその謎はゲーム終盤に解き明かされるのだが。

それはさておき、主人公は魔導石を生成する魔導技師《まどうぎし》として、類稀《たぐいまれ》なる才能を持っている。主人公の養父は魔導石を作る魔導技師のギルド長で、彼のおかげで主人公は恵まれた生活を送っていた。魔導石というのは、魔法粒子が高密度で含まれている魔石を加工して作るアイテムのこと。これを使うと、魔力が弱い人でも魔導を使うことができる優《すぐ》れものなのである。主人公の持つパレットは、魔導石を生成する際に使う魔導技師専用の道具だ。

ゲームで魔導石を作る時に、どんな魔力を込めるか。それは魔導を使う時と同様、ゲーム画面上にタッチペンで描いたペンタクルによって決定されていた。

よみがえった前世の記憶には、ゲームを進めるために覚えたペンタクルがばっちり残っている。

ゲームのプレイ内容も、攻略したルートはほとんど覚えているようだ。興味のないことはちっとも頭に入ってこないくせに、ゲームの知識は克明《こくめい》に覚えているなんて、自分で自分に呆《あき》れてしまう。

とにかく、恋パレはそういったファンタジー要素が受けて、ファン層が厚い人気ゲームだった。

しかしこのゲームには、実は一般のファンにはあまり知られていない、いわくがある。もともと恋パレは無名の同人サークルが製作し、じわじわと人気の出たゲームだ。しかしその頃は、プレイヤーが選ぶ主人公の行動によってストーリー展開が変わるだけの、単純なノベルゲームだったと聞いている。私はゲームがメジャーになってからのファンなので、同人版を実際にプレイしたことはない。すでに販売が終了していたし、中古でもプレミア価格となっていて、やりたくてもできなかったというのが実情だ。

なので攻略ブログや情報提供サイトから得た知識にすぎないのだが、初期の恋パレはどうも、一部プレイヤーから『ヤンデレ矯正《きょうせい》ゲーム』と呼ばれていたらしい。

初期の恋パレでは、まずファンタジー世界のイケメンと付き合う。そして、やがてヤンデレ化する彼らの手綱《たづな》を締め、いかに問題を起こさせずに学園を卒業できるかを楽しむという、乙女ゲームの王道をちょっと……いやかなりハズしたところに主軸が置かれたゲームだったようだ。

しかもエンディングの中には残酷《ざんこく》なものも多かったらしく、『絶対に商業化できないゲーム』として名を馳《は》せていたらしい。

それが、ファンタジーアドベンチャーというカテゴリーで大人気ゲーム機に移植されたのだから驚きだ。

さて、実際にゲーム世界に転生してしまった今、この点について無関心ではいられない。なぜなら、ここが同人版の世界であるのか、それとも私がプレイしたほうの世界であるのか、現時点では判断がつかないからだ。

もしここが初期のゲーム世界だった場合、攻略対象達は必ずヤンデレ化してしまうことになる。

攻略対象には、この国の王太子や宰相、将軍に魔導省を司《つかさど》るエルフまでいるというのに。

聞いた話では、王太子が乱心して国を崩壊させたり、将軍がヒロインほしさに内乱を起こしたり、宰相が他国に寝返って戦争になったりと、国を巻きこんでの愛憎《あいぞう》劇が繰り広げられるのだそうだ。シリウスのルートでは、主人公のために、小さい頃からかわいがっていた姪《めい》――つまり私――を陰惨《いんさん》な方法で殺すシナリオまであるらしい。

まったく冗談ではない。

なぜ、他人の恋愛の巻き添えを食らって殺されにゃならんのだ！

一体全体、どうしてそんなゲーム作ったんだろうか。

恐怖や怒りを感じつつ、私はできるだけ物事をいいほうに考えようとした。

とりあえず将来の不安は置いておいて、この屋敷を出たら自分に何ができるのか考えてみる。

前世では二十五年間、特出したところのない平凡な人生を送った。そんな私は、何を糧《かて》にしたら生計を立てられるだろうか？

リシェールのチート能力といえば、ヴィサ君がいることと強大な魔力があることぐらいだ。しかし、魔力は今のところ、私の体調を悪化させるだけの逆チート能力に成り下がっている。

……あれ？

魔力があるということは、もしかしてペンタクルを描けば魔導が使える、のか？

私は恐る恐る、痩《や》せ細った小さな指を持ち上げて、覚えていたペンタクルを空中に描いてみた。

うん。何も起きない。

まあ、そう簡単にはいきませんよね。みんなが十年も二十年もかけて、学校で習得するものですもんね。

うう、誰もいないけど、できるかもって調子に乗った自分が恥ずかしい。

ヴィサ君が散歩に出かけていてよかった。見られるのは嫌だもんね。

そう思っていたのだが――

「何をしてる！」

部屋に大声が響いて私はぎょっとした。

メイドの、感情を排した静かな声に慣れていた私は、大きな音への耐性がなくなっていたらしい。

声のしたほうを見ると、やけにきらきらしい格好をした金髪の子供が、窓枠から身を乗り出してこちらを見ていた。

そのぱっちりとした青緑《あおみどり》の目には、警戒の色が宿《やど》っている。人の部屋を覗《のぞ》いておいて警戒するなんて、身勝手な子供である。

一瞬、無視してやろうかとも思ったが、人との会話に飢《う》えていたのだろう。私の口からは、自然と言葉がこぼれていた。

「あなた、だれ？」

「誰とは無礼な。礼儀も知らないのか」

男の子でも、張り上げた幼い声はきんきんして耳障《みみざわ》りだ。それでも言葉をかけてもらえたことに、少しにやけてしまった。この家の人達は、私を徹底的に無視するから。

「何を笑っている！」

彼は怒りながら窓枠を乗り越えると、私のベッドの脇にやってきた。

「すみません。えーっと、ごめんなさい？」

この世界に生まれたあとは敬語で話す文化圏にいなかったので、今使っている言語の敬語表現がわからずに困る。

うおー、元社会人としては屈辱《くつじょく》だ。

「謝意は理解したが……『ごめんなさい』とはなんだ？」

訝《いぶか》しむ少年に、今度は私のほうが目を見開く。

「『ごめんなさい』は……すみませんの違う言い方です。お母さんが、悪いことをしたら心を込めて『ごめんなさい』と言いなさいって、教えてくれました」

そう言うと、少し鼻につんときた。

こちらの世界の母親は、病弱な私を女手一つで育ててくれた、優しくて剛毅《ごうき》な女性だ。一緒に過ごした時間こそ少なかったが、私は彼女のことが大好きだった。

「ナターシャがか？」

少年の驚いた顔を見て、私は首を傾《かし》げる。

私の母親はそんな名前ではない。

「いいえ。私のお母さんはマリアンヌです」

「メリス卿《きょう》にそんな名前の側室がいただろうか……」

「お母さんは、もう死にました。流行病《はやりやまい》で」

あえて感情を殺して言うと、少年のほうが気まずそうな顔をした。

どうやら根は優しい少年らしい。

「……かった」

「え？」

「悪かったと言っているんだ！　余計なことを思い出させた」

「いいえ、あなたとお母さんの話ができて嬉しかったです。もう、お母さんのことは誰とも話しちゃいけないって、言われているから」

沈黙が二人の間に横たわる。

言ってから失敗したなと思った。こんな小さな子供に、責任を感じさせてしまった自分が情けない。

少年は、その幼さに似合わない気難しげな顔をしたあと、名案が浮かんだとでもいうようにこちらを見た。

「じゃあ、交換条件だ。私はお前に貴族らしい話し方を教えてやるから、お前は私に母親のことを話せ！」

「……は？」

一瞬、何を言っているのか理解できずに、私は首を傾《かし》げた。

「それでは、私ばかり嬉しい状況になってしまいます。交換条件にはなりません」

そう言うと、白くてまろい頬を少年がぷっくりと膨《ふく》らませる。

「いいのだ！　人に教えることで自分の復習にもなるし、私は常々じいやに『人の話はよく聞くように』と言われている！」

ん？　それはそれで、何か違わないか？

私は思わず声をあげて笑ってしまった。

突然笑い出した私に、少年は目を白黒させている。

言葉を交わしたこの少しの時間で、私はこの不器用ながらも優しい少年に親しみを覚えた。

また話せたら嬉しいけれど、今日ほど体調のいい日はそうそうない。きっとそれが叶う日は来ないだろう。

だけど、そう言ってくれた少年の優しさだけで、私の孤独は癒《いや》された。

「名前、教えてください。私はリシェール」

「私はシャナンだ。シャナン・ディゴール・メイユーズ。特別にシャナンと呼ぶことを

許すぞ」

はあ？

私は今度こそ、驚きで言葉を失った。

いくら学がない私だって、この国の名前が『メイユーズ』だということぐらい知っている。

そして『シャナン』は王太子の名前であることも。

さらに、よみがえった記憶によると、『シャナン・ディゴール・メイユーズ』は、ゲームのパッケージに一番大きく描かれていた攻略対象だった。

私がプレイしたルートでは、リシェールが王子と接触するエピソードはなかったのに、なぜ出会ってしまったんだろう。

私はゲームのシナリオには関わらずに、悪役ルートから外れて生きていきたいと切望している。なのに、どうして……

びっくりやら悲しいやらで黙りこむと、私が喜ぶと思っていたらしいシャナンは怒りだした。

私は作り笑いでそれをかわし、どうにか穏便《おんびん》に彼と距離を置かなければと、強い疲労感を覚えながら考えた。

＊
✣
＊

それから王子は、暇《ひま》を見つけては私の部屋の窓辺に立つようになった。

彼の気配を感じると、ヴィサ君はすっと消えてしまう。どうも騒がしいのが嫌いらしい。

体調は日によってまちまちだが、なぜか王子と会うようになってから少し調子がいい気がする。

私の話を聞くと言った割に自分の話ばかりする彼のことが、嫌いじゃなかった。

王子の目線で語られる王宮は、とても美しくて楽しい場所だ。

本当はそれだけではないことをゲーム経験者の私は知っているが、王子は決して誰かの悪口を言ったり、愚痴《ぐち》をこぼしたりしなかった。

まだ七歳と幼くても、彼には確かな矜持《きょうじ》があるのだろう。

王子に教えてもらって、私の敬語はだいぶ上達した。

でも私が王子に対してそれを遣《つか》うと、彼は嫌な顔をする。

なんなんだ、一体。

代わりと言ってはなんだけれど、王子は私の遣《つか》う下民街《げみんがい》の言葉を少し覚えた。

悪ぶってそれを遣《つか》ってみる王子は、精神年齢二十五歳の私からすればかわいすぎてきゅんきゅんする。

自分がどれほど人との会話に飢《う》えていたのか、王子と出会って初めて気がついた。

王子の話すくだらない話に私は声をあげて笑い、時には手を叩いた。

そんな私を、王子はとても満足そうに見ていた。

穏やかな時間が流れる。

まるで夢のように。

ここが乙女ゲームの世界で、自分が実父に嫌われた子供で、いつか妬《ねた》みに支配され悪役になる運命だなんて、とても思えなかった。

彼が帰ってしまうと、がらんとした部屋で、私はいつも現実に引き戻される。

そのたびにもう彼に会ってはいけないと思い、でももう少しだけと惜《お》しくなる。

王子はゲームの攻略対象キャラだから、いつか主人公が現れたら彼女を好きになってしまうかもしれない。シリウスのように。

対する私は、ゲームのシナリオでは王子と関わりすらない。

そう考えるたび、私の心は沈みこむ。

仲良くなってはいけない。好きだと思ってはいけない。

乙女ゲームの悪役なんて、本当につまらない役回りだ。

＊❖＊

夢を見ている。
何度も見たことのある夢だ。
夢の中で、私は誰かに呼ばれている。
その誰かのいる場所は遠い。
強く引き合い、そして突き放される。
辿《たど》りつきたい。なのに出会いたくない。

相反する意識が交差する。
充満する魔力と、混乱して乱舞《らんぶ》する粒子。
静謐《せいひつ》な光と、遥《はる》かなる世界のざわめき。
混濁《こんだく》した意識の中で、私は強い願いを抱《いだ》く。

『……もう二度と、××になんてなりたくない』


強く願っているはずなのに、いつもその願いを思い出せない。

歯痒《はがゆ》い想いと倦怠《けんたい》感で、自らも魔力の渦《うず》に呑みこまれそうになる。

いっそ、その渦《うず》に呑こまれれば楽なのか。

すべてを大いなる力に委《ゆだ》ねてしまおうと、自分という存在を捨てようとして――

けれど。

毎回その瞬間に、目が覚めてしまう。

そして目が覚めるといつも泣いている。

現実に引き戻された安心感と、結局また辿《たど》りつくことのできなかった虚無《きょむ》感で、私はがらんどうになる。

そして私は、その願いを忘れてしまう。

大切なことなのに――……

＊
❖
＊

「おい！」

涙でにじむ視界に、きんきらと光を纏《まと》う髪の毛が飛びこんできた。

幼さの残る顔が厳しい表情を浮かべている。

それが誰なのか、一瞬思い出せなかった。

そして自分が、誰なのか……

「しっかりしろ！」

両肩を掴《つか》まれ、びくりと体が震える。ベッドに横たわる私の上にいたのは、王子だった。

どくどくという心臓の音と、荒い息。キーンという耳鳴りが頭に響く。

私の体調は最悪のようだ。

強大な魔力が体内でうねっている。久々の強い発作だ。苦しさに耐え切れなくて、私は呻《うめ》いた。

身を捩《よじ》って王子の手を振りほどこうとするが、強い力でそれを阻止される。

王子が押しつけてきた掌《てのひら》は、莫大な魔力を吸い出していく。

私の魔力を吸いこんでいる王子は、とても苦しそうだ。

はっとした。

こんなことをしちゃ、だめだ！

「殿下！　やめてください！　無事では済みません！」

「うるさい！　病人は黙ってろ！」

黙る訳にはいかない。

彼が私に施《ほどこ》しているのは、他人の魔力に干渉《かんしょう》する魔導。

彼は両手を私の肩に押し当てて自分の魔力をこちらに流しこみ、暴走する魔力の流れを無理やり制御しようとしている。

私より二つ、三つ年上なだけの王子にできる術ではない。

ゲームの中で、この術に失敗して廃人になった人もいるとモブキャラが話していた。

それがどれほど危険か、魔導を習っていない私にだってわかる。

もしも王子がそうなってしまったらと思い、私はぞっとした。

「やめてください！　私にそんな価値なんてない！　殿下に何かあったら、私は……」

『私は』、なんだというのだろう。

王子に何かあったら私が責められる——などと、浅ましい考えが脳裏をよぎる。

必死に自分を救おうとしてくれている人を前に、私は何を考えているのだろう。

そんな自分の醜《みにく》さが嫌になる。

「私は……」

——何より、私は王子に傷ついてほしくない。

そうだ。彼が王子であるから、ということ以上に、廃人となってもう二度と笑ってくれなくなるなんて、考えたくもなかった。

自分が死ぬのは嫌だが、彼に身代わりになってほしいと願うほど、私は堕《お》ちてはいない。

しかし、彼を止めようとする私に喝《かつ》が飛ぶ。

「価値なんて関係あるか！　苦しむ者を助けるのは、人として当然だろう……むしろ、民を助けるのは王族の役目ではないのか⁉」

「そんな……」

あまりにも真摯《しんし》な王子の目に、私は言葉を失う。

彼はなんて清廉《せいれん》なのだろう。

もし前世でゲーム画面越しにこの光景を見ていたら、「若造が」とせせら笑ったかもしれない。でも実際に自分に向けられた眼差《まなざ》しは、胸に迫《せま》るものがあった。

将来王となった時には、その責任を投げ打って一国民の命を優先するなんて許されない。そう思いながらも、否応《いやおう》なく私の胸は熱くなる。

母が死んで、私は今、誰からも必要とされていない。

それがずっと悲しかった。

内心では強がりながらも、いつも居場所をほしがっていた自分はなんて浅ましかったのだろう。

急速に心が引き寄せられていく。

この人に王になってほしい。

そんな想いがこみあげてきた。

彼には人を導くために一番重要な、君主の資質が備《そな》わっている！


どれほど時間が経ったのか。

王子は大きく息を吐いて、私の肩から手を離した。

あれほどつらかったというのに、体が軽い。

私の体内で暴《あば》れていた魔力は、今はその奥底で大人しくしているようだ。

冷えた頬の上を、私の目からこぼれた熱い涙が伝《つた》っていく。

「殿下……」

「シャナンと呼べと……言っただろう……」

荒々しい呼吸を繰り返しながら、王子は困ったように笑った。

ああ、シリウスといい、王子といい、どうして私に優しくしてくれる人は攻略対象なのだろう。

ゲームの主要キャラになんて、絶対関わりたくない。慕《した》っても、将来つらい目に遭《あ》うのは目に見えている。

いつか、邪険《じゃけん》にされるかもしれないのに――……

「シャナン様。私、あなたのお役に立ちたいです」

気づくと、そんな言葉が唇からこぼれ落ちていた。

それを聞いて、王子は呆《あき》れたような、けれどもとても嬉しそうな顔をした。

「つまらないことは考えるな。今は休め」

そう言って私の頭を撫《な》でる小さな手は、燃えるように熱い。

「殿下！　手が熱いです。すぐにお医者様を」

「いい……誰にも、何も言うな。俺は帰るから……」

汗だくになっていた王子は、言葉に反してベッドから崩れ落ちた。

私は大きすぎるベッドから飛び下り、彼の頭を自分の膝にのせる。

「王子！　しっかりしてください。王子！　やだ……」

「ちょっと……眠いだけだ……心配ないから……」

「でも……！」

その時、普段はメイド達しか使わない扉が勢いよく開かれた。

「何を騒いでいるの、下民《げみん》の子が忌々《いまいま》しい。自分の立場がわかっているのですか！」

甲高《かんだか》い声をあげたのは、私の義母でメリス侯爵夫人のナターシャだった。

ひどく苛立《いらだ》たしげに部屋に入ってきた彼女だが、私達二人の姿を見て目の色を変える。

「シャナン殿下！　どうなさいました！　なぜここに……」

王子の傍《かたわ》らに膝をつき狼狽《ろうばい》したかと思えば、ぎらりと私のことをにらむ。

「あなた、殿下に何をしたのです！　貴族の風上にも置けない。これだから下民《げみん》を家に入れるのなんて嫌だったのよ！」

「申し訳ありません。いくらでも謝りますし、ご不快なら姿を消しますから、早く王子を……」

涙ながらに言う私に、義母は嫌悪感を顕《あら》わにした。

「言われなくてもそうするわ。メリダ、医師を呼びなさい。殿下を貴賓室《きひんしつ》へ運んで」

付き添っていた侍女に言いつけ、彼女はすっくと立ち上がる。

少し痩《や》せすぎているが、ナターシャは年齢を感じさせず、きびきびとしていて美しい。でも目はいつも吊り上がっていて、何かにつけて下民《げみん》を見下す血統主義なところが苦手だ。

私の母親とはまったく違うタイプで、ナターシャに初めて会った時、侯爵がどうして私の母に手をつけたのかちょっとわかった気がした。

侍女に抱きかかえられて、王子が連れていかれてしまう。

私は、見ていることしかできない自分の無力さに打ちのめされた。

義母は激しい怒りを抑《おさ》えきれないというように、絨毯《じゅうたん》に膝をつく私を蹴りあげる。

腹部に衝撃を受けて、軽い体がおもしろいほど吹き飛ばされた。

「殿下を害するなんて、王の臣《しん》たる貴族には決して許されないことよ。どういうつもりなの！」

「ごほ……もうしわけ……ありません、お母さま……」

「母などと呼ばないで。不愉快《ふゆかい》だわ。今からあなたは、我が家にまったく関係のない人間よ。名前も何もかも捨てなさい」

「……え？」

朦朧《もうろう》とする意識の中で、私は赤いドレスを着た美しい女を見上げた。

彼女はその容姿とは裏腹に、醜悪《しゅうあく》な魔女のように見える。

魔女はにやりと微笑《ほほえ》んだ。

「殿下を害する人間なんて、我がメリス家には初めからいなかった。殿下は我が家の庭で体調を崩していたところを、私が偶然保護したのよ。夫には、あなたが死んだと伝えましょう。死にかけのあなたなど、手を下すまでもないわ。出ていきなさい。そして二度と戻らないで。メリスという姓も、リシェールという名前も捨てなさい。あなたはもうただの、汚らわしい下民《げみん》なのよ」

そう吐き捨てて、彼女は部屋を出ていった。

義母に申しつけられたのか、メイドが一人部屋に入ってくる。

私に近づくメイドをぼやけた視界で見つめながら、何より王子が無事であればいいと願った。

2周目　迷子

夢うつつの状態で馬車に乗せられ、いつの間にか捨てられていたらしい。

気づくと私は森の中にいた。

鬱蒼《うっそう》としてはいるが、密林というほどではない。木々の間からはオレンジ色の陽が差していた。感覚が戻ってきた私の肌に、草がちくちくと刺さる。

ご丁寧なことに、私は平民が着る麻のような服に着替えさせられていた。下民《げみん》として生まれた私からすれば、麻でも充分上等な衣《ころも》なのだけれども。

どれぐらい眠っていたのだろうか。全身が重い。

顔に温かさを感じて目をやると、いつからそこにいたのか、ヴィサ君が私の頬を舐《な》めていた。

ヴィサ君。気持ちはありがたいんだけれど、涎《よだれ》だらけになるからやめてくれ。

体を起こした私は、腹部に痛みを感じて呻《うめ》く。

それにしても、わざわざ森まで捨てに来るとは。

近くには荷物も何もない。よって、食べ物も水もお金もない。五歳児をこんな場所に放置するなんて、向こうは私を始末するつもりだったんだな。

どうやら今は夕方らしく、草木の生い茂る森は少しずつ暗さを増していく。

アウトドアはからきしな私だって、森には夜行性の獣《けもの》が多く、昼より夜のほうが危険なことぐらい知っている。

「五歳でいきなりゲームオーバーか」

自分を鼓舞《こぶ》するためにちょっと茶化《ちゃか》して言ってみたが、背中を嫌な汗が伝《つた》った。

王子のおかげで、魔力による不調はない。

だからといって、夜の森を攻略するノウハウがある訳でもないんだけど。

私は最後に見た苦しそうな王子を思い出し、彼のその後が気になった。

ヴィサ君を抱《かか》えながら、両手を合わせて彼の無事を祈る。

せっかく助けてくれた命ですが、もしかしたら死んでしまうかもしれません。

だけどもし無事にこの森を出ることができたら、私は王子に会いに行きます。そして絶対に恩返しをします。

そう心に決めて、私は立ち上がった。

圧倒的に不利な状況だが、あんな意地悪義母の思い通りになるのだけは嫌だった。

『そしてリシェール・メリスは何もかもを失い、森で朽《く》ち果てましたとさ。　～完～』

という訳にもいかないので、気を取り直して現状と装備の確認をしておきたいと思う。ゲームなら、リセットボタンを押して直前のセーブデータをロードすればいい。だけどこれは現実なので、そんなことはできないのだ。

「まずは……と」

体調はすこぶる良好で、常に体に付き纏《まと》っていた怠《だる》さはない。今にも体から溢れ出そうだった強大な魔力が、私を生かす活力として正常に体を巡《めぐ》っているのがわかる。

とりあえず、すぐにでも行き倒れになりかねない状態ではなかった。

光月《こうげつ》――日本の三月――の終わりにしては、暖かい日だ。

この国にも日本のような四季がある。それは全部で九の色月《しきげつ》と、光月《こうげつ》、闇月《あんげつ》、色濁月《しょくだくげつ》の三つの月によって構成されている。

月の順番は、灰月《はいげつ》、白月《はくげつ》、光月《こうげつ》、黄月《おうげつ》、緑月《りょくげつ》、青月《せいげつ》、紫月《しげつ》、赤月《せきげつ》、橙月《とうげつ》、黒月《こくげつ》、闇月《あんげつ》、色濁月《しょくだくげつ》。灰月《はいげつ》は、日本でいう一月だ。

春が訪れはじめた光月《こうげつ》の森は、木や光の粒子が湧き立っていた。

身に着けている麻のような質感の服には、なんの特徴もない。この世界ではまだ紡績《ぼうせき》業が発達していないらしく、生地はざらざらとしていて、ところどころにだまがある。それでも下民街《げみんがい》出身の私にとっては、上等な服。厚さも充分にあり、今日は寒さに苦しまずに済みそうだ。

しかし、腕の中にはヴィサ君一匹だけ。

RPG《ロールプレイングゲーム》でももう少し恵まれたスタートだろうと思いながら、私はため息を吐《つ》いた。

必死に平静を保とうとするが、遠くから犬――考えたくないが、もしくは狼《おおかみ》のような獣《けもの》の遠吠えが聞こえてきて、ここが人間のテリトリーではないことがひしひしと感じられる。

私はちらりと、精霊界・ネコ目・獅子《しし》科・イヌ属のシーサーと思われるヴィサ君を見た。つぶらな目で私を見上げるヴィサ君は、危機感など欠片《かけら》も感じていない様子。むしろ遊んでほしいと言わんばかりに、しっぽを振っている。

ヴィサ君は、五歳児の私が両手でやっと抱《かか》えられるくらいの大きさだ。毛色は全身白で、ところどころに銀色のトラに似た模様入り。耳はライオン、しっぽはシーサーのようにふわっと丸まっている。目はネコそのもので、瞳孔《どうこう》が縦長の銀目《ぎんめ》だ。ちなみに銀目《ぎんめ》というのは、ブルー系の光彩のことである。

彼を見ていると、前世で飼っていたスピッツ犬を思い出して困る。

どんな危機的な状態でも、「ああかわいい」となってしまう。

「あっ、ヴィサ君が……、うーん……ないか」

一瞬、彼がなんとかしてくれるんじゃ、なんて甘い考えが浮かぶが、すぐにそれを打ち消した。

『西の猛《たけ》き獅子《しし》』という御大層《ごたいそう》な異名を持つヴィサ君。

でも実は、彼がどういう存在でどんな力を持っているのかを、私は詳《くわ》しく知らない。

この世界の私はまだ五歳児で、未就学児。その上真っ当な教育を受けたことがなく、下民街《げみんがい》では魔力や精霊とはほとんど関わらずに暮らしてきた。

精霊の守護などの不可思議な力は、この世界では魔力も知識もある貴族や聖職者だけが享受《きょうじゅ》できる。貧しく身分の低い者は、その恩恵《おんけい》に与《あずか》れない。そしてゲームで描かれていた以上に、この世界では身分の差が激しかった。

魔導についてはゲームの知識がよみがえったので概要はわかる。しかし精霊については、主人公が精霊に嫌われていたこともあり、あまり登場しなかったから、『そういうものがいる』ぐらいしか知らない。

これは参った。

ファンブックや追加コンテンツを購入していれば、もしかしたらそれに関する情報があったのかもしれないが、今となってはあとの祭りである。

シリウスがお見舞《みま》いに来てくれた時、ヴィサ君の力は封じてあると言っていた気もする。でもその時の私は意識が朦朧《もうろう》としていたので、詳《くわ》しい話を聞くことができなかった。

ゲームの中では、大型ヴィサ君がリシェールにけしかけられて、主人公に襲いかかったりするシーンもあった。そして見事に返り討ちにされていた。もっとも、プレイヤーが各属性のパラメーターを規定値まで上げていないと、その場でヴィサ君に負けてゲームオーバーになる仕様ではあったんだけれども。

ゲームについて考えこんでいると、私はあることに気がついた。

「あれ、もしかして私、悪役ルートから外れた……？」

義母は名前を捨てろ、もうメリス家とは何の関係もないと言っていた。そして私を死んだことにする、とも。

つまり私はもう貴族でもなんでもなく、ケントゥルム魔導学園には通わずに済む。このまま国外脱出してしまえば、物語に関わる可能性が低くなるのではないか。

あれほど嫌がっていた悪役ルートから、私はなんの努力もせずに外れることができたようだ。

まあ、身体的にも、精神的にも受けたダメージは大きかったが。

「はは……そっかぁ」

嬉しいんだか悲しいんだか。

私は乾いた笑いのあとに、脱力のため息をこぼした。

悪役ルートから外れたいと願っていた。

そのはずなのに、今はちっとも嬉しくない。

一瞬でもそばにいたいと思った人が、王都にいるからだ。

——私は甘かったのかもしれない。

離れても平気だなんて、嘘だ。

シリウス叔父《おじ》様にもう一度会いたいし、絶対に王子の役に立つ人間になりたい。

小さな手をぎゅっと握りしめ、私は一歩を踏み出した。

この一歩が、私の新しい人生。

リシェール・メリスなんて仰々《ぎょうぎょう》しい名前は捨ててしまおう。呼ばれるならあの名前がいい。

ただの〝リル〟としての、第一歩だ。

――と、決意を新たに歩き出したところまではよかったが、私は道のりの険《けわ》しさにすぐ青くなった。

だって今の私の体は、五歳児なのだ。

頭が重い。コンパスも小さい。何より臥《ふ》せっていたせいで、筋力も体力もない。

これで夜の森を攻略するなど、端《はな》から無理だ。

体力を温存しようと、まずは休める場所や水場、食べられそうな果物を探す。

野獣《やじゅう》避《よ》けに、できれば火も焚《た》きたい。

私の武器は知識のみ。それを使ってどうにかこの状況を切り抜けなければ。

森は光の魔法粒子に代わり、闇の魔法粒子が充満しはじめていた。

下民街《げみんがい》やメリス邸にいる時には気づかなかったが、普段人のいない場所は、人のいる場所に比べて圧倒的に魔法粒子の密度が濃厚だった。たくさんの魔法粒子が舞っている光景を見ていると、酔ってしまいそうになる。

単体ならば綺麗《きれい》な魔法粒子も、自然が多い場所では複雑に混ざり合って区別がつかない。

たまに吹く風には水色の粒子がついている。草木からは緑、大地からは土色、暗がりからは艶《つや》のない黒の粒《つぶ》が溢れ出る。

闇色が濃い今、とても不気味に感じられた。

ふと、見覚えのある赤い粒子が風に乗って流れてくる。

パチパチと音がしそうな、火の粉《こ》のような炎の粒子だ。

なら、そちらに炎に関連するものがあるということか。

ゲーム知識だけでは心もとないが、確か炎を使う動物は地球と一緒で人間だけだったはず。

つまりこの先にいるのは、人間もしくは炎の属性を持つ何か。

私は足を止め、躊躇《ちゅうちょ》した。

人間だとして、夜の森に分け入るのはどういう人だろう?

私と同じように迷いこんでいるのならいい。でも、たとえば盗賊《とうぞく》とか、密猟者《みつりょうしゃ》とか……

おおっぴらに言えないような職業の人である可能性も大だ。

それでも人ならまだいい。これがもし炎の精霊だったら……

私の下民街《げみんがい》で培《つちか》った経験からすれば、炎の属性を持つ人は概《がい》して気性が荒かったり、喧嘩《けんか》っ早かったりする。もしその傾向が、精霊にも適用されるとしたら?

戦う術《すべ》のない私が精霊に攻撃などされたら、ひとたまりもない。

比喩《ひゆ》でもなんでもなく、赤子の手をひねるように、簡単にやられてしまうだろう。

ごくりと唾《つば》を呑みこんで考える。

どうせこのままここにいたって、野垂《のた》れ死んでしまう。

ならば少しでも可能性のあるほうに賭《か》けるべきだ。

私は意を決して、その粒子が流れてくる方向に歩きはじめた。


——結果。

そこにはガラの悪いお兄さん達が、たくさんたむろっていましたとさ、チャンチャン。

やばい、早くも死亡フラグが立っている。

私は絶《た》え絶《だ》えになった息をひそめながら、ヴィサ君を抱きしめて彼の動きを封じた。

気づいた時にはすでに遅し。私は彼らのキャンプに近づきすぎていた。

急いでここまで来たこともあり、私の足はがくがく震えてしばらくはまともに歩けそうにない。

とりあえず体が小さいことを生かして、はいはいで木の陰に隠れた。

木を挟《はさ》んで三メートルほどの距離を取り、キャンプをこっそり窺《うかが》う。彼らは酒を呷《あお》りながら、愉快《ゆかい》そうに話しこんでいた。

「それにしても今回は、ウマい仕事だった。あの狸《たぬき》のツラ、見たかよ？」

「真っ青になってよー、キンキラの衣装で泥ん中転げ回って逃げていったな。シマ引きにたんまり金目の物隠してやがってよ」

ガッハッハッハと、野太い笑い声があがる。

あー……これはもう間違いない。

果てしなく黒、悪い人達だ。

私は頭を抱《かか》えた。

しばらく話を聞いていると、彼らが近隣を荒らし回っている盗賊《とうぞく》団だということがわかった。

うかつに動けなかったため、盗み聞きは不可抗力だ。

とはいえ彼らの会話から、私は様々な情報を得ることができたのでラッキーかな。

まずこの森は隣国との国境地帯に広がる森で、現在位置は主要街道から少し離れた場所だということ。

どうやら義母は私を家から追い出すだけでは飽《あ》き足らず、国の端《はし》の端《はし》にまで捨てに来させたようだ。その執念《しゅうねん》には脱帽《だつぼう》する。

そして、近くの街道は隣国との貿易のために非常に交通量の多い通りらしい。街道にある税関を兼ねた砦《とりで》は国にしっかり管理されていて、輸入品の検査、出入国税や関税の支払いなどで時間が取られ、その上金もかかる。

そこで金にがめつい商人は、街道を迂回《うかい》して近くの村に住む農民を雇《やと》う。農民に荷物を背負わせ、森を通って密入国を図《はか》るのだ。

彼らはそんな商人を襲い、金品を奪っているみたいだ。密入国をくわだてた商人達は、治安維持隊――日本でいうところの警察に訴えることもできず、泣き寝入りするしかない。

ちなみに、彼らが言っていた『シマ引き』というのは小型の荷馬車のようなもの。小さくて人間が乗ることはできないけれど、とても馬力のある『シマポニー』という動物に荷台を引かせて荷物を運ぶのだ。小回りが利《き》いて、山道での荷運びにも対応できる素晴らしい動物だ。外見はその名の通りゼブラ柄のポニーで、ゲーム製作スタッフの遊び心が満載《まんさい》である。

うーんそれにしても、この状況をどうしよう?

恐ろしくて、あの場に出ていく勇気なんてない。でもようやく人間を見つけたのに、また一人で森をさまようのだってごめんだ。

私は間を取って、このまま気づかれないよう待機し、明朝、移動するであろう彼らのあとについて人里に行くという案を立てた。

そうすれば彼らに接触しなくとも、人のいる場所に出られるはずだ。

妙案《みょうあん》に満足していると、ガサリと大きな音がした。私がいる場所の反対側から、女の人と、彼女の腕を掴《つか》んだ男が輪の中に入ってくる。

「おいカシル！　その女どうした！」

それまで愉快《ゆかい》そうに笑っていた男達は、驚いて叫ぶ。

なんだなんだ、私のほうが野太い叫び声に驚いたよ。

「へへ、今日の商人の後妻だよ。金目当てに村を捨てたアバズレさぁ。金さえあれば、あんな豚がこんな別嬪《べっぴん》さんを娶《めと》れるなんて、世の中不公平じゃねぇか？」

そう言いながら、男は顔を歪《ゆが》める。

しかしそれは一瞬のことで、そのあとはずっとへらへらと笑っていた。

私はカシルという男に激しい嫌悪感を抱《いだ》いた。

「ばかか！　女子供への手出しはご法度《はっと》だろうが！　お頭《かしら》に殺されるぞ！」

「おめぇらが黙ってりゃ、バレやしねぇよ。せっかく一緒に楽しもうと思って連れてきたんだからよ。な？　わかるだろ？」

そう言って、男はドンと女の人を輪の中心に押し出した。

後《うし》ろ手に縛《しば》られているのか、転びそうになりながら一歩前に出た女性が焚火《たきび》に照らし出される。

若く、そして見事なおっぱいの持ち主《ぬし》だった。

気丈《きじょう》に前を向いているが、その顔がひどく強張《こわば》っているのは、少し離れたところにいる私にもわかった。彼女はカシルを見て、悲しそうな顔をした。何か言っているようだが、さるぐつわをはめられているせいで、呻《うめ》き声しか出ない。

彼女を見て、男達は喉を鳴らした。

酒に酔った彼らは、カシルの意見を悪くない提案だと思い直したのだろう。

私は思わず、手の中のしっぽを握りしめた。

ヴィサ君がか細い悲鳴をあげる。

私は恐れよりも、抑《おさ》えようのない激しい怒りを感じていた。

思い出す。以前向けられた、からかうような嘲《あざけ》りを。

下民街《げみんがい》にも彼らのような男達がいた。あそこは治安も衛生状態も最悪だった。

母は決して言わなかったけれど、彼女が女手一つで私を育てるためにどんな仕事をしていたのか、私はうすうす気づいていた。

彼らのような男達がたまに家に来て、戯《たわむ》れに私の手や足や腹を踏みつけていった。

ふざけて伸《の》しかかられたことだって、一度や二度じゃない。

その時の恐怖と無力感がよみがえる。

母が守ってくれたから、私は無事に生きてこられた。

前世ではリアリティのない出来事も、この世界では自分の目の前で起きるのだ。

「じゃあ、俺が最初に相手してもらおうか」

そう言って女の人に抱きついたカシルを見て、私の怒りは頂点に達した。

激しい憤《いきどお》りで、息が荒くなる。

女性は悲鳴をあげ、必死にもがいていた。

彼女を見殺しにしたら、私は二度とあの高潔な王子に胸を張って会うことができなくなるだろう。

ぎゅっと両手を握りしめ、必死に冷静になろうとする。

何か、いい方法は？

魔導が使えないんだから、魔力は当てにならない。ヴィサ君も同じだ。

都合よく助けが来るとも思えない。

――なら、自分でなんとかするしかないじゃないか！

私はヴィサ君を置き去りにして、木の陰から飛び出し走った。ヴィサ君は騒がしいのが嫌いだから、たぶんついては来ないだろう。

「おかぁさーーーーん！」

そう叫びながら、私は暴《あば》れる女性の足に抱きついた。

「お!?」

「はぁ!?」

突然現れた私に、男達は呆気《あっけ》にとられる。

私は彼らに邪魔《じゃま》される前になんとかしなくてはと、畳みかけるように大声で言った。

「探したよ！　すぐ近くまで、治安維持隊の人達も来てるの！　メリダ、頑張って探したんだよ！　早く帰ろう、おかあさん！」

名前は義母の侍女から借用してみた。

私の言葉を聞いて一瞬呆《ほう》けた顔をしていた女性の目に、ゆるやかに理解の色が浮かんだ。

彼女は男の手からすり抜け、しゃがみこんで私に体を寄せてくる。すると、ふんわりといい匂いがした。

彼女はどうやら賢い女性のようだ。

「なんだこのガキィ！　どっから来やがった」

「おい！　それより治安維持隊が近くまで来てるってよ！　急いで場所を移すぞ！」

「火を消せ！　物音はなるべく立てるなよ！」

あたりは混乱し、リーダー格何人かのどすのきいた声が響いた。

炎は消され、男達があわただしく出立の準備をする音だけが聞こえる。

女性はあわてて逃げようとしたが、私は彼女の肩に手を置いてそれを押しとどめた。

ほぼ輪の中心にいる今、不自由な状態で下手に動くよりも、闇の中で息をひそめているほうがいい。

男達はパニック状態だし、運がよければ私達を放って逃げるだろう。

心臓が飛び出しそうなほどの緊張を感じながら、私は女性に抱きついてあたりの魔法粒子の流れを観察した。

この世界の人は、それぞれが持つ属性の魔法粒子を体に纏《まと》っていて、その量は魔力の強さに比例する。

どうやら彼らは魔力が弱いらしく、体に纏《まと》っている魔法粒子は少ない。みんな、各々《おのおの》の粒子をかすかに闇の中に散らしていた。

私は音を立てないように女性をしゃがませたまま誘導し、どの粒子からも一定の距離がある場所まで移動する。

「おい！　女とガキがいねぇ！」

「顔を見られた！　口を封じろ！」

男達の言葉を聞いて、血の気が引く。

最初からこいつらは、この女の人を無事に帰す気なんてなかったんだ！

男達が闇の中に手足を突き出し、私達を探す。

もうすぐ彼らの目が闇に慣れてくる頃だ。

私は深呼吸して、覚悟を決めた。

できる。できる。できる……つーかやらなきゃ死ぬんだっつの！

しゃがみこんで、土に指で触《ふ》れる。

メリス家で空中にペンタクルを描いた時、魔導は使えなかった。実は、あれからずっと考えていた。

あの時ダメだったのは、もしかしたらその形をちゃんと可視状態にしなかったからかもしれない、と。

私は、指先に集まる魔法粒子をイメージする。

そして、その流れが一つの図形になるように導いた。

土の上に指を滑らせてできた溝《みぞ》に粒子を流しこみ、簡単なペンタクルを描く。

すると浮遊《ふゆう》していた闇の魔法粒子が、私と女性の周りに集まってくる。

これは主人公がゲーム初期に習得するペンタクルで、『隠身《おんしん》』という効果を持つ。

このペンタクルを使うと、その場に一番多い魔法粒子で体が覆《おお》われる。一時的に、使用者と使用者が触《ふ》れている物体や生物の姿を、周囲から見えなくすることができるのだ。さらに接触すらできなくなる、優《すぐ》れものなのである。

リシェールは校内かくれんぼ大会で、『隠身《おんしん》』を使った主人公に煮え湯を飲まされていたっけなぁ。

ちなみに由緒《ゆいしょ》正しい学校の行事に、なぜかくれんぼ大会があったのかは激しく謎だ。何かこじつけ的な伝承があった気もするが、すっかり忘れてしまった。

そうして私達が身を固くしていると、やがてリーダー格の男が押し殺した声で怒鳴《どな》り、男達は諦《あきら》めて逃げていった。

彼らの足音が充分遠くなってから、私は土に描いたペンタクルを手で消す。

すると私達の周りに集まっていた闇の魔法粒子がさっと散った。あたりには普通の闇が戻ってくる。

すすり泣く声が近くで聞こえた。

私は震え続ける女性に安心してもらうため、ポンポンとその肩を叩く。

私はひどい疲労を感じた。きっと初めて魔導を使ったせいだろう。それでも女性を縛《しば》っていた縄とさるぐつわをなんとか解き、そのまま倒れるように眠りについた。

何度も言うが、私は五歳児だ。

睡眠時間がいっぱいほしいお年頃である。

＊　❖　＊

温かい。

頬に触《ふ》れるものは柔らかくて、いい匂いがする。

炎の爆《は》ぜる音と、夜の虫の声が聞こえる。

肌に触《ふ》れる、人の温《ぬく》もり。

自分ではない、誰かの心臓の音が心地いい。

夜風がさらりと、頬を撫《な》でた。

「おかあ……さ…」

覚醒《かくせい》し、ゆっくりと瞼《まぶた》を開ける。

そこには、安堵《あんど》したような女性の顔があった。

「よかった。気がついたのね」

憔悴《しょうすい》の色をにじませながら、それでも彼女は気丈《きじょう》に微笑《ほほえ》む。

寝起きの私は、その女性が望んでいた相手ではないことに、一瞬の絶望を味わった。

「あなた、は？」

あたりを見渡すと、相変わらず森の中だった。私は、彼女の膝を借りて横になっていたらしい。

「私はリズよ。リズ・カールストン。危ないところを助けてくれて、本当にありがとう」

その言葉で、私は眠る前の出来事をどうにか思い出す。

火の近くで改めて見ると、やはり見事なおっぱいをしている。

「リズさん、私はどれくらい寝ていましたか？」

私はそう言って、彼女の膝枕から頭を上げる。彼女は訝《いぶか》しむような顔をした。

しかしその表情は一瞬で消え、次に心配の色が広がる。

「三メニラほどよ。治安維持隊にわかりやすいように火を焚《た》いて待っていたのだけれど、誰も来ないの」

三メニラ……つまり、一時間半か。メニラとは時間の単位で、一メニラはおおよそ三十分。地球の時計のように分、時間と単位が変わることはなく、二十四時間は四十八メニラ、十五分は半メニラとなる。ちなみに五分は小メニラだ。

それはともかく、後半の言葉に私は冷や汗をかいた。嘘だとは言いづらく、言葉を濁《にご》す。

「あー……それは……」

しかしその態度で察してくれたらしく、リズは困ったように笑った。

「やっぱり嘘だったのね。タイミングがよすぎると思った。治安維持隊がいないのは残念だけれど、あなたには感謝しなきゃね。助けてくれて、本当にありがとう」

「え？」

「私のために、飛び出して嘘までついてくれたんでしょう？　小さいのに、あなたはすごい勇気の持ち主《ぬし》だわ」

いたわるように頭を撫《な》でられ、私は思わず俯《うつむ》いてしまった。

そんな立派なものじゃない。

ただ許せなかっただけだ。女を戯《たわむ》れで傷つける男達が。

あんな作戦とも言えない作戦、本当はやるべきじゃなかった。

もし失敗していたら、命を落とす危険だってあったのだ。

私は彼女を見て言う。

「いいえ、私のせいで危険な目に遭《あ》わせてしまってごめんなさい。私は迷子で、あなたを家に連れていくことができないの」

子供の姿で落ちこんだ素振りなんてすれば、彼女はそんなことはないと庇《かば》うだろう。そう言われるのが嫌で、私は沈んだ様子を見せないよう、しっかりと顔を上げた。

炎に照らされた彼女の瞳は、新緑みたいに鮮《あざ》やかな黄緑色だ。

長く伸ばされた髪は赤茶色で、ゆるやかなウェーブを描きながら背中に落ちている。

素直じゃない私に、リズは苦笑いをこぼした。

「大丈夫よ。このあたりの森は庭のようなものなの。明るければ、私一人だってちゃんと帰れるわ。朝になったら一緒に森を抜けましょ。このあたりはまだ森が深くないから、凶悪な獣《けもの》はいないの」

安心させるように、彼女は再び私の頭を撫《な》でる。

その感触がなんだかひどく懐《なつ》かしくて、私は再び彼女の膝に頭を預けた。眠ってもいいという彼女に甘えて、私はうたた寝を繰り返しながら朝を待つ。

その合間合間で、リズは私に身の上話をしてくれた。

この森の近くにある農村出身で、幼い頃からよく森で遊んでいたこと。

両親を亡くし、幼い弟と妹の三人で身を寄せ合い、貧しくても慎《つつ》ましく幸せに暮らしていたこと。

弟は頭がよくて、どうにか王都の学校に行かせたいこと。

そんな時に街の商人から後妻にならないかと声をかけられ、喜んでその話を受けたこと。

「本当は、別の婚約者もいたんだけどね」

リズはそう言って、つらそうな顔をした。

私は言葉が見つからず、黙りこんだ。

この国では、恋愛結婚というのは非常に少ない。

王族は血統で、貴族は家柄で、商人は財力で相手が決まる。街に住む平民は比較的自由に恋愛を楽しむが、多くの国民は親や近所の元締めが決めた結婚に従う。それは、農村でも同じだ。

リズの婚約者も、そういう相手だったんだろう。

彼女は、年の離れた商人との結婚を『幸せ』だと笑った。

そんな話をしているうちに朝が来て、世界に再び光の魔法粒子が溢れはじめる。

空から降り注《そそ》ぐ光の粒子は本当に綺麗《きれい》だ。

私は無事、夜を越せたことにホッとした。

……それにしても、ヴィサ君は一体いつになったら出てくるんだろうか？

いや、私が置き去りにしていったんだけどね。

＊
✣
＊

「あそこが私の生まれ育った村よ」

二人で森を抜け、しばらく歩いたところで、リズは小高い丘から指を差した。家々が点在する、平和そうな村だ。前世のテレビで観たヨーロッパの農村に少し似ている。

しかし、間違い探しのように見慣れない動物や設備があり、目を疑った。

ある囲いではダチョウサイズの鶏《にわとり》が飼われ、村から少し離れた大きな囲いには牛柄のアルパカがたくさん放牧されている。

なぜにアルパカ……そして牛柄……

つっこみどころ満載《まんさい》だが、これが普通の光景なのかリズに驚いた様子はない。

製作スタッフ、ふざけすぎである。

丘を下りると、リズは人目を避《さ》けるように大回りをして進み、村のはずれにある小さな煙突の家の戸を叩いた。

戸が開かれると、そこにはリズにそっくりなかわいらしい少女がいた。

「姉さん！」

しかしその声は、可憐《かれん》な外見に反して少年みたいだ。

……あれ？

というか、声は背後から聞こえてきた。

驚いて後ろを振り向くと、少年が目を大きく見開いている。どんな偶然か、ちょうど彼も帰ってきたところらしい。

リズはとびきりの笑顔で、駆《か》け寄ってきた二人を抱きしめた。

「これが妹のエルと、弟のアルよ」

なんとリズの弟と妹は双子だったのだ。

二人とも瓜二つで、弟のアルが短髪なところしか違いが見当たらない。

十歳だという二人は、自分達より幼い私がリズの命の恩人だと聞いて、奇妙な顔をした。

私だって、不思議な気分だ。

「じゃあ姉さんはその盗賊《とうぞく》に襲われたの？」

エルが真っ青な顔で聞いてくる。

アルの顔からも血の気が引いていた。

「そうよ。でも、寸前でこの子が助けてくれたから大丈夫。えーと、名前は……」

そういえば私は彼女に名乗っていなかった。

「リルです」

初めて口にした新しい名前が、少し面映《おもはゆ》い。

「あら、かわいい名前ね」

「ありがとうございます」

私の名前すら知らなかったリズの様子に、二人は一層疑いの眼差《まなざ》しをこちらに向ける。

うーん、リズは賢くて美人さんだけれど、どうやら天然属性もちょっとあるらしい。

それから私達は栄養豊富だというアルパカウの乳粥《ちちがゆ》をいただいて、濡《ぬ》れた布で体を拭《ぬぐ》い、勧《すす》められるままにベッドで眠りについた。

ちなみにアルパカウとは、さっき見た牛柄のアルパカの名前だ。見た目そのままのネーミングである。

もう製作スタッフの遊び心には何も言うまい。

リシェール・メリス改め、ただのリルとなった私は、孤児として一時的にアルとエルの暮らす家に預けられることとなった。

森ではぐれたヴィサ君は探しても見つからず、いくら待っても私のもとへ帰ってこなかった。もしかしたら、無茶をした私を見捨てたのかもしれない。

アルとエルの住む家には、ベルダおばさんという気のいいおばさんも暮らしている。嫁に行ったリズの代わりに、二人の面倒を見ているのだそうだ。

ただ、優しいおばさんなのに、どうもエルとアルとは仲がよくないらしい。おばさんの前でだけよそよそしい態度を取る二人を、私は不思議に思った。

エルとアルはとても仲がよくて、おまけに部外者である私にもとても優しくしてくれる。

名前が似ていることもあり、私達は村で本当の兄妹《きょうだい》のように扱われるようになっていった。

一緒に暮らしてみると、リズが言っていた通りアルは非常に賢く、彼女が学校に行かせたいと思うのもうなずけた。

リズは、お嫁に行っている都合上、どうしても私を連れていくことができないと恐縮していたけど、私は田舎《いなか》でのんびりと暮らす今の生活が気に入っている。

体調はもうすっかりいいし、病弱で長くインドア生活だった私には、田舎《いなか》の穏やかな気風が合っていた。

それもこれも、身を賭《と》して私に術を施《ほどこ》してくれた王子のおかげだ。

王都から遠いこの村は、情報が入るのも遅い。しかし王子がもしもの事態に陥《おちい》っていれば、きっと伝わってくるだろう。

私は彼の無事をずっと祈っている。王子の笑顔を思い出すと、私の中に悲しみとも喜びともつかない感情が渦巻《うずま》いた。

暦《こよみ》が光月《こうげつ》から黄月《おうげつ》を経《へ》て緑月《りょくげつ》に変わると、村のどの畑でも、草取りや作付《さくづ》けをする村人の姿をよく見かけるようになった。

初夏に入る緑月《りょくげつ》は、日本でいうところの五月。木の属性がもっとも強くなる、緑の美しい月だ。

私が森に置き去りにされてから、すでに一月《ひとつき》以上が経っている。

村での暮らしを通し、私はある違和感を拭《ぬぐ》えなくなってきていた。

この村は、豊かすぎる。

何か特別な産業があるようには見えないのに、村民達はあくせく働いたりはせず、生活にもゆとりがある。

普通こういった辺境の村は、国の管理が行き届かず厳しい生活を送っているはずなのに、彼らにはそうした危機感がまったくない。

もちろん日常の家事や畑仕事はしている。でも、たとえば工芸品等の内職をして稼いだり、出稼ぎに行く様子もない。

なのに村に住む人は、それぞれきちんとした家を持っている。その上、病気になれば当たり前のように流しの薬売りから薬を買い、近くの町の医者のところに行く。村の共同牧場には家畜がたくさんいて、各々《おのおの》の家に滞《とどこお》りなく畜産物が供給されていた。

王都の平民だって、こんな恵まれた生活はしていない。

何より、村の井戸にペンタクルの刻《きざ》まれた給水ポンプが二つも設置されているのを見た時、私は明らかにおかしいと感じた。

魔導を使用できる魔導具は非常に高価で、買えるのは貴族や裕福《ゆうふく》な商人ぐらいだ。一つだったら、まだ村で金を出しあってようやく買えたとも考えられる。しかし二つもあるのは、絶対に変だ。

生まれた時から下民街《げみんがい》で多くの貧しい人々を見てきた私にとって、その光景は異常だった。

下民街《げみんがい》はいつも、故郷に仕事がなくてやってきた人が溢れていた。夜になると、あちこちから故郷を懐《なつ》かしむ歌が聞こえた。村に残してきた家族に金を送るため、彼らは安い賃金で朝から晩まで働いていた。

それなのに、ここはどうだ。

もしこの国の多くの村がここのように豊かなら、王都の下民街《げみんがい》はあれほど困窮《こんきゅう》した人で溢れることなどなかっただろう。

私は正直、この村の人々がとても羨《うらや》ましい。

幸せな人を見て妬《ねた》むなんて、虚《むな》しいことだとわかっていても。

安穏《あんのん》とした日々に溺《おぼ》れながら、私はだんだんと心の中で恐怖を育てていた。

この村の富が何か平和的な理由で得られているのならば、いい。

でももし、そうではなかったら？

初めて経験する、暴力や飢餓《きが》、死の恐怖に怯《おび》えなくていい日々。それは幸せであると同時に、私を弱くしそうで怖い。

今日にも、この生活が終わるのではないか？

今は優しくしてくれる村の人達が、明日には掌《てのひら》を返すんじゃないか？

疑心暗鬼《ぎしんあんき》になっていると自覚していても、誰にも相談できず、私は鬱々《うつうつ》とした。

やがて塞《ふさ》ぎこむようになった私を、アルとエルは心配しているようだった。

緑月《りょくげつ》のある天気のいい日、私達は三人で川遊びに出かけた。

丸っこくて綺麗《きれい》な石を拾ったり、冷たい川の水に足を浸《ひた》してはしゃいだり。

王子のおかげで、今では私も普通の子供のように遊ぶことができる。

彼を思うと、感謝と同時に後ろめたさが胸を刺すけれど。

「リル、何か悩みごと？」

エルに突然そう尋ねられて、私は面食《めんく》らった。

「え？」

「夜、いつも魘《うな》されてるよ。今が一番、気持ちのいい季節なのに。よく眠れないの？」

アルがエルの言葉を補い、私に問いかける。

確かに、最近は悪夢を見ることが多かった。

この村の正体不明の豊かさについて、考えすぎているのが原因だろう。

「あ……うん、夢見が悪くて」

「怖い夢を見るの？　今度から手を握って寝てあげようか？」

「だいじょうぶ。一人で寝るの、慣れてるから」

二人の優しさに感謝しながら、私はその申し出を断った。

すると突然、エルが私の右手を、アルが私の左手を取った。

アルの手にはペンダコがあって少し硬く、エルの手は柔らかい。さっきまで川の水に触《ふ》れていた二人の手は冷たくて、私は小さく震えた。

「リルはもう一人じゃないんだよ。私達がいるんだからそんなに怖がらないで」

「リルをいじめる子がいたら、やっつけてやるから。わからないことは、なんでも教えてあげる。一人で悩まないで」

二人に、ぽんぽんと頭を撫《な》でられる。

私の髪が少しだけ濡《ぬ》れて、しずくが落ちた。

ああ、すごくいい子達だ。

私は、この子達を疑うのが嫌だったんだな。

そう気づいた時には、止《と》め処《ど》なく涙が流れていた。

「…………わたし、こわくて。この村、みんな優しくて、へいわで、すてきなところなのに……それが怖いの……ごめん、こんなに……優しくしてくれてるのに」

ずっと言えずにいたことを、ぐずぐずの声で吐き出す。

私は胸が楽になり、今度は恥ずかしさがこみあげてきた。

十歳の子達に、弱音を吐いてどうする。

転生者も形無《かたな》しじゃないか。

私はうずくまってしまいそうになるが、ここは川だ。エルとアルは、あわてて私のことを抱きかかえてくれた。

家に帰ると、ベルダおばさんは出かけていていなかった。

エルとアルは布で自分達の手足と私の体を拭《ぬぐ》い、真剣な顔で言う。

「リル、よく聞いて」

「リルが不安になるのは当然だったね。黙っていて、ごめん」

「この村には秘密があるの。リルも村の一員になるんだから、教えてあげる」

「ついてきて」

言い終わるやいなや、二人は私の手を取ると、再び家を出た。

そして森の奥へどんどん分け入っていく。

森が深くなり、私が不安を感じはじめた頃、突然、開《ひら》けた場所に出た。

そこには遺跡のような崩れかけた石造りの古い建築物があり、ドラゴンとダチョウの中間のような生き物が何匹もその脇に繋《つな》がれていた。

あれは……前世で博物館に行った時に見たやつじゃないか？

生き物達の強暴な見た目に、私はびくっとした。

てゆーかこいつ、恐竜映画に出てたよね!?

「怖がらなくても大丈夫だよ。こいつらは人に慣らしてあるから」

「それに草と果物しか食べないし。慣れるとかわいいよ？」

いやいや、今鳴いたやつの口の中見えたけど、どう考えても肉を食べるための歯ですよね？

怯《おび》える私に、リルとエルも困惑気味だ。

「でもリル、こいつの卵食べてたよね？」

「え!?」

「おいしいおいしいって言ってた、あの青白い卵だよ」

アルの言葉に、私は愕然《がくぜん》とした。

まさか、こいつら……家畜なのか？

どう見ても攻撃性抜群なんですが。

言い返す言葉が見つからない。

口を開けば、悲鳴が漏《も》れてしまいそうだ。私はとりあえず黙ってうなずいた。

アルの陰に隠れながらそいつらの前を通り過ぎ、建物の近くまで移動した。

恐竜もどきにばかり気を取られていたが、森の中にあるのが異質に思えるほど大きな建物だ。

巨大な石を積み重ねて造られたそれは、あちらこちらに消えかけた模様が刻《きざ》まれている。

すごい。インカの遺跡みたい。あるいはアンコール・ワットか。

どっちも行ったことないけどね！

建物の入り口付近まで行くと、今度は筋骨隆々《きんこつりゅうりゅう》とした男達がたむろしていた。

明らかに、堅気《かたぎ》の人ではなさそうだ。因縁《いんねん》をつけられるのではと、思わず身構える。

「どうした、ちびども？」

「家の手伝い、サボりに来たのか？」

ところが、顔は怖いものの意外に愛想《あいそ》よく話しかけられて逆に驚く。

人を見た目で判断してはいけない。

「新しく村に来た子を、お頭《かしら》に会わせようと思って」

「リルだよ。森で迷子になっていて、今は僕達の家に住んでるんだ」

アルが私を紹介すると、むさ苦しい男達は目頭《めがしら》を押さえたり、悲しそうな目でこちらを見たりしてきた。

中には頭を乱暴にがしがしと撫《な》でてくる者もいる。

おい！　自分の筋力を考えろ！

あまりに予想とかけ離れた反応に、私は怯《おび》えていいのか呆《あき》れていいのか戸惑《とまど》った。

「そうか。今は報告会をやってるところだ。すみっこからちょっとだけなら入っていいぞ」

そう言ったのは、男達の隊長格らしい、顔に傷のある男だ。

一見怖そうな彼だが、私達を案内する仕草が丁寧で、盗賊《とうぞく》というには少し妙だった。

一体、彼らはどういう集団なんだろうか？

案内役の彼が入り口にかけられた埃《ほこり》っぽくて分厚い布をめくると、そこには広い部屋があった。

小さな窓が天井にあるだけで、昼間なのに薄暗い。

中には二、三十人の大人の男達が集《つど》っていた。どこか緊張した空気が漂っている。

まず目を引いたのは、真ん中に陣取っている一際《ひときわ》若い男。

この報告会が彼を中心に開かれていることが、一目でわかる。

若い男の容姿は、周囲を囲むむさ苦しい男達とは一線を画している。くたびれた服を着て長い前髪が顔にかかっているものの、男らしい色気のある美貌《びぼう》は隠し切れていない。

燃えるような赤い髪と、琥珀《こはく》色の少し垂れ気味の目——間違いない。

私はその男を見て、息を呑んだ。

「ミハイル・ノッド……？」

どうしてこんなところに！

ゲーム内で彼は、ケントゥルム魔導学園で戦術の授業を受け持つ、外部から招聘《しょうへい》された講師だった。確か本来は騎士のはず。

そう、何を隠そう彼は攻略対象だ。

年上で俺様だが、悲しい過去を隠した色男キャラは、王子を追い越す勢いで大人気。
かくいう私も、彼の声が大好きだった。
見覚えのあるその顔に、私は動揺《どうよう》していたらしい。
無意識に彼の名をつぶやいてしまった次の瞬間。
難しい顔で周りの男達の話を聞いていた彼が、驚いたようにこちらを見た。
まさか、今の声が聞こえたのだろうか？
私が緊張していると、彼とはまったく別の場所、私のすぐそばから怒声があがる。
「ガキが！　なんでこんなところにいやがる！　出てけ！」
そう言って、私の襟首を大きな手がむんずと掴《つか》んだ。
私は驚き、その手の主《ぬし》を見上げる。
その男は——リズに無体《むたい》を働こうとした、盗賊《とうぞく》のカシルだった。
威勢のいい言葉に反して、彼の顔は青ざめている。
彼がいるということは、ここはまさか盗賊《とうぞく》団のアジト？
じゃあ、エルが言ったお頭《かしら》というのは盗賊《とうぞく》団のボスで、状況的にミハイル・ノッドが
その人物……？
事態を脳内で整理しているうちに、私はカシルに追い出されそうになる。

この反応からして、カシルは私の顔を覚えているのだろう。ならばこのまま連れていかれては、命がない。

あの夜を思い出す。女子供に手を出すとお頭がうるさいと男達は言っていた。

彼は私があの日の出来事を話すのを、恐れているのだ。

私は暴《あば》れて大声で叫ぶ。

「離しなさいよ！　お頭《かしら》に言いつけてやる、あなた母さんを……モガ！」

大きな掌《てのひら》で口を押さえられる。

「カシル!?」

エルとアルがあわてて駆《か》け寄ってこようとする。

もし二人にまで危害が及んでしまったら、困る！

私は咄嗟《とっさ》にカシルの掌に噛《か》みつき、歯から無理やり魔力を流しこんだ。

王子が私にしてくれたみたいに、相手を傷つけずに魔力を流しこむには繊細《せんさい》な加減が必要だ。しかし相手に危害を加えようと思ってやる分には、私の力業《ちからわざ》でもなんとかなる。

即席のスタンガンだ。

カシルは反射的に、私をすぽーんと放り投げた。

そして彼は掌《てのひら》を押さえて崩れ落ちる。私はどうにか頭を庇《かば》おうと空中でもがき――

近くまで来ていたミハイルにキャッチされた。

「お嬢ちゃんには、色々と話を聞かなきゃならないようだ」

受けとめてくれて助かったけれど、うう……耳元で囁《ささや》かないでください。間一髪《かんいっぱつ》の状況だったとはいえ、セクシー系声優の声には弱い私であった。


私を逃がすまいとするミハイルに抱きかかえられ、連れてこられたのは彼の私室。

カシルは他の男達に拘束されたみたいだ。

エルとアルの心配そうな顔が私の頭から離れない。

この部屋はさっきの部屋と違い、壁に時の粒子が纏《まと》わりついていた。どうやら壁の時間を止めて、老朽《ろうきゅう》を抑《おさ》えているらしい。

私が下ろされたのは、何の変哲《へんてつ》もない木の台。

ミハイルが椅子にするには低すぎるから、おそらく踏み台だろう。

部屋には遺跡並みに古い建物の中とは思えないほど立派な本棚があり、そこには無数の本が詰めこまれていた。

さすがだ。

私はゲームを攻略するために覚えた、彼のプロフィールを思い出す。

ミハイルは、幾人も騎士を輩出《はいしゅつ》し、騎士団に多大な影響力を持つ名家の生まれだ。

ノッド家はじまって以来の戦術の天才と呼ばれる彼は、実家にある戦闘関連書物を読みまくり、珍しい兵法書《へいほうしょ》が読めるとあれば西へ東へ。陰で『戦争オタク』と呼ばれている、残念なイケメンなのである。さらには周囲の人間を振り回して楽しむという、厄介《やっかい》な性質まで持っている。いわゆる俺様というやつだ。

ゲーム画面の前でなら無邪気にかっこいいと言っていられたけれど、現実ではお近づきになりたくない。

彼はどこかから出してきた椅子を私の前に置いて座ると、口を開いた。

「では、早速《さっそく》尋ねるとしよう。カシルは君に何をした？」

わー！　来た!!

いきなり直球でいらっしゃいました！

戦術とか話術とか、特にないんですね。

私はどう話すべきか悩んだ。

そもそも今の彼は、なぜ盗賊《とうぞく》団のお頭《かしら》をしているのだろう？

私がもしリズのことを話したら、彼女の不利益にならないか？

緊急事態だった先ほどまでとは違って、落ち着いて話せと言われると口が重くなる。

「なんだ、俺に何か伝えたいことがあったんじゃないのか？　お前の母さんがどうしたって？」

彼は私の言葉をしっかり覚えていたようだ。

ここで無用な疑いを持たれるのはつまらないと思い、私は正直に話すことにした。

実の母ではないが、世話になった女性がカシルやその仲間に乱暴されそうになったこと。その場に一緒にいた私も、口封じのために殺されそうになったこと。なんとか助かって、今は近くの村で世話になっていること。

私が森にいた理由はもちろん伏せた。小さな嘘をまぜながら一通り話し終えると、彼はおもしろそうに口角を上げた。

「それは申し訳なかった。カシルには君が満足するよう罰を与えることにする。異論はないか？」

どのような罰かはわからないが、逆らうのが恐ろしくて、私は素直にうなずいた。ミハイルの申し訳ないとは思っていなさそうな顔に、背筋が冷えてしょうがない。

「話を聞いて感じたが、お前は年の割に随分と賢いようだな？　言葉遣いも貴族のものだ。どこで習った？」

そう問われて、硬直する。

どうしようか。

私がリシェール・メリスであること、義母に捨てられたことを話して、メリス家に私の身元を問い合わせられても、きっと知らないと白《しら》を切られるだろう。

私が何を言ったところで、所詮《しょせん》子供の戯言《たわごと》と思われたらそれまで。

信じてもらえるとは思えない。

それに今は、必要以上にこの男の関心を引きたくない。

彼が村の豊かさに関わっているなら、それは騎士団の任務に違いない。

騎士団は国の所属だから、つまりは国の意志だ。

余所者《よそもの》が余計な口出しをして警戒されでもした場合、命に関わる気がする。

ミハイルは赤い火の属性を纏《まと》っていた。こういう男は往々《おうおう》にして、好戦的なことが多いのだ。

ひとまず、誤魔化《ごまか》そう。

「商家で奉公をしておりました。そこで……」

「そんな訳はない。お前の話し方はただの丁寧語ではないぞ。微妙な言い回しの違いだが、実際は王宮で遣《つか》われているものだ。普通の商人や貴族でそんな言葉遣いのやつはいないさ」

呆《あき》れたような、でもどこか楽しそうな声で、彼は言った。

王子が直々に教えてくれた丁寧語が、裏目に出るとは。

まさか王宮で遣《つか》われる話し方だなんて思わなかった。

だから私が喋《しゃべ》った時に、リズさんは妙な顔をしたのか。

今まで喋《しゃべ》るたびに奇妙な顔をされていたことを思い出し、私は冷や汗をかいた。

王子にしてみれば、一番格式の高い言葉遣いを教えて、私が将来困らないようにしてくれたんだろうけれど……

気まずくて沈黙していると、ミハイルが追い打ちをかけてくる。

「残念ながら、とぼけても無駄だ。お前は俺の名も知っていたな？　あの部屋はすべての言葉が壁に吸収されて、俺に届く仕組みになっている。だから部屋の外に音漏《おとも》れしないし、俺が重要な言葉を聞き逃《のが》すこともない。もちろんこの部屋にも、同じ魔導がかかっている」

音は空気振動だから……風の魔導か。どこにでもある粒子だし、まったく気づかなかった。

纏《まと》っている粒子を見ると、ミハイルの属性は火だけのようだ。属性にない魔導は使えないはずなので、この盗賊《とうぞく》団には何人か魔導師がいるのだろう。もしくは高価な魔導石を使っているかだ。

先に種を明かしてみせるのは、この部屋で騒いでも無駄だと知らせるためか。

もとより騒いでどうにかしようとも思っていないが、笑顔なのに笑っていない目で見つめられると寒気がする。

五歳児を威圧するとは、なんて大人げないんだろうか。

「ええと……外の人達が話していて……」

「ふーん」

と言いながら、またにやり。

嫌な男である。

「それはないな。なぜならこの盗賊《とうぞく》団のうち、ほとんどの者が俺の名を知らない。知っている者は不用意に口外したりしない。この意味がわかるか？」

身分を隠して盗賊《とうぞく》をやっている騎士様。

それはつまり――……秘密裏に捜査中？

その考えに至り、私は反射的に彼から距離をとろうとするが――

「おっと、逃がす訳にはいかないな」

手を掴《つか》まれて、あっという間に捕まってしまった。

ミハイルは至極《しごく》嬉しそうな顔だ。

「どこかの回し者にしてはお前は不用意だし、ただの子供と捨て置くには賢すぎる。お前は俺が直々に監視することにしよう。ちょうど、どこに入りこんでも怪《あや》しまれない手《て》駒《ごま》がほしかったところだ」

絶対、最後のが本音ですよね？

にやりと口角の上がった口元から犬歯《けんし》が覗《のぞ》く。

私は自分の犯したミスを心底呪った。

＊❖＊

時は、王子が命がけでリルを救うために魔導を施《ほどこ》していた頃にさかのぼる。

王都にある城では、絶世の美貌《びぼう》を有するメイユーズ国の魔導省長官が、自らの腕に容姿限定認識阻害《そがい》のペンタクルを描いていた。

それを描くだけで、彼の持つとてつもない存在感や神々《こうごう》しさが薄まり、周囲にはただの人間と認識される優《すぐ》れものだ。

彼がこのペンタクルを編み出したのは、人間界に来てまだ間もない頃。容姿のせいで人々が不必要に畏縮《いしゅく》し、買い物一つするにしても不便だったのだ。

一人きりで研究室にこもっている時には本来の姿でいるが、人前に出る用がある日には、大抵術を作動させたままにしておく。

彼にしてみれば、人間がなぜ自分の容姿にそこまで影響を受けるのか、いまいち理解できない。

とはいえ、別に自分の容姿を見せびらかす趣味もない。術を一つかけるだけで快適に過ごせるのなら、それで問題ないと彼は思っている。

前置きが長くなったが、彼の名前はシリウス・イーグ。

人間界に降り立った、最初のエルフである。


エルフという種族を説明するには、まずこの世界の構造から説明する必要がある。

人間界で最も権威があるとされる魔導師ギルドの公式見解によれば、この世界は三層から四層の重複世界で構成されている。

いわく、一番下層に位置するのが人間界。その上層に魔界と精霊界があり、さらにその上に天界が存在している。

この時、天界というのは便宜《べんぎ》上の呼び名で、天使は存在しない。

精霊界には天使に近い外見を持った者もいるが、それはまた別の話である。

エルフはその最上層、天界に暮らす唯一の種族だ。

彼らは地上では賢者とも呼ばれ、シリウスが人間界に降りてくるまでは、ほとんど公式の記録が存在していなかった。そのため、想像上の生き物だとすら思われていた。

では、なぜわざわざシリウスは最下層である人間界に降りてきたのか。その上、人にまじって生活している理由とは――

それは偏《ひとえ》に、彼がエルフの中ではとても変わり者だからに他ならない。

実は、人間界で存在を確認されているエルフは彼だけだ。

メイユーズ国建国を記《しる》した資料には、すでにシリウスの名前がある。彼は国の生き字《じ》引《びき》であり、今さら語るまでもないが、人間界でとてつもない影響力を持つ存在だ。

ただでさえ変わり者の彼が、ここ一月《ひとつき》で特に変だと噂されている事案がある。

それは、三百年間こもっていた城から、彼がたった一人で外出するようになったこと。

彼の外出は城の人々を驚かせた。

とにかく前例がなかったものだから、彼が外出する際の対応がわからず、周囲の人間は大混乱。

まず彼の世話役は王に伝令を飛ばし、それから対処法を調べるために歴代の記録がしまってある書庫に急いだ。

当のシリウスは、供もつけずにさっさと外出してしまったが。

シリウスの世話役は、侍従長《じじゅう》や近衛《このえ》騎士の担当者も交《まじ》えて緊急対策会議を開いたものの、本人が一番強いのだから自由にしていて差《さ》し支《つか》えないという方針が決定された。

それから毎日、シリウスはちょうど三十テイト――およそ午後三時ぐらい――になると、いそいそと城外に出かけた。

ヒキコモリが功を奏《そう》し、彼の容姿を知る者は城外に皆無である。そのため認識阻害《そがい》の術を使えば、飛び抜けた大男であること以外に目立つ要素はない。

当初は近衛《このえ》騎士が陰ながら護衛していたのだが、いつも撒《ま》かれてしまう。

最近、シリウスは本当にフリーダムだ。

一番初めの外出は、下民街《げみんがい》で起きた精霊災害の被害を食い止めるためだったらしい。

もしかしたらその流れで精霊界に出かけているのかもしれないと人々は噂したが、真相を知る者はいない。

ただ、常に無表情な彼が一度だけ、しまりなく笑っていたという情報がある。外出から帰ってきたところに居合わせたメイドが見たというのだ。しかし、彼の百年単位で硬直している表情筋が正常に動くとは信じられず、眉唾《まゆつば》だと思っている人間がほとんどだったりする。

王城でシリウスの世話役をしているユーガン・マクレインは、向かっていた執務机にペンを置いた。体から力を抜き、凝《こ》った眉間を揉《も》み解《ほぐ》す。

最近の彼はとみに疲れを感じていた。

寄る年波《としなみ》のせいとも言えるが、一番の原因は彼の仕事内容の変化にある。

ユーガンの職務は、希少なエルフで国の要人でもあるシリウスに仕えること。マクレイン家はその仕事を代々受け継いでいる。

彼は生まれた時からシリウスの世話役になることが決まっていて、それを不満に感じたことは一度もなかった。

ここ三百年ほどのシリウスは、王城に引きこもりきりの生活で、ユーガンの仕事は先代と変わらず、楽な仕事になるはずだ。

実際、働きはじめて四十五年、齢《よわい》五十八になるまではその通りだった。

ところが最近はどうだ。

戦争がある訳でも、政変がある訳でもないのに、なぜかシリウスが活発に活動しはじめた。

ユーガンはシリウスが前例にない行動をするたびに、その対処法を調べるため、古い書物を探して書庫に潜《もぐ》らねばならない。

紙はここ百年で急速に広がったものなので、三百年前の資料は現状維持のペンタクルを刻印した皮紙《ひし》。かさばるので、読むのも片付けるのも一苦労だ。

しかしこのところは過去の対処法にこだわらず、現状に合わせて臨機応変に対応すべきという考え方に変わってきている。

なんせ父や祖父、曾祖父《そうそふ》の時代にも、シリウスは外出などしなかったのだ。世話役組織の命令系統や手続きのフォーマットは、大昔から変わっていない。それらは煩雑《はんざつ》でわかりづらく、前時代的な代物なのである。

今日のシリウスは、朝から魔法省の書類にかかりきり。二十テイト――およそ午前十時――のお茶の時間までもう少しだ。

その時、長官室と続きになっているユーガンの小部屋に伝令の騎士が駆《か》けこんできた。

何事かとユーガンは目を丸くする。

「王太子殿下が負傷された！　至急、シリウス様にお目通りを!!」

その内容と騎士の尋常《じんじょう》ではない様子にユーガンは驚き、あわてて長官室へ続く扉を開けようとする。

しかし扉は向こう側から、すっと開いた。

「王子はどこだ？」

騎士よりも頭一つ、ユーガンよりも頭二つ分ほど大きい男が、涼しい顔で出てくる。

騎士は息も絶《た》え絶《だ》えに、叫ぶように言った。

「発見したメリス侯爵夫人に付き添われ、城門から馬車でこちらへ向かわれている最中です！」

それを聞いたシリウスが一瞬妙な顔をしたが、ユーガンはそれどころではなかったので気にも留めなかった。

長いローブを翻《ひるがえ》し、シリウスが歩き出す。

「ユーガン、研究室の者に声をかけておけ。ひどければ運んで治療する」

ユーガンの返事を聞かぬうちに、シリウスはぐんぐんと歩いていった。

騎士は駆《か》け足で彼を追っている。

大変なことになったと思いながら、ユーガンも急いで魔導省の建物内にある研究室に向かった。


研究室に運びこまれた王子に外傷は一切なかったが、体内の魔導組織に重大なダメージを受けていた。治療に集中するため、シリウスは認識阻害《そがい》の術を解く。

シリウスは、青ざめた顔で眠る王子に手をかざした。その周囲では、魔導省の者達が特殊《とくしゅ》な顔料で王子の体にペンタクルを次々と描いていた。

シリウスは相変わらず涼しい顔をしていたが、事態が緊迫しているのはそれほど魔導に詳《くわ》しくないユーガンでもわかった。

そして、シリウスの様子が明らかにおかしいと感じたのは、この時だ。

処置の合間合間に、シリウスは足を踏み鳴らしたり、無意味にローブを払ったり――まるで苛立《いらだ》っているかのような、らしくない行動を取った。

初めは「シリウス様でもあわてるほど容態が悪いのだろう」とユーガンは心配したのだが、快方に向かってもその行動は止まらない。それどころかむしろひどくなっていくことに、彼は疑問を抱《いだ》いた。

やがて治療を終え、かざしていた手を下ろすやいなや、シリウスは研究室を飛び出していった。

顔色はだいぶ戻っているが、まだ荒い寝息を立てる王子を置いてである。

ユーガンは周囲の者達共々ぽかんとしてしまったが、すぐに我に返った。王子を彼の居室に運んで交代で付き添うように指示をして、あわててシリウスを追った。

もっともすぐに見失ってしまったのだが。道行く人に尋ねながらの追走である。

引退したい！

ユーガンは心の底からそう思った。

そしてやっと王の私室に辿《たど》りついた時、扉の前では近衛《このえ》兵やメイドなどが一様に困惑の表情を浮かべていた。

聞けば、シリウスが飛びこんだきり扉を閉めきってしまい、何をしても開かないのだという。

私の主《あるじ》は一体どうしてしまったのだ。

ユーガンは年甲斐《としがい》もなく泣きそうになった。


老境に達した騎士団長のリチャードは、王であるギガロの私室で膝をつき、重苦しいため息を吐《つ》いた。

人払いを済ませた室内には重苦しい空気が立ちこめている。

リチャードより年若い王の顔にも、苦渋《くじゅう》の皺《しわ》が刻《きざ》まれていた。

「まさか、王太子殿下がこのようなことになるとは」

「場合によっては廃嫡《はいちゃく》も考えねばならぬ。シリウスが治療を続けているが……」

「この責任、如何《いか》様《よう》にも……」

「よい。頭を上げろリチャード。おぬしのせいではない」

「しかし」

「どうやら、あれは自ら禁術を使ったらしい。よほど大きな魔力を体内に受け入れたのか、魔導脈《まどうみゃく》が焼き切れていると報告があった」

「殿下らしい……お優しい方ですから」

リチャードの目尻に涙が浮かぶ。

「ともあれ、事は秘密裏に進めねばなるまい。王太子が王都内で大怪我《けが》をしたなど、余計な混乱と猜疑《さいぎ》を招く。この件の処理は、そなたに一任するぞ」

「御意《ぎょい》」

「ところで、東方の国境での密入国問題はどうなっている？」

「現在、情報収集に努めております。大量の武具などが国内に持ちこまれた可能性があり、犯人を泳がせて首謀者を探《さぐ》っている最中です」

「きな臭いな……」

「ミハイル・ノッドに捜査させておりますので、近いうちに朗報《ろうほう》をお聞かせできるかと」

「〝戦術の天才〟か。あれが育てば、少しはそなたも楽ができよう」

「そうなればいいのですが。あれには情緒《じょうちょ》が足りません」

「だから外に出したのだろう？　いい知らせを期待している」

「謹《つつし》んで」

それから二人は国防についていくつか意見を交わし、やがてどちらともなく沈黙した。

国事が優先と頭ではわかっていても、王は息子の、騎士団長にとっては幼少の頃よりかわいがってきた教え子の安否に、つい考えがいってしまう。

騎士団長が気持ちを切り替えて部屋を退出しようとした時、突如《とつじょ》激しい音がして扉が開き、男が飛びこんできた。

開かれた扉はひとりでにぴたりと閉まる。扉の外で見張りの騎士の騒がしい声がした。

突然乱入してきた人物に、二人は言葉を失う。

人間にしては高すぎる長身と、恐れさえ抱《いだ》かせる白皙《はくせき》の美貌《びぼう》。魔力を秘めた白髪《はくはつ》はさらりと流れ、そこから張り出した耳は男が人でないことを如実《にょじつ》に知らせている。その目は魔法粒子を内包し、銀河のようにキラキラと渦巻《うずま》いていた。

常用している認識阻害《そがい》の術が解けているらしく、久々に見た男の真の姿に二人は息を呑んだ。

「ギガロ、リチャード、俺は旅に出る！」

男の口から飛び出た言葉は、二人に更なる衝撃をもたらした。

人払いをした王の私室に、許可なく出入りできる人間などいない。

彼はそれが唯一許される存在。

地上に降りた賢者と呼ばれるエルフに、王はあわてて言葉を返した。

「シリウス⁉　シャナンはどうした！」

「王子の容態は安定した。それよりも、俺は旅に出る」

「突然何を言い出す！　一体何があった」

リチャードの悲鳴のような声が、シリウスの返事に重なる。

彼の突飛《とっぴ》な発言に二人の理解が追いつかず、場は混乱した。

「シリウス、ひとまず王子は無事なんだな？　後遺症は？」

リチャードがその場を落ち着かせるべくゆっくり尋ねると、不満げな顔のシリウスが口を開く。

「手抜かりはない。王子は無事だ。ただ魔導脈を修復するのに木の属性の術を使った。体内にはずっと木の属性が残る。今後は金属性との相性が悪くなるから、身近に金属性の物を置くのは避《さ》けるのがいいだろう。あとはしばしの安静だ。目を覚ましたら、勝手にうろつかないよう厳しく躾《しつけ》でもしておけ。それより旅だ。早く許可を」

話を聞いた二人の顔に安堵《あんど》が広がる。

しかしシリウスのいつにない焦った様子に、二人は訝《いぶか》しげな表情を浮かべた。

彼は基本無表情で、人間のようにわかりやすく感情を表したりない。

彼の非常に稀《まれ》な態度に、王は戸惑《とまど》いを隠せずにいる。

「なぜ、そうも急ぐ？　不老不死のエルフともあろう者が。だいたい、自ら引きこもって三百年も王都から出なかったのは、自分ではないか」

当然の疑問に、シリウスは不機嫌そうに顔をしかめた。

「東に行く。それ以上は言えない」

王もリチャードも幼少の頃からシリウスを知っているので、相手が国の守護者でも、他の者より気安く接する。

「おい、東のどこまでだ？　まさか国を出る気か？」

「リチャード、私は急いでいる」

「お前さんに亡命されたら国家間のパワーバランスが崩れる。一体どういうつもりだ。何より今、東に行かれるとまずい。部下が捜査中だ」

「そんなこと私には関係ない！」

「おいおい、理由ぐらい言ったらどうだ？　俺達にも何か協力できるかもしれないだろう？」

「そうだシリウス。天界や精霊界でのことではどうにもならぬが、人間界のことならばいくらでも力を貸すぞ？」

二人の言葉に、シリウスは苦渋《くじゅう》の表情を浮かべる。

付き合いの長い二人だからこそ、それが『苦渋《くじゅう》の表情』であると理解できたのだが。

「……主人を迎えに行く」

王にすら膝をつかないエルフの発言とは思えず、二人は驚きのあまり考えることを放棄した。


意を決したユーガンがペンタクルの入れ墨が刺された掌《てのひら》をかざすと、その扉は重い音を立ててゆっくりと開いた。

そのペンタクルは第十五代頃の世話役がシリウスより下賜《かし》されて以来、マクレイン家に伝わる図案だ。

シリウスに関わる魔法にのみ反応し、時にはシリウスの術を破ることもできる。

危険がないか確認するために近衛《このえ》兵が先んじて部屋を覗《のぞ》くと、中からは言い争う声が聞こえた。

「だから！　お前が直々に行ったら、東部に余計な騒ぎが起こるだろうが！　主人でもなんでも、人間だったらいくらでも探してやる！　とりあえず落ち着け！」

「嫌だ。直接私がお助けするのだ。邪魔《じゃま》するな」

「このわからず屋が！　結果的に助けりゃ、同じじゃねーか！」

「全然違う。私がお助けせねば、お礼を言ってもらえないじゃないか」

普段は冷静なリチャード騎士団長が怒鳴《どな》っている。

苛立《いらだ》ちに任せて頭をかきむしるので、心細くなっている頭から髪が幾本か絨毯《じゅうたん》に落ちた。

王は疲れ切ったように椅子の背に身を預けている。

国の要人達の会話に、割って入れる近衛《このえ》や侍従《じじゅう》などいない。

「あー！　一体どうしちまったんだよ！　どこの忠犬だそりゃ！」

「ふ、忠犬とはいい響きだ。私はあの方に忠犬と思っていただけたら、本望だ」

う、うわー……

その時おそらく、居合わせた全員の心が一つになった。

ユーガンは、早急に隠居《いんきょ》の準備をしようと心に決めた。

＊ ✣ ＊

『青星《あおぼし》』

それが私の前世での名だ。

〝りる〟という少女のつけた、私の本当の名前。

私の前世は、日本に暮らすありきたりな中流家庭の飼い犬だった。五歳のオスの日本スピッツだ。

私はそのりるという少女が、二十歳になったお祝いに贈られた。

ミルクの匂いのする母親や兄弟達と引き離されて、最初はとても心細かったのを憶えている。

知らない人に囲まれて、寝る時にはたった一匹。

散歩の練習として出た庭も、知らない場所で嗅《か》いだことのない匂いだ。

まだ小さくて屋外に出たことのなかった私は、体が竦《すく》むばかりで、庭を一歩も歩けなかった。

首輪につけられたヒモを引かれても、その場で足を踏ん張ってばかり。

そんな私を、りるは抱きかかえて散歩に連れていってくれた。

彼女は軽いと言えるほど小さくはない私を抱《かか》え、もう疲れたよと言いながら笑っていた。

私が一歩を踏み出せるようになると、りるは少し先に行っては手を広げ、私が歩くのをひたすら待つ。

そうして少しずつ私は、自分の足で遠くまで散歩に行くことができるようになった。


りるとの思い出は多い。

目をつぶるだけで、それらが頭の中を駆《か》け巡《めぐ》る。

動物の単純で強烈な感情の波。

エルフである私には、それはとても遠い感覚で、常に新鮮に思えた。

ジャーキーを前にした時の喜び。

カリカリのエサが出された時の失望。

エサをちゃんと食べなきゃだめだと、怒るりるに対する悲しみ。

まっすぐ向けられた視線が怖くて怯《おび》える私を、りるは辛抱強く慰《なぐさ》め、そしてかわいがった。

私の腹に顔を埋《うず》めては笑い、慈《いつく》しむように撫《な》でてくれた手。

遊び半分で外に出て家に帰れなくなった私を、りるは探しにきてくれた。

いっぱい怒り、そして心配したと少し泣いた。

りるは泣き虫だ。

彼女は悲しい時、決まって私を連れていつもと違う散歩コースを歩いた。

そして人がいない公園のベンチで、すんすんと泣く。

私は彼女の足元に座って、りるの悲しみが終わるのを待った。

私を乱暴に撫《な》でたり、ふさふさの毛に顔を埋《うず》めたり。

りるは何かあると、いつもそうしながら静かに泣いた。

その涙の塩辛さを、今でも私は憶えている。

彼女といるのが、私の幸せ。

ずっと一緒にいられると思っていた。

それなのにある日突然、りるは帰ってこなくなった。

私はエサも食べずに待ち続けた。

次の日も、その次の日も、彼女は帰らない。家の中がガランとして、私が感じたのはひどい恐怖だった。

結局、どれだけ待ってもりるは帰らなかった。

私はエサにもおやつにも、一切口をつけなかった。そうして衰弱《すいじゃく》し、散歩すら行かず、部屋の中で眠っていることが増えた。

最期《さいご》は何も覚えていない。

そうして、犬の私は死んだ。

次に目が覚めた時、私はエルフになっていた。

エルフとしての知能を得て初めて、あの時りるは死んだのだろうと気がついた。

これは人も知らないことだが、天界に暮らすエルフという生き物は、基本的に孤独を好む。

エルフは獣《けもの》に近い姿で生まれ落ち、成長するにつれて人型に近づき知性を高めていく。

群れずに、親ですら生まれたての子供を突き放《はな》す。

敵のいない天界でなら、子供のエルフが生き抜くこともできるからだ。

そして彼らは親子の愛情や仲間の友愛を知らず、ただ淡々と成体になる。

それは、一個体でも強大な力を持つ彼らが、決して諍《いさか》いを起こさないようにするための本能なのかもしれない。

りるとの思い出を捨てきれなかった私は、彼女の縁《よすが》を求めて下界へと下《くだ》った。

そして人間の友を作った。今までどれだけの友を見送っただろうか。

人々の営みは、エルフである私にはとても眩《まぶ》しく、そして儚《はかな》かった。


――下界に来てからどれほどの時が過ぎたのか。

もう、りるの記憶も遠い。

声を聞いても、思い出せないかもしれない。

顔を見ても、匂いを嗅《か》いでも、気づけないかもしれない。

人の中で暮らす時間が長くなるほど、過去の記憶は薄れていった。

この広い世界のどこかに、りるはいるのだろうか。たとえすれ違っても、気づかず通り過ぎてしまうのではないか。もしかして、すでに通り過ぎたあとなのではないか。

その疑問は絶《た》えず私を苦しめ、孤独にした。

やがて私は人と触《ふ》れ合うことに疲れ、メイユーズの建国以降は王城に閉じこもる日々を過ごした。

この頃にはもう、再びりるに会いたいという願いは消えかけていた。

ただ惰性《だせい》で働き、人間界にしがみつく。

友の面影《おもかげ》を持つ子孫達だけが、私の心を少し慰《なぐさ》めた。

ある日、いつものように執務室で仕事をしていると、王都の結界内に爆発的なパワーを持った精霊が召喚されたのを感じた。

これは人間界に被害を及ぼすかもしれない。そう思って急いで外へ飛び出し、私はそのパワーの発生源へと向かった。

そこにあったのは、久しぶりのヴィサークの姿。『西の猛《たけ》き獅子《しし》』と呼ばれ、風の精霊を束ねる首長でもあるヴィサークは、ただの精霊ではない。

精霊界より上の階層に住むエルフにすら膝を折らず、自由を好み、束縛を嫌う。

厄介《やっかい》なことに不完全な召喚だったらしく、自我を失い暴《あば》れている。

私が召喚主《ぬし》を探すと、逃げ惑《まど》う人々の中で小さな少女が、人々の流れに負けないよう踏ん張っていた。目を凝《こ》らすと、彼女とヴィサークを繋《つな》ぐ『絆《きずな》』が見える。

私は驚き、彼女を凝視した。

とにかく死なせないようにと、私はその少女を人ごみから掬《すく》い上げた。

ヴィサークが自我を喪失《そうしつ》したまま召喚主が死ぬと、余計に面倒な事態になる。

私が少女の軽い体を持ち上げると、少女が驚いたようにこちらを見た。

体はやせ細り、頬はこけている。そのせいでぎょろりと大きく見える灰色の目は、まっすぐこちらに向いていた。
かわいいというよりは、そら恐ろしい。
しかしその目を見て、私は動けなくなった。
「し……りう……す……？」
少女は息も絶《た》え絶《だ》えに、そう言った。
それは、私の名前。
大事な大事な——りるにもらった名前だ。
迷子になった日に、彼女は言った。

〝青星〟っていうのはね、お空にいる大きな犬の名前だよ。
青くて綺麗《きれい》な星だから、どこにいても見つけられるんだよ。
怖がらなくて、大丈夫。どこに行っても見つけるから。
おうちへ帰ろう。今日はお説教だよ。シリウス。
本当に大事な時にだけ、刻《きざ》みつけるようにあなたはその名前を呼んだ。

3周目　騎士様の小間使い

「リル、茶だ」

そう言って、カップを出される。

ピキリと額に血管が浮かびそうになるが、そこは元ＯＬの悲しい習性だろうか。「はい」と大人しく受け取ってしまう。

あれからもう五日。私は、ミハイルに引き取られて盗賊《とうぞく》団のアジトで暮らすようになった。

ここでの私の役職は、主《おも》にミハイルの小間使い。今みたいに簡単な用事を押しつけられる他は、自由にしていていいと言われている。

それだったらエルとアルのもとに帰りたいのだが、そう言ったところでミハイルが私の希望を受け入れてくれることはなかった。

ため息を吐《つ》きつつ、ミハイルの部屋を出る。するとそこには見張りとしてゲイルが立っていて、いつものように私の頭を掴《つか》んで乱暴になでなでした。

ゲイルは、最初にここに来た時、丁寧な対応をしてくれた人だ。顔に傷があり、怖い外見ではあるけれど、子供が大好きで涙もろい好青年。盗賊《とうぞく》団内では、ミハイルの右腕のような仕事をしてる。

「リルは頑張ってて、えらいな」

そう言って、ゲイルは私を見かけるたびに飴《あめ》をくれる。

この世界では砂糖が高価で、飴《あめ》も然《しか》りだ。商人もそうそう取り引きをしない。気前よくそれをくれるということは、きっと平民ではないのだろう。

確か騎士は、貴族でないとなれないはずだ。この人もおそらく騎士団から出向してきたに違いない。

私はお礼を言うと部屋をあとにした。

アジトに厨房《ちゅうぼう》はないが、石を組んで作られた竈《かまど》で煮炊きができる場所がある。そこには大きな甕《かめ》が備《そな》えつけられていて、その中の水は毎朝交代で近くの泉まで汲《く》みにいっているらしい。

私は大きなおたまでそこから水をすくい、銅製のやかんに入れた。

本当は大人を呼んでお湯を沸《わ》かしてもらうべきなのだが、誰かを探しに行くのは億劫《おっくう》だ。

私は竈にくべられている薪《まき》の一本をこっそり拝借し、そこに爪で火のペンタクルを描いた。

難しい図案ではないし、小さな火をつけるだけならこのほうが格段に速い。薪《まき》の上にやかんを固定して、お湯を沸《わ》かす。

ちなみにミハイルのカップは土で焼いただけの簡素なものだったので、勝手に金のペンタクルを刻《きざ》んで強度と保温性を強化してみた。

私は最近、実験もかねて、ペンタクルを使いまくって生活している。小間使いとはいえ盗賊《とうぞく》団のアジトは物騒な職場だ。いざという時に使えないと困る。おかげ様で、日常生活は快適だ。

実際に使ってみると、魔導はとても便利だった。

ああ、私ってば、なんて仕事のできる五歳児なんだろう。と自画自賛しながら作業を続ける。

ついでに、ゲイルにもお茶を淹《い》れて持っていこう。飴《あめ》のお礼だ。

茶葉も高価なはずだが、このアジトにはたくさんストックされている。

間違いなく戦利品だよなー。

そう思いながら、手近な缶を開けた。

茶葉を二匙《さじ》ポットに入れ、沸騰《ふっとう》したお湯をできるだけ高い位置から注《そそ》ぐ。

と言っても五歳児の身長なので、たかが知れているけれど。

それから蓋《ふた》をして、ちょっと蒸《む》らす。小メニラ——五分よりちょっと短いぐらいが理想だけれど、時計がないのでそのへんはカンだ。

あとはポットを揺《ゆ》すって全体を混ぜ、二つのカップに交互に注《そそ》いでいく。

最後の一滴——ベストドロップまで入れて、完成。

前世で一時期紅茶にはまっていたのが、こんなところで生きてくるとは。

妙な感慨《かんがい》にふけりながら、私は板の上にカップをのせ、ミハイルの部屋に戻った。

部屋の前でまず、ゲイルにカップを差し出す。彼は目を丸くした。

「お礼です」

そう言うと、ゲイルが目をうるうる潤《うる》ませて再び私の頭をわしわしと撫《な》でた。

この人、こんなに涙もろくて、盗賊《とうぞく》やってけてるのかな？

そんなことを考えながら、ミハイルのお茶をこぼさないよう、慎重に部屋へ入った。

「どうぞ」

ミハイルが向かっている机の上にお茶を置いた。

今日は朝から忙しく、書類に目を通したり手紙を書いたりしていたミハイルは、「ん」

とぞんざいな返事をよこした。

前世で上司にコーヒーを淹《い》れた時もこんな反応だったよなー、と懐《なつ》かしさに浸《ひた》る。するとお茶を一口飲んだミハイルが、書類から視線を外してカップを見た。

「美味《うま》いな」

「ありがとうございます」

その日から、私はミハイル専属のお茶係になった。

＊
❖
＊

「だからいい加減、制限魔法解けっての！」

それは本当に切羽《せっぱ》詰まったような声だった。しかし、相手の言葉は非情だ。

「お前こそ、いつまでこんなところで油を売っているつもりだ」

「この邪魔《じゃま》くせー制限魔法が解けたら、速攻で助けにいくわ！　リルを連れてくるわ！　だから解けよ、もう頼むから」

強気なのか弱気なのか、とりあえず声の主《ぬし》の必死な様子は伝わってくる。

ここは由緒《ゆいしょ》ある魔導省長官執務室。

部屋の主《あるじ》と威勢だけはいい白いもふもふの獣《けもの》は、飽《あ》きることなく言い争いを続けていた。

執務机に座ったシリウスは、書類から顔を上げると普段にも増して冷たい表情でその獣――ヴィサークをにらむ。

「ダメだ。お前が主《あるじ》と言葉を交わすなんて嫌すぎる。ましてやずっとそばでかわいがられるなど、最悪だ。力を発揮して、頼りにされるのも我慢ならない」

「私情まぜすぎだろうが！　それでリルを危険に晒《さら》したら、元も子もないだろ」

「だからさっきから何度も、お前に戻れと言っている」

「戻ったって、この体じゃ碌《ろく》なことできないの！　何かあってもリルを助けられないの！」

お互いに譲《ゆず》らないので、まったく収拾がつかない。

主《あるじ》がこんなに話すところを見るとは想像もしていなかったと、ユーガンは遠い目をしていた。

先日、王子が倒れてから、シリウスの様子はずっとおかしい。おそらくユーガンの目には見えない何者かがそこにいるのだろう。しかし、こうして何もない空間に向かって連日声を荒らげる姿を見ていると、おこがましいとは思いつつ心配になってしまう。

有能な側仕《そばづか》えらしく、口に出しては言わないが。

「そろそろ我儘《わがまま》はやめたらどうだ?」

「それはこっちのセリフだ!」

片やこの国の魔導省長官、片や西の精霊を統括《とうかつ》する精霊界の重鎮《じゅうちん》とは思えない、幼《よう》稚《ち》なやりとり。

ヴィサークは何度目かわからない歯噛《はが》みをした。

リルと離れた今、ようやく人語を喋《しゃべ》れるようになった。それもこれも、この男のかけた魔法という名の呪いのせいだ。リルの前では人語を喋《しゃべ》れないどころか、碌《ろく》に魔法も使えない。ぬいぐるみよりも動けるだけちょっとまし、という程度の役立たずになってしまう。

本体の俺は、もっと凜々《りり》しくて大きくてかっこいいのに!

猫と犬、シーサーをミックスしたような小さな姿のヴィサークは、空中に浮きながら仕事に勤《いそ》しむエルフを怒りと軽蔑《けいべつ》の眼差《まなざ》しで見ていた。

ちなみに魔法とは精霊が使うもので、人の使う魔導とは根本的に異なる。

エルフも本来は魔法を使うのだが、人間界に長く暮らしているシリウスは、普段は魔導を使うことが多い。

「ならお前が行けよ！　リルが危険な目に遭《あ》うかもしれないんだぞ！」

「それができればどれほどいいか。しかし私が行けば東部が混乱し、逆に主人を危険に晒《さら》すことになりかねない。だからこそお前がおそばについておらねばならんのだろうが。それでも契約精霊の端《はし》くれか」

どうやらシリウスは、国王と騎士団長の説得に折れて旅を諦《あきら》めたようである。

一方、罵《ののし》られたヴィサークは顔を真っ赤にした――毛でわかりづらくはあるが。

「俺は西の精霊の長《おさ》だぞ！　お前より年長なんだ！　ちょっとは敬《うやま》え。だいたい俺は本来、人間と契約するような精霊ではないんだぞ！　ただ、あの時は不可抗力でだな……」

「なら代われ。私がリルの契約精霊になるから、お前はこの国の長官をしろ」

八つ当たりのように無茶を言われ、ヴィサークもさすがに呆《あき》れて黙りこんだ。

こいつは本当にエルフか？

自分が生まれた精霊界より上の階層に住むエルフという種族は、本来執着が薄く感情もほとんどない生き物である。しかしどうやら、この男は異端《いたん》のようだ。

とりあえずヴィサークは自分が折れることにして、深いため息を吐《つ》く。

「……わかったから、せめて会話だけはできるようにしてくれ。俺を通じてリルと意思疎通できれば、安全確認ぐらいはできるだろ」

もっともな説得にシリウスはしばらく口をつぐみ、やがてヴィサークの額に手をかざした。

特に光や効果音などはないが、ヴィサークの制限魔法の一部は解除されたようである。ヴィサークは興奮でぶんぶんとしっぽを振った。

「じゃあ行くからな！」

そう言って窓から飛び出した精霊の王は、風に乗って瞬《またた》く間に姿を消した。

＊ ✣ ＊

あっという間にアジトに来てから十日ほどが過ぎ、もう緑月《りょくげつ》の中盤だ。森の新緑は一層美しくなり、自然の強い生命を感じた。

私は一人きりでアジト近くの野原に座りこみ、日向《ひなた》ぼっこをしていた。

盗賊《とうぞく》団のアジトで日向《ひなた》ぼっこをすることになるなんて、前世では考えもしなかったなあ。

そんなことを思って、一人で笑う。

最近の私がやっているのは、ミハイルのお茶汲《く》みぐらいだ。

本当はエルとアルに会いに行きたいのだが、村に行くのはミハイルに禁止されてしまった。

ならば当初の宣言通りどこかに潜入させられるのかと思いきや、その様子もない。

ミハイルが私をアジトに留めている意図がわからず、困惑する。

気がつくと暇《ひま》な時は物思いにふけり、私は今後の人生についてじっくり考えるようになった。

魔力が解放されて前世の記憶が戻ってすぐ、私は侯爵家に引き取られた。

そこでは病弱な体を抱《かか》えていっぱいいっぱいで、その上、人々には冷たくされるつらい日々だった。

でも、母親を失った悲しみや心細さは、今考えるとシリウスの存在が埋めてくれていたように思う。

これがただの子供だったなら、おそらくシリウスに依存して成長し、彼が主人公を愛することを受け入れられなかったに違いない。

改めてゲームの中のリシェールに同情しつつ、私は考えを巡《めぐ》らせる。

見た目は子供だけれど、私の内面は成人だ。

二十五歳は成熟というにはまだまだかもしれないけど、自分では分別のある大人のつもりでいる。

王子と出会う前は、侯爵家を出てゲームのストーリーに関わらず生きていければなんでもいいと考えていた。

何よりも、死にたくないという思いが大きかった。

しかし、今回の事態で私自身の考えも大きく変わった。

恋とは少し違う。王子を尊敬してる。彼を助け、命を救ってもらった恩を返したい。

「……でも、道のりは遠いなー」

熱意とは裏腹に、考えれば考えるほどその願いは無謀《むぼう》すぎて、思わずため息がこぼれた。

なんせまだ子供だし、後ろ盾《だて》たる家柄も失ってしまった。

ゼロから這《は》い上がって彼に仕えようにも、この世界の女性は官庁で働けるような存在ではない。そもそも親に絶縁された上に捨てられて、貴族はおろか平民ですらない私に、仕官の道があるとは思えない。

王城の下働きのメイドになるのだって、厳しい身分確認が必要とされるのだ。

どうしたら私でも王子の役に立てるだろうか？

唸《うな》りながら原っぱに寝転ぶと、顔に影がかかった。

「ゲイルさん」

優しい表情で私を覗《のぞ》きこんできたのは、一見強面《こわもて》なゲイルだった。

彼は本当によく私に構ってくれる。

ここしばらくの間、ミハイルとゲイルのやりとりを見ていて、ゲイルはミハイルの側近だと確信した。ミハイルはゲイルに全幅《ぜんぷく》の信頼を寄せているようで、ミハイルの部屋の見張りは彼がしていることが多い。

「悩みごとか?」

「ああ……えーと……はい」

誤魔化《ごまか》すのもおかしいので、しどろもどろながらも同意する。

ゲイルが話を聞くとでもいうみたいに隣に腰を下ろし、先を促《うなが》すように沈黙した。

そんなに気にかけてもらったら、話の続きをせざるをえない。

「……早く、大人になりたいなって」

とりあえず、悩みを子供っぽくぼかしてみた。

「どうしてだ?」

「やりたいのに、できないことがいっぱいあるんです。全然役立たずで……はがゆい」

誰の役に立ちたいかは語らず、気持ちだけを吐露《とろ》する。

口にすると本当に自分の無力さが身に染みて、情けなくなった。

「リルはよくやっているだろう。リルの淹《い》れてくれるお茶は美味《うま》いぞ？」

頭を撫《な》でてくれる手に、私は彼を見上げる。

二十代後半に見えるのに、とても落ち着いていて包容力がある。

今の私は五歳だから、父親はゲイルぐらいの年齢でもおかしくない。

むしろ五歳じゃ幼いか。この世界は一般的に日本よりも早く結婚するようだから。

無精髭《ぶしょうひげ》を伸ばし、初めて会った時よりワイルドになったゲイルには、ミハイルにない貫禄《かんろく》があった。

顔の傷は怖そうに見えるが、彼の笑い皺《じわ》は人を安心させる力がある気がする。

本当の父親の顔はどうせ碌《ろく》に覚えていない。もしもゲイルが父親だったら、こんな苦労もなかっただろうなとちょっと思った。

その時、唐突に理解した。

ああ、そうか。ゲイルは子守が上手だからミハイルの側近なのだな。ミハイルは気ままで、どこか子供みたいなところがある。

――この人だったら、子供の言うことと馬鹿にせずに、話を聞いてくれるだろうか？

「身分のある方にお仕えしたいんです。その方に命を救われて……。でも私は生まれがよくないから、どうしようもなくて」

「リルは本当に賢いな」

ゲイルは感心したような、でも悲しそうな顔をする。

「まだ子供なんだから、そんなに焦らなくてもいい。子供を助けるのは、身分ある人間には当然の義務だ」

私を撫《な》でる手は、いつものみたいに乱暴なものではなく、いたわるようだ。

この優しさは心地いいが、甘えたくない。

「でも、その方の役に立つことが私の目標なんです。女じゃなかったら、騎士になってお守りすることだってできたのに………ゲイルさんのように」

ゲイルは一瞬、ギクリとして手を止めた。

自分が騎士だと気づかれているとは、思っていなかったのだろう。

これは賭《か》けだった。

比較的私に甘いゲイルならば、即刻処分ということにはなるまい。

少し危険だが、現状を打破《だは》するには必要な一手だ。

ゲイルはそっと手を下ろし、正面からじっと私を見据《みす》えた。

それは真剣な目だった。私も負けずにまっすぐ見返した。

「その相手は、我らが主《あるじ》に仇《あだ》なす者なのか？」

ゲイルの声音ががらりと変わる。

やっぱり彼は騎士なのだ。

私は身震いした。

「いいえ、私が剣を捧げたいのは、あなた方と同じお方です」

声が震えないように注意し、思いをこめてそう言った。

騎士団が剣を捧げているのは王家だから、そこには王子も含まれている。

ゲイルが真意を探《さぐ》るみたいに眉をひそめたが、私は黙って彼の顔を見続けた。

強くなりたい。早く大人の世界に行きたい。助けられるだけじゃ、守られるだけじゃ嫌だ。私だって守りたい。

目をそらしていた思いが、胸の内から溢れてくる。

王子のことだけじゃない。ずっと考えていた——だけど、考えないようにしていたことがある。

私がもっと早く記憶を取り戻していれば、この世界の母さんは死なずに済んだかもしれない。

衛生環境の改善方法や看病の仕方。役に立つ知識はいくらだってあったのに。

自分の無力さにどれだけ歯噛《はが》みしただろう。

母さんは二十三歳で死んだ。前世の私よりも若かった。でも精一杯私を愛し、守ってくれた。

なのに、私はどうだ。二十五歳だった頃の甘ったれた生活が思い浮かんで、苦しくなる。

だからもう、おいしいところだけを食べて生きるだなんて耐えられないんだ。

彼女から受け取った愛の分だけ、私は誰かの――敬愛する王子の役に立ちたい。

「……魔導師ならば、貴賤《きせん》は問われない。男女の別もだ。魔導学園は誰でも入学できる……一定の魔力さえ、あれば」

噛《か》んで含めるように、ゲイルは言う。

なぜか、自分自身に言い聞かせてるみたいだった。

魔導師。

たぶんそれは、悪役ルートを辿《たど》りたくなければ、最も避《さ》けるべき職業だ。

魔導を学ぶには、名門のケントゥルム魔導学園に通うのが一番いい。

しかしそこで主人公と出会うと、彼女に惹《ひ》かれるシリウスや王子、ミハイルの姿を見ることになる。私はきっと否応《いやおう》なく嫉妬《しっと》に駆《か》られ、苦しい思いをするだろう。

でも……

私と同じような境遇の主人公が、他の攻略対象に囲まれているスチルを思い出す。

中心じゃなくてもいい。誰かに愛されたい訳じゃない。

ただあの端《はし》にでも存在できたら、王子の役に立てることがあるのなら——……

たとえそれで、シリウスに殺されるようなことになっても。

「もし魔力は弱くとも、学力が秀《ひい》でていれば、魔導を研究する職に就くことはできるかもしれん。どうする？」

魔力ならば、充分にある。

私を殺そうとした忌々《いまいま》しい力だが、私を助ける便利な力でもある。

そして、それを王子を守る力にしたい。

私は覚悟を決めた。

「文字を、教えてください。私は魔導学園を受験します」

＊　✣　＊

「どう思う？」

ミハイルの声に、間を置かずゲイルが応じる。

「リルのことか？」

目的の商隊が通りかかるまで、まだ時間があった。

ミハイルとゲイルは計画通り木の陰で息をひそめながら、その時を待っている。

久々の仕事だ。今日の昼過ぎ――これから、この山道を違法な品物をたんまりと積んだ密入国者が通過するという密告があった。

森の奥で、山に連なる、ある程度人の手の入った道。地図にはないその道の両側には、多くの手下達が獲物はまだかと息をひそめていた。

二人は道を見通すことのできる斜面の木の陰から、油断なく視線を国境方面に向けている。

独り言めいたつぶやきの意味を正確に汲《く》み取られ、ミハイルは目を見張る。

あの子供について考えていることを、ゲイルに見透《みす》かされているとは思わなかった。

ちなみに件《くだん》の少女には、大人しくアジトで留守番しているようにと言い含めてきた。

「お前があの子供を預かると言った時は、どうなることかと思ったが」

「しかたがないだろう。あの村に異分子を置いておけば、幼いとはいえ要らぬ疑いを招く」

「危険だからと、正直に言えばよかったのに。まったく素直じゃないな」

ゲイルはおかしそうに笑い、ミハイルはムッとした顔をした。

「……なぁ、ゲイル。今は文字を教えているのだろう？」

話をそらすように、ミハイルが言う。

「あぁ。読み書きを覚えて、ケントゥルム魔導学園に入学したいそうだ。お役に立ちたい方がいるんだとか」

「あの年で見上げた根性だな」

「俺には、あいつがどこかの回し者とはどうしても思えないんだが……」

「だろうな。訓練されているにしては身のこなしがどんくさい。しかし考え方は大人に寄りすぎていて、ただの子供と切り捨てることもできない」

「潜入させられているならば、殊更《ことさら》子供らしさを強調するものなんじゃないか？」

「しかし、そこいらの孤児院に放りこむには素性《すじょう》が知れなさすぎる。共に暮らせば、そのうちしっぽでも出すかと思ったが……」

「毒を入れるどころか、非常においしいお茶を淹《い》れてくれるしな。おまけに向上心もある。……出会った場所がここでなかったら、養子にしたいぐらいだよ」

慈《いつく》しむようなゲイルの声音に、ミハイルは目を丸くした。

「お前にそう言わせるほどの何かが、あの子供にあると？」

「それは、お前も感じてるんじゃないか？　あいつはちゃんと自分の考えを持っている。鈍《にぶ》そうに見えて、何もわかっていない訳じゃない。あまり子供らしくないのは……ただ、大人に頼ることに慣れていないんだろうな。望みは人の役に立ちたいだとか、文字を習いたいだとか、そんな大人びたことばかりだ」

「本当に、一体どこでどうすればあんな子供が育つんだか。遣《つか》う言葉は上級貴族のものだが、礼儀作法はからきし。お茶を淹《い》れさせれば王城のメイドより美味《うま》いが、調理道具はほとんど知らないようだ」

声に呆《あき》れをにじませるミハイル。その言葉にうなずくゲイルは、むしろ感心している様子だ。

「それでどうやってお茶を淹《い》れているのか、非常に不思議だ」

「……お前、あいつの周りに魔法粒子が見えるか？」

唐突なミハイルの無関係とも思える問いに、ゲイルは首をひねる。

「ああ、見えるよ。俺と同じ土属性だろ」

「ところが、だ。俺にはあいつが赤く見える」

「は……？」

本気で驚いたのだろう、ゲイルは一瞬、言葉を失った。

「俺の属性は火だ。当然、火の赤い魔法粒子しか見えない。初めは同じ火属性かと思ったが、それにしては違和感があった。あいつ、俺の部屋に入った時に壁を見ていたんだ」

「お前の部屋の壁には……時魔導が施《ほどこ》されているな」

「そうだ。しかも……」

「しかも？」

「俺の使ってるカップの底に、炭で金のペンタクルが描かれていた。効果は物質を金属に近づける簡単なものだ。でも、五歳の子供に扱えるものじゃない。一応、金属性の全団員に聞いたが、身に覚えがないと言われた」

「それは……」

「もとより、俺のカップに触るのは俺かお前かあの子供ぐらいだ。その中で金属性を持っている可能性があるのは、あいつ一人だろう」

ミハイルの言葉を聞いて、ゲイルは考えこんだ。

ここメイユーズ国では、家柄と魔力の多寡《たか》によって人生が決まるといっても過言ではない。

特に魔力の属性は重要だ。希少な光、闇、時の属性を持つ者は重宝《ちょうほう》され、そのほとんどが聖教会か国に囲いこまれてしまう。

貴族のほとんどはある程度強い魔力を有しているが、大抵は一つの属性しか持たず、一種類の魔法粒子しか見ることができない。したがって、二つ、または三つの属性を持つ、多属性持ちの子供が生まれるのは稀《まれ》だ。もしも多属性持ちだとわかれば盛大に祝い、高位の貴族達はこぞって自分の家に引き入れたがる。

「魔導学園の入学を希望しているなら、本人には願ったりかなったりだろうな。でも最悪、奪い合いになりそうだ」

「……火、土、金の三つならまだ前例があるが、もし時の属性まで持っていたら……」

「露見《ろけん》すれば、他国や反政府組織にまで狙われかねん。味方にいれば便利だが、誰も敵には回したくない。まだ幼いうちにいっそ、と思う者もいるだろう」

「まさか……」

「うちの副団長様ぐらいに使いこなせればいいが、どうやら本人に自覚がないらしいのが一番の問題だな。せいぜい手元に置いて、厳重に見張るしかない。騒ぎになるのは勘弁だから、王都に連れていくには根回しが必要になるか」

無表情で言うミハイルに、ゲイルはなんともいえない顔をした。

「……お前って、ほんとに素直じゃないな」

呆《あき》れたように笑いながら、ゲイルがつぶやく。

「黙れ。……商隊が来たぞ」

ミハイルが顔をそむけてしまったので、彼がどんな表情をしたかは残念ながら見えない。

だからこいつの部下はやめられないんだよなぁと思いつつ、ゲイルも仕事へと気持ちをシフトした。

＊
❖
＊

ゲイルに文字を教えてもらいはじめて一月《ひとつき》。青月《せいげつ》――六月半ばで、このところ雨やくもりの日が続いている。

今日はなんだか、朝からおかしかった。

森の木々が、小さな精霊達が、不穏《ふおん》にざわめいている。

空には黒々とした雲が、強い風にごうごうと流されていた。

何かよくない予感がする。

ミハイル達は出払っており、残っているのは少数の見張りだけ。アジトは静まり返っていた。おそらくは仕事に行ったのだろう。

直に接してみたら、盗賊《とうぞく》の男達は粗野なものの優しかったり、人情深かったりする。

そんな彼らが犯罪行為をするため出かけていると思うと、なんだかもやもやとした気持ちになった。

彼らのことを信用していいのか、それとも警戒すべきなのか。

ちなみにアジトに初めて来た日以来、カシルとは会っていない。

ミハイルがどのような罰を下したのか、少し気になるところではある。

「リル……リル！」

アジトの四角い窓から外の様子を見ていた時、遠くから聞き覚えのある声に呼ばれた。

まさかと思って目を凝《こ》らすと、そこにいたのはエルとアルだった。

「エル！　アル！」

言ってから、私は口を押さえた。

理由はわからないが、ミハイルに彼らと会ってはいけないと言われている。

私は下手に逆らわないほうがいいと判断し、村に行っていなかった。

もし二人がここに来て会ったことがばれたら、彼らに何らかのお咎《とが》めがあるかもしれない。私はアジトから出て二人のもとへ行くと、再会の喜びを噛《か》みしめる前に、人目につきづらい森の中に誘導した。

「リル……無事でよかった」

そう言うと、エルがそっと抱きしめてくれた。

私より体は大きいけれど、子供の匂いがする。

私は久しぶりの温《ぬく》もりが嬉しくて、彼女に思い切り抱きついた。

「ごめんな。俺達がここに連れてきたばっかりに。何かひどいこと、されてないか？」

顔を覗《のぞ》きこんでくるアルに、私は首を振る。

一月《ひとつき》と少し一緒にいただけの私を真剣に心配してくれる二人に、胸が熱くなり、喉が詰まって声が出せなかった。

「お頭《かしら》は、どういう考えなんだろう？　リルは何か言われた？」

「子供は怪《あや》しまれないから、手駒《てごま》にするって……」

「子供ならいくらでも村にいるのに、変だな」

その言葉のほうに、私はむしろ疑問を感じた。

まるで、村の子供なら率先して盗賊《とうぞく》団を手伝うような口ぶりだ。

「でも村の子供を使ったら、盗賊《とうぞく》団は追い出されちゃうんじゃないの？」

「そんなことないよ。だって盗賊《とうぞく》の人達はほとんど、村の生まれだもん」

「え？」

エルがあまりにも屈託《くったく》なく言うから、私は一瞬聞き間違えたのかと思った。

「村の兄ちゃん達も前は真面目に畑仕事をやってたけど、最近は盗賊《とうぞく》ばかりしているよ」

「子供もお頭《かしら》に憧れてるから、頼まれればいくらでも働くのにねー」

「えっと……どういうこと？」

当たり前のように話す二人に、私は怖くなった。

それでも聞かずにはいられなくて尋ねると、説明上手なアルが詳《くわ》しく教えてくれた。

「国境を越える商人のやつらは、村の人を使ってずっと昔から密輸入してたんだ。でもそれって、国にばれたら大変なことになるだろ？　だから村の人達は商人に掛け合って、普通の荷運びよりいっぱいお金をもらってた」

え？　それってもしかして脅迫《きょうはく》では？

「そんな時、お頭《かしら》の盗賊《とうぞく》団がやってきて、金持ちを懲《こ》らしめてやらないかって持ちかけてきたんだ。商人にはいっつも見下されてたから、兄ちゃん達は畑を放り出して盗賊《とうぞく》団に入っちゃった。荷運びの人が商人の通る時間とかルートを教えて、そこを襲うんだって。それから村は、前より全然豊かになったよ」

そこで一度言葉を切り、アルは顔をくもらせる。

「でも、もし今やってることが国にばれたら、村の人みんな……俺達も罰せられるかもしれない。俺達のために金持ちのところに嫁に行ってくれた姉さんだって、ひどい目に遭《あ》うかも」

「もしかして……村とリズさんの間には、何かあるの？」

ベルダおばさんとよそよそしくしていた二人の姿がよみがえる。

「姉さんが商人の家にお嫁に行ったから、私達は村でよく思われてないの。ベルダおばさんも、私達が姉さんに余計なことを言わないように見張ってるんだよ。おかげで、姉さんとなかなか会えなくなっちゃった」

エルは泣きそうな声で言うと、俯《うつむ》いた。

続々と明かされる事実に、私は混乱してしまう。

二人の話が正しければ、ミハイル達騎士が村人を先導して商人を襲わせているということになる。不正を正すのが騎士団の仕事ならば、正面切って検挙すればいいと思うのだが。

「でも最近、おかしいんだって。荷運びのおじさん達が言ってたよ。荷物が今までと全然違うみたい。前の荷物は塩とか香辛料だったのに、最近は長くて重い、中でカチャカチャ音がする木箱に変わったって」

「それって……」

塩と香辛料は国境を越える際に多くの税金がかかる。わざわざ人足《にんそく》を雇《やと》ってでも、密輸入したいのもうなずける。

でも、重くてカチャカチャいって国境の砦《とりで》を通したくない物って……それ、もしかして、もしかしなくても武器じゃないのか？

隣国から武器を密輸なんて、絶対きな臭い話だ。きな臭いどころか、危険を感じる。

内乱か戦争が絡んでるとしか思えない。

王子……！

私の脳裏に最初に浮かんだのは、王都にいるシャナン王子の顔だった。たとえそれが内乱でも他国からの侵略でも、王族である王子は無関係ではいられないはずだ。

私はいても立ってもいられなくなった。

もちろん、ミハイルやゲイルはこの事態に気づいていて、だからこその捜査なのだろう。

騎士団が捜査しているのなら、当然国の中枢部《ちゅうすう》はこの事態を把握している。

だけど、だったらそれこそ早急に取り締まり、ことを詳《つまび》らかにして首謀者を見つけ出すべきだ。

私はイライラして拳《こぶし》を握った。

わかっている。騎士団には何か考えがあるのだろう。首謀者に辿《たど》りつくまで、泳がせているところなのかもしれない。子供の出る幕じゃない。

だけど、頭ではわかっていても、王子に危機が及ぶかもしれないと思うと冷静ではい

られなかった。

知っているのに……何もできないなんて！

「リル……？」

黙りこんだ私の様子を、エルとアルが心配そうに見ていた。

その時、遠くから何かの雄叫《おたけ》びが聞こえた。それに、人の悲鳴が続く。

雄叫《おたけ》びは明らかに、人のものでも動物のものでもなかった。

木々はざわめきを増す。緑の粒子が恐れるように舞い踊る。

魔法粒子は見えていないものの不穏《ふおん》な気配は感じているようで、エルとアルは不安そうな目をしていた。

私は耐えられなくなり、声のしたほうへ走り出した。エルとアルに呼ばれても、振り返らない。

山裾《やますそ》にある森の道は険《けわ》しいところもあり、ただの五歳児にはつらい。でも、風のペンタクルを刻《きざ》んだ私の靴ならば飛ぶように走れる。

声に近づくほどに、私の嫌な予感は膨《ふく》らんでいった。

そして声がしていた場所に辿《たど》りついた時、私はとても恐ろしいものを見た。

まるで魔物。それは精霊界と重なる魔界で生きる、凶悪な闇の精霊だった。

その場は混乱していた。

ミハイル達の襲撃場所らしい山間《やまあい》の道に、悲鳴がこだまする。

荷運びの村民の狼狽《ろうばい》の声が飛びかい、シマポニーが嘶《いなな》く。

場を支配しているのは一頭の黒いイノシシのような精霊。

その大きさは常軌《じょうき》を逸《いっ》していた。象を遥《はる》かに超え、まるで小山のようだ。

目を凝《こ》らしてよく見ると、まるで群がる蠅《はえ》のごとく闇の魔法粒子が何かに凝《こ》り固まって、イノシシを覆《おお》っていることに気がつく。イノシシの精霊の目は血のように赤く、体の周りを取り囲む闇がその空間を異質なものに変えていた。

ベルゼブブ――蠅《はえ》の王。

唐突にその名が頭に浮かぶ。

元は天使であったという、キリスト教で語られる七つの大罪《たいざい》のうち『暴食』を司《つかさど》る悪魔。

その蠅《はえ》は疫病《えきびょう》と死を運ぶ。

『暴食』を象徴する動物は豚であるという。豚は人に家畜化されたイノシシだ。

無数の黒い点を見ているだけで吐き気がした。

私はその存在の禍々《まがまが》しさに身震いする。

イノシシの精霊の半径二メートルほどは、他の魔法粒子がすべて消し飛ばされてしまっていた。

「リル！」

その時、私を見つけたミハイルが駆《か》け寄ってきた。

「バカが！　こんなところで何をしてるんだ！」

彼の怒声に、私は肩を竦《すく》める。

「あれは……何？」

狼狽《ろうばい》する私を見て、ミハイルは口を閉じた。

すぐにゲイルが追ってくる。

商人や荷運び達は荷を置いて逃げていってしまったが、盗賊《とうぞく》団の多くはそれを奪う余裕もなく、金縛《かなしば》りにあったみたいに立ち尽くしていた。

見ていると、イノシシの精霊の体が不自然に揺《ゆ》らめく。

まるで幻のように粒子が薄れ、黒く染まった人間が一瞬だけ姿を現した。

「あれは人なの!?」

私の口から悲鳴がこぼれる。イノシシの精霊をかぶっている人間は、纏《まと》わりつく闇を払おうと必死にもがいているように見える。

「『憑依《ひょうい》』なんて……」

無意識のうちに、日本語を口にしていた。

この現象をそう呼んでいいかわからないが、知っている言葉の中ではそれが一番近く感じた。

「ひょうい……？　あれがなんだか知っているのか！」

私の言葉を聞き逃《のが》さなかったミハイルに、胸ぐらを掴《つか》まれた。

おいおい、五歳児にはもっと優しくしてください。

ゲイルがあわてて止めに入る。

ケホケホと私はしばらく咳《せ》きこみ、ミハイルは気まずそうな顔になった。

「リル、あの現象を知っているのか？」

今度はゲイルが、私を怖がらせないよう落ち着いた口調で聞いてくる。

私は申し訳ないと思いつつ、首を横に振った。

ゲーム知識をもってしても、私は精霊について詳《くわ》しくないのだ。

イノシシは取り憑《つ》いた人間を完全に支配しようとしているのか、雄叫《おたけ》びをあげながらもその場から動くことはなかった。

人々の多くが逃げ、盗賊《とうぞく》団もほぼ四分の一ほどになっていた。残っているのはおそらく、騎士団から捜査に来ている者だろう。

とりあえず情報を得ようと、私は二人に尋ねる。

「あれは闇の精霊でしょ？　誰が取り憑《つ》かれているの？」

その瞬間、二人はさっと顔色を変えて私を見た。

「見える、のか？」

「え？」

「お前にはアイツがどう見える？」

「どうって……」

ミハイルの顔は真剣そのものだ。その色の薄い目ににらまれ、私は困惑した。

「黒いイノシシの姿に見えるよ。周りに闇の粒子が渦巻《うずま》いてて……時々、それが揺《ゆ》れる。揺《ゆ》れて薄まったところには人間……あれは誰なの？」

「……カシルだ」

「カシル⁉」

知った名前に、私は思わず確かめるようにゲイルを見た。彼も怖い顔でうなずく。

「あれが、罰なの？」

ごくりと、わたしの喉が鳴る。

「違う。あいつはあの日のうちに右手を切断して放逐《ほうちく》したんだ。未遂《みすい》だったから、せめてもの温情で生かしておいたが、それを恨《うら》んで商人側につき、仇討《あだう》ちに来た」

「……ッ！」

私は言葉を失った。

実際に危害を加えられたのは本当だが、まさか自分の証言が原因でそんな重い処分が下されるなんて。

気がつくと体が震え、ゲイルがなだめるように私の肩に手を置いた。

「みな、協力して障壁《しょうへき》を張れ！　騎士団の意地を見せろ！」

ミハイルが叫ぶと、残った盗賊《とうぞく》――騎士達は等間隔に並び、幾人かが地面に膝をついた。剣を持った者が、それを庇《かば》うように立つ。彼らの描いたペンタクルによって、イノシシの周囲の土が盛り上がり、それを金の粒子で強化しているのが見えた。

「とりあえず森から出よう。我々だけでは保《も》たない」

「いや、こいつの魔力がどれほどか、まだわからない。もし隣国に逃げこんで被害が出れば、外交問題になるぞ」

あまりにも深刻な事態に、胸がどくどくと激しく鳴っていた。

「でも、自分の意思で向こうについたのなら、なんでカシルは苦しんでるの？　取りこまれるのを嫌がってるみたい」

自分でこの状況を作り出したのなら、高笑いでもしながら攻撃してきそうなのに。

「あれをやったのはカシルじゃない。荷箱に隠れて密入国しようとしていた魔導師だ。大方、カシルに闇のペンタクルを仕込んだ武器でも渡しておいたんだろう」

「精霊はペンタクルで召喚できるの？」

ミハイルが訝《いぶか》しげな顔をした。

「精霊はペンタクルで召喚できるものじゃないし、あれは精霊じゃない。闇の魔法粒子が集まっているだけだ」

「違う。あれは精霊だよ。知り合いの精霊と同じ気配がする」

あれはヴィサ君と同じ生き物だ。確かに生きているのに、動物でも植物でもない。温度のない存在とでもいえばいいのか。

もちろん、その禍々《まがまが》しさは全然違っているが。

私の言葉に、ミハイルは呆《あき》れたような顔になった。

「ペンタクルを理解し、闇の粒子が見えて、精霊持ちの知り合いがいる子供って、なんだ。お前、本当になんなんだ」

正しくは精霊そのものが知り合いなのだが、それはともかく。今は、そんなことを言っている場合か！

私が言い返そうとした時、ドーンという大きな音が響く。そちらを見ると、イノシシの周りに築かれていた土の壁が吹っ飛んでいた。ミハイルが飛んでくる破片から庇《かば》ってくれる。

なんだかんだ言っていても、彼は基本フェミニストなのかもしれない。

壁の割れ目からは、先ほどより濃くなった闇の粒子がごうごうと音を立てて溢れてきた。

ミハイルが手を突き出し、火を放《はな》って食い止める。

炎の囲いが闇を包むが、闇の勢いは決して止まらず、どんどん広がっていった。

「お前の言うことが本当なら、より厄介《やっかい》だ。精霊使いは大昔に排斥《はいせき》されて、今はほとんどいない。ペンタクルがないのなら対処のしようがないぞ」

「そんな……」

だから、精霊を呼び出した私はあれほど疎《うと》まれていたんだろうか。

場違いにも自分の過去を振り返っていると、脳裏にある人の顔が浮かぶ。

「シリウス！　シリウス様なら精霊を制御できるはず！」

「シリウスって……シリウス・イーグ長官か！　………お前、もう勘弁してくれ」

「何言ってて」

「なんでお前がシリウス様を知っているかは、あとで聞く。とりあえずそれは無理だ。シリウス様はエルフだから、影響力が大きすぎる。メイユーズ国と他国との協定で、国境線周辺には近づいてはいけないことになっている」

「何……それ？」

悔しそうにミハイルが言い捨てた言葉の続きを、ゲイルが継《つ》いだ。

「シリウス長官は人間界に唯一いらっしゃるエルフだ。その存在は神にも等しい。不用意に他国に入ったり近づいたりすれば、その影響力は計り知れない。メイユーズ国は建国時にシリウス長官を他国から護《まも》るために各国と条約を結び、周辺国が変わっても代々その盟約を受け継いできた」

私はシリウス叔父《おじ》様の背景の巨大さに畏《おそ》れおののく。

その時、タイミング悪く雨が降りだした。ミハイルの放《はな》つ火がどんどんと弱くなっていく。

「くそ！　ゲイル、そいつだけでもここから遠ざけろ！」

「できん！　お前はどうするつもりだ！」

「誰かが王都に事態を知らせねばならんだろう。早くしろ！」

そう言って、ミハイルは渦巻《うずま》く闇の中心へ向かって駆《か》け出した。

私は彼の行動に恐れを感じ、泥に変わりかけている地面に跪《ひざまず》いて必死に描くべきペンタクルを思案した。

ゲイルはしばらく迷ったあとに私を抱き上げようとしたが、私は必死にその手を拒《こば》んだ。

この場に彼らを置いていくなんて、できるはずがない。私を殺そうとするほどムダにある魔力を、今使わないでいつ使うというのだ。

しかし雨はすぐにどしゃ降りになり、地面はペンタクルを描くどころではなくなってしまった。

知らないうちにこぼれていた私の涙も、雨に流され地面に落ちていく。

私にお茶汲《く》みしかさせてくれないミハイルなんて、好きじゃない。優しいゲイルのほうが好きだ。

だけど私だけここから遠ざけろなんて言い置いて自らは危険な場所に赴《おもむ》いていったミハイルを、そのままにして逃げたくはない。

それなのに、どうすればいいかわからず、私は拳《こぶし》で地面を叩いた。

「助けて……誰でもいいからッ……母さん、王子、シリウス叔父《おじ》さん、エル、アル！」

こんな時に呼べる名前の少なさに驚き、失望を覚える。

「誰でもいいから……ッ…………ヴィサ君……ヴィサーク！！！」

私が泥だらけになりながら叫んだ声は、雨の中に消えた。

抵抗虚《むな》しく、私はとうとうゲイルに抱き上げられてしまう。

「行くぞ」

彼のほうがここから離れがたいのだろう。ゲイルは押し殺した声で言った。

背中から聞こえるのは雨音にまじったイノシシの雄叫《おたけ》びと、騎士達の倒れる音。

耳を塞《ふさ》ぎたかったけど、そんなことをしたら卑怯《ひきょう》だと思った。

――その時。

「……俺の名前が最後なのは、ちょっと納得いかないけどな！」

聞き覚えのない声がそう言った。

途端《とたん》に目を開けていられないほどの強風が吹き、私はゲイルの腕から転がり落ちた……はずだが、気づけばもふもふとした何かに乗っていた。

恐る恐る目を開けると、そこは大きな獣《けもの》の背の上で、見覚えのある毛並みが視界を埋めつくした。

白く美しく、そしてところどころに入ったトラのような銀の縞《しま》模様。

「まさか……ヴィサーク!!」

驚きで頭が真っ白になる。しかし私は反射的に彼の背中に思いきり抱きついた。

ぼふんと抱きついても首に手が回らず、それどころか耳にさえ手が届かなかった。

はっとして体を持ち上げると、ヴィサ君の起こした風によってミハイルの炎は消え、あたりを取り巻いていた闇の粒子もかなり減っていた。イノシシは透《す》けて、大人しくなっている。

そしてすごい勢いで雨雲が流れていき、その晴れ間からこぼれた光の粒子が闇の粒子と調和していく。やがてイノシシの姿は霧散《むさん》して、消えてしまった。

木々が焦《こ》げていたり地面に大穴が空いていたりとあたりはひどい有様だったが、あとには気持ちのいい風が残った。

カシルに恐る恐る近寄る者や、呆然とした顔でこちらを見上げている者など様々だ。

ミハイルとゲイルは後者である。

ヴィサ君の背中は二人の頭よりも高いので、私は初めて二人の旋毛《つむじ》を見ることができた。まあ、今はそれどころではないんだが。

「リルが魔力を込めて名前を呼んでくれたから、忌《い》まわしい制限魔法が解けたんだ！　どうよ、俺のこの毛並み！　美しいだろー」

制限魔法？　こちらの驚きなどそっちのけで、るんるんと弾《はず》んだ声のヴィサ君が言う。

「どう？　俺って頼りがいのある精霊だろ？　見直した？」

ヴィサ君は誇《ほこ》らしげに胸をそらした。安堵《あんど》や懐《なつ》かしさ、馬鹿馬鹿しさ、それにずっと隠れていた精霊に対するちょっとした怒りなんかで気持ちが綯《な》い交《ま》ぜになる。私は何も言わずに、彼の白い背中に顔を伏せた。

「リル？　あれ、リル？」

返事をしない私にヴィサ君は狼狽《ろうばい》しているが、しばらく放ってあわてさせるのもいい。落ち着いたら、この二月《ふたつき》の間のことを問いつめてやろう。

毛むくじゃらの背中に顔をくっつけると、前世で飼っていた青星の背中を思い出す。すっかり安心した私は、心配させられたお返しにヴィサ君の背中の毛を力いっぱいひっぱってやった。

「これは……」

「一体どういうことだ？」

ヴィサ君とじゃれていると、ゲイルとミハイルの声が聞こえた。私はその柔らかくて心地よい感触を名残惜《なごりお》しく思いながら、顔を上げる。

ところがその瞬間、ポップコーンを作る時のようなちょっとマヌケな音がして、ヴィサ君が元の犬コロサイズに戻ってしまう。

私は地面に落ちるすんでのところで、どうにかゲイルにキャッチしてもらった。

「消えた……」

ゲイルのつぶやきに、私はあわてて周囲を見回す。

ヴィサ君は自らも驚いていた表情で、空中に浮かんでいた。

「あそこにいるよ」

そう言って指差すが、ミハイルとゲイルは難しい顔だ。

『ダメだよ、リル。そいつらには見えてない』

私のそばに寄ってきたヴィサ君が、残念そうに言った。

『まだ制限魔法は完全には解けてないみたいだ。さっきは俺の力が解放されてたから、ある程度の魔力があれば他の属性持ちにも見えただろうが、今の俺は、風属性を持ってるやつにしか認識できない。あの陰険《いんけん》エルフめ』

「エルフ？」

『シリウスだよ。あいつが俺の力の大部分を封じてるんだ。俺の本体は別のところにあって、この姿は俺の全魔力のほんの切れ端《はし》にすぎない』

「へー。切れ端《はし》でも喋《しゃべ》れるなんて、ヴィサ君ってすごいんだねぇ」

『まぁなー……ってオイ！　そこはシリウスに怒ったり文句言ったりしろよ。リルの言うことなら、あいつはなんだって聞くんだから』

「でも、今の姿でも別によくない？　大きいと目立っちゃうし、何より小さいほうがかわいいよ」

そう言ってにっこり笑うと、うやむやになったらしくヴィサ君もニコニコした。

ちょろい精霊である。かなり年上らしいが、大丈夫かとちょっと心配だ。

私はゲイルの腕から下ろしてもらい、地面に立った。

服も顔も髪も泥だらけで、ひどい有様だ。

空を飛んでいたヴィサ君がぴたんと私の横についたので、抱きかかえる。

相変わらず、五歳児が抱くにはちょうどいいサイズだ。

それからすぐ、私達はとりあえずアジトに戻ることになった。

気を失ったカシルは木の枝と敗れた衣の即席担架《たんか》に乗せられ、四人がかりで運ばれることになった。

それを他の騎士が見張り、ゲイルがさらに集団全体に目を光らせている。

私を抱《かか》えて団の先頭を歩いているのはミハイルだ。

この人は仕事をしなくていいのか？

彼はじろりと、私を見下ろした。

「さっきは何と喋《しゃべ》っていた？　あいつはどこにいったんだ？」

私はしばらく思案したが、ミハイルを信用することに決めた。

身を挺《てい》してまで庇《かば》ってくれた人に、保身のための嘘はつけない。

それに私の持っている知識は、乙女ゲームとして外側から見ていたこの世界の情報が主《おも》だ。

今生きている実際の世界のことは知らなすぎる。

ミハイルは古今東西の歴史や知識に通じているので、その性格さえ考えなければ、相談するには最適な相手かもしれない。

「何というか、私の精霊です」

ミハイルは目を見開いて驚く。

「知り合いの精霊と言っていたが、まさかお前自身が契約しているのか？」

「ええと……たぶん」

「なんだ、その煮え切らない言い方は」

「……よく、わからないんです。半年ぐらい前に私の魔力が暴走した時、勝手に呼び出してしまったらしくて。だから精霊の召喚の仕方や精霊については、何も知らないんです。それで、シリウス叔父《おじ》様に暴走した魔力を封じていただいて……」

「シリウス叔父様だと？　イーグ長官に人間の血縁者なんていない。お前、本当に何なんだ？　まさかエルフの子供なのか？」

言いながら、ミハイルが耳を引っ張る。

それを見たヴィサ君が、ミハイルの手に噛《か》みついた。

「痛っ！　何かが噛《か》んだぞ」

「あー……それ、うちのです」

全部話そうと覚悟したのに、一人と一匹がぎゃいぎゃいと騒ぎ、話はまともに進まなかった。

そうこうしているうちにアジトに到着すると、森から逃げ帰った者達もいて、なんだかざわざわと落ち着かない様子だ。

ミハイルは団員達にいくつか指示をしたあと、私を連れて自室に入る。

しばらくしてゲイルも帰ってきた。

「団員達に一応確認したら、風属性の者にだけその精霊がうっすら見えるそうだ」

「風属性でもうっすらか。なら精霊というやつに身を隠されれば、探し出すのは困難だな」

先ほどの闇の精霊を思い出しているんだろう。

ミハイルの表情は厳しかった。

「大きい姿の時には、みなさんに見えたんですよね？」

「俺には白くて大きなタイガキャットに見えたが、ゲイルはどうだ？」

「俺もだ」

そうか、この世界ではトラをタイガキャットと呼ぶのか。かわいいな。そして相変わらずのネーミングセンス！

「間違いなくそれは私の精霊で、今も小さくなってここにいます。シリウス叔父《おじ》様に制限魔法をかけられていて、普段は力を使ったり大きくなったりはできないみたいです。本人が言うには、ですけど」

「ということは、今後の戦力としては見込めないということか？」

「どうでしょう？　さっきは、私が名前を呼んだから力が解放されてた、みたいなことを言ってましたけれど」

「試しに呼んでみろ」

「ヴィサーク！」

名前を呼ぶとしっぽふりふりで私にすり寄ってきたが、特に変化はなかった。

「ダメみたいです」

私が首を横に振ると、ゲイルは小さく肩を落として首を傾《かし》げる。

「そうか……。それにしても、その名前どこかで………」

「国の創世記だ。確か初代の王に仕えた精霊使いが、そういう名前の精霊を使役していたはずだ。『白銀の毛に疾風《しっぷう》の牙《きば》』……信じたくはないが」

ミハイルは訝《いぶか》しげな表情で言った。それを聞いてゲイルが思い出したように続ける。

「『西の猛《たけ》き獅子《しし》ヴィサーク』……？　そういえば王都を出る前に、下民街《げみんがい》で大物の精霊を召喚した子供がいると聞いたような……。眉唾《まゆつば》かと思っていた」

「その子供は、血縁関係にあったメリス侯爵に引き取られたらしいな？」

ミハイルにぎろりとにらまれ、私はなんだか肩身が狭い。

「それ、私です」

思わず、手を挙げてしまった。

知っているのなら一から説明しなくて済んで非常に楽だが、その険《けん》のある眼差《まなざ》しは勘弁願いたい。

「お前が？」

「では、リルはメリス侯爵家のご令嬢なのか？」

「そうでしたけど……今は絶縁されたというか。死んだことになっています。今は苗字も何もない、ただのリルです」

そう言って、とりあえずへらりと笑ってみた。

自分ではそれほど思い悩んでいないので、真剣な表情も作れない。

魔導学園に入学するという目標もでき、野垂れ死なずに済んだ今となっては、過去も血筋も半ばどうでもいいことだ。

しかし二人は、しかめっつらをした。

確かに、私も五歳の子供にこんなこと言われたら、同じような顔をしただろうけどね。

「今のほうが自由でいいです。それに、お仕えしたい方のために励むという確固たる目標があるので、むしろ生きている感じがします。だから心配はご無用です」

そう正直に言うと、強がっていると思われたのか、ゲイルに頭をガシガシと撫《な》でられた。

うう……頭が取れそうだ。

「それで、仕えたい者というのは誰なんだ？　メリス侯爵か？」

私はぶんぶんと大きく首を振った。

「私がお仕えしたいのはシャナン殿下です。メリスの家には、二度と関わりたくありません」

二人は複雑そうな表情をしたものの、結局メリス家に戻れとは言わなかった。

「引き上げだ」

ミハイルが仏頂面《ぶっちょうづら》で告げた言葉を、大広間で私も聞いていた。

闇の精霊事件のあと、ミハイルは若者達を村へ帰らせた。精霊使いの行方が追えず、安全が確保できないことを理由にしたらしい。

村の若者達がいなくなった盗賊《とうぞく》団は、盗賊《とうぞく》のフリをする必要がなくなったために統制が取れていて非常に礼儀正しい。

今も、指揮官であるミハイルの言葉を、起立の姿勢で微動だにせず聞いている。

でも服装は盗賊《とうぞく》団のままなので、見ているほうとしては違和感が拭《ぬぐ》えないのだが。

「先日交戦した精霊に関する調査を継続するため、ニコルとケヴィンは居残りだ。村に残り情報収集に努《つと》めよ。他の者は直《ただ》ちに出立の準備。盗品などは明後日には治安維持隊が発見する手筈《てはず》になっている。個人を特定するようなものは残していくなよ」

それからいくつか必要事項を確認し、解散となった。

団員達は迅速《じんそく》に行動を開始する。

聞くと、なんと半年にわたる長期任務だったらしい。それがようやく終わるとあって、彼らの顔には笑みが浮かんでいた。

それにしても、貴族に生まれて騎士にまでなったのに、地方の盗賊《とうぞく》になりすますなんて思ってもいなかっただろう。常軌《じょうき》を逸《いっ》した任務だなあと改めて思う。

発案者は間違いなく、この隊の指揮官だろうなと確信する。賢明なので、口には出さなかったが。

その代わり、大広間を立ち去ろうとするミハイルに、気になってたことを聞いた。

「盗賊《とうぞく》団がいなくなったら、村はどうなるのですか？」

アルとエルの話によると、盗賊《とうぞく》団と村は共生関係にあるはずだ。

騎士団扮《ふん》する盗賊《とうぞく》団がいたことで、商人を脅《おど》して賃金を多く徴収《ちょうしゅう》しても村の安全は保障されていた。でも今後はそうもいかないだろう。

村の若者は残るのだから、大丈夫なのかもしれない。でも、魔力が強く戦闘に慣れた騎士団員達と指揮官として能力の高いミハイルを欠いては、盗賊《とうぞく》として活動することはもう困難に思える。

むしろ一度犯罪に手を染めてしまった若者達が、その味を忘れられずに法を破り、村内でも略奪行為をして村の治安が悪化するんじゃないか心配だ。

しかし、ミハイルの答えは素っ気なかった。

「どうなるも何も、あの村は懲罰《ちょうばつ》対象だ。このアジトで盗品を見つけた治安維持隊が、そのまま村の捜査も行うことになっている。盗賊《とうぞく》団は危険を感じて狩場を変えたことになっているから、村のやつらが構成員だったかまでは精査されないが、明らかに村の収入に即していない物品は証拠品として押収《おうしゅう》されるだろうな」

「子供にする話じゃない！　ミハイル」

隣で聞いていたゲイルが、渋い顔をする。

思ってもみなかった答えが返ってきて、私は戸惑《とまど》った。『村の収入に即していない物品』ってなんだ。しかも、構成員だったか精査されないってなぜなんだ。

それって結局、ミハイル達は治安維持隊と裏で取引をしていて、この捜査と盗賊《とうぞく》行為に目をつぶってもらう代わりに、盗品と村の剰余金《じょうよきん》を献上するってことじゃないのか？

「うーわー……でました『癒着《ゆちゃく》』！　それはともかく、村の警備はどうするのですか？　あの闇の精霊を召喚した精霊使いが、まだ近くにいるかもしれない。脅《おど》されていた商人達だって、村の人に危害を加えるかもしれないでしょう？」

「ゆちゃく……？　お前はたまに変わった呪文《じゅもん》を遣《つか》うな。精霊使いに関しては、念のため連絡役として団員を二人残していくが、おそらくもうこの近辺にはいない。むしろ国境付近のこの地域で騒ぎを起こして我々の目を釘付けにし、その間に王都までの行程を進んでしまおうというのがやつらの狙いだろう。精霊を使う技は基本的に大量の魔力を消費する。これ以上この近辺で力を使うことが、やつらにとって得になるとは思えん。

村の治安については、なんとも言えないな。もともと村民が自分達の判断で商人にたかっていたところに、ちょうど我々が来た。我々の存在があって今まで村が無事だったということは否定しないが、去ったあとのことまで責任はとれん。密輸入をするような犯罪者にそうと知って加担していた訳だから、そのあたりは自己責任だろう」

最後は軽蔑《けいべつ》するみたいに言い捨てると、ミハイルは行ってしまった。

私を気にするそぶりを見せながらも、ゲイルもそれについていく。

私は大広間に一人きりになり、それはそうだよなと納得した。

もし日本で生きていた時の――この世界の実情を何も知らない私だったら、そんなの非情じゃないかとミハイルを非難したかもしれない。

でも、私は少なくとも五年間この世界で生きてきて、人間の尊厳や権利に対する考え方が未発達なこの世界では、生活は厳しく、無慈悲《むじひ》であることを知っている。

村の人々が罰せられるのは、しょうがないのかもしれない。

ただこの考えが、下民街《げみんがい》出身である自分の、豊かな村の人々の暮らしを妬《ねた》ましく思う気持ちからきたものじゃないといいな、と胸を押さえた。

ゲイルの計《はか》らいで一緒に王都まで連れていってもらえることになった私は、撤収準備に忙しいミハイルとゲイルの目を盗んで村に行くことにした。

最後に、お世話になったアルとエルに挨拶《あいさつ》したかったから。

乗せてはもらえないが道案内としては優秀なヴィサ君の先導で村の横道を通り、人目につかないように二人の家に辿《たど》りつく。

戸を叩くと、恐る恐るエルが顔を出した。

彼女は私の顔を確認した途端《とたん》、家を飛び出して、アジトまでやってきてくれた時のようにぎゅっと抱きしめてくれた。

転生してこの方、友達らしい友達がいなかった私だ。彼女に抱きしめられたことで、急にこみあげてくる寂《さび》しさや悲しさに参ってしまう。

いつまでもここにいられると思っていた訳じゃない。そんなに長い時間を共にした訳でもない。

だけど――

二人の存在が、私の中ではかけがえがないものになっていた。その事実に気づかされて、会いに来なければよかったかもしれないと、ちょっとだけ思った。

「無事でよかった……リル。怪我《けが》はない？　村も少し前まですごい騒ぎだったの。リルったら突然駆《か》けていっちゃって、全然追いつけないんだもの。心配したよ」

涙目のエルの後ろから、アルが顔を出した。

「大人達にもリルを探してくれるように頼んだんだけれど、怖がって誰も森に近寄ろうとしないんだ。一体どうなってるんだ？」

家の奥を覗《のぞ》くと、ベルダおばさんはいないようだ。どうやら外出しているらしい。集会でも開かれているのかもしれない。

私は二人だけに聞こえるように声を潜《ひそ》める。

「二人とも、すぐに村を離れたほうがいい。リズさんはどうしてる？」

二人が頼るなら、リズのところしかないと考える。そういえば、リズの嫁いだ商家はどうなっているんだろう。

事件後に開かれた騎士団員の集会で、リズの旦那さんは密輸入を行っていた商人の一人だと知った。もしかして、ミハイルの指示で調査が入っているかもしれない。

私の問いかけに、二人は顔をくもらせた。

「……リルには話してなかったけど、実はお姉ちゃん、離縁されちゃったんだ。盗賊《とうぞく》に手籠《てご》めにされたんだろうって疑われて……」

エルがあまりにも何気なく『手籠《てご》め』という単語を使ったので、たぶん意味を知らないんだろうなと思った。アルは後ろで気まずそうにしている。

「じゃあ、今は？」

「商人さんは村で嫌われていたから……。村には戻れないって、街にいるよ」

「その話は本当か‼」

突然、家の陰から叫び声が聞こえて、私は飛び上がりそうになる。

大声にはもちろん、その声の主《ぬし》にも充分驚いた。

そこに立っていたのは、カシルだったのだ。

カシルは痩《や》せこけていたが、顔色はよさそうだった。彼の右腕の先にあるはずのものがなくて、寒気を覚える。

「カシルさん……」

彼の名前を呼んだエルに、目を見張る。

「知ってるの？」

二人は複雑そうだ。

「カシルさんは、姉さんの婚約者だったんだ……」

アルの発言に、私は言葉を失った。

だってカシルは、リズを攫《さら》った上にみんなを焚《た》きつけて、寄ってたかって○○《ピー》しようとしたんだぞ！

二人の話では、カシルはリズがお嫁に行ってから変わってしまったそうだ。

元は働き者で真面目な好青年だったらしい。

ごめん。まったく想像できない。

しかし、婚約者を悪徳金持ちに横から掻《か》っ攫《さら》われたからといって、そこまで性格が変わるとは……

リズはアルを学校に入れるためにはいい縁談だったと言っていたから、自分の意志で婚約者を振り切って、お嫁に行ったのだろう。

リズが街にいるのは、村で嫌われているからというより彼を避《さ》けるためのような気がした。なんとなくだけど。

同情する部分がまったくないとは言わない。

でも闇の精霊に憑依《ひょうい》されたのは、きっと心に闇があったからだ。そこまで性格をこじらせたカシルは、どうかと思う。

「リズはあの男に縁切りされたのか？」

狼狽《ろうばい》しながらも、カシルの声には喜色《きしょく》のようなものがにじんでいた。

おいおいおい！　半分以上はお前のせいだろうが！

「村で一緒に暮らそうって言ったんですけど、街で働くって」

「でも街で女の人が働く場所なんて……」

アルが言葉を濁《にご》したので、私はその可能性に青くなった。

悪徳だろうがなんだろうが、大きな商《あきな》いをしている家に離縁された女が、同じ街の中で真っ当な仕事に就けるとは思えない。

たぶん彼女は、娼家《しょうか》に行くつもりなのだ。

母の仕事場でも、両親を失った女性をよく見かけた。

リズが一段と母さんに重なって思えて、私の気持ちは沈んだ。

「そんなの……」

しかし私の苦渋《くじゅう》など吹き飛ばすように、カシルが叫ぶ。

「なら、俺が迎えに行く!!」

えーーーー！　どの面《つら》下げて？

という私のつっこみも追いつかない素早さで、カシルは走ってどこかに行ってしまった。

どうやら、今すぐリズを迎えに行くつもりらしい。

私は呆《あき》れながらも、ちょっとだけ彼を見直した。

彼がしたことは最低だけれど、私に関して言えば、彼に噛《か》みついて魔力を流しこんだので、おあいことということにしよう。

とにかく彼らが幸せになる結末が用意されてるといい。そう思いつつ、私はアルとエルを見る。

「二人とも、追いかけたほうがいいよ！　カシルは思いこみが激しいみたいだから、見張ってなきゃ！」

そう言うと、二人はそれもそうだとうなずいた。

偶然とはいえ、これで村を離れたほうがいいと言った理由がうやむやにできた。よかったと安堵《あんど》しつつ、私は二人に背を向けながら言った。

「エル、アル、ありがとう！　本当の姉兄《きょうだい》ができたみたいで、嬉しかった！」

そう叫ぶやいなや、いつかのように風のペンタクルを刻《きざ》んだ靴で振り返らずに走る。

後ろから呼び声が聞こえた気もしたが、私は無視した。

なりゆきを見守っていたヴィサ君があわてて追ってくる。

別れはこれでいい。

湿っぽくなって、彼らを煩《わずら》わせたくはない。

でもいつか、自分から彼らに会いに行きたいと思う。

その時には、商家に離縁されたしっかり者の奥さんと、右手のない元盗賊《とうぞく》の旦那、面倒見のいい姉に、賢い兄が幸せに暮らしているといいな。

＊
❖
＊

村から王都までは馬車で二月《ふたつき》ほどかかるらしい。

しかしそんなちんたら移動する訳にはいかない。そこで騎士達は疑似《ぎじ》精霊という、各々《おのおの》の所有している騎獣《きじゅう》に乗って移動するのだという。

騎士達が嵌《は》めた指輪の宝石が光ったと思ったら、大きな動物が次々と出てきた。

ちなみに残念ながらヴィサ君に乗れない私は、ゲイルの騎獣《きじゅう》に乗せてもらうこととなった。

ゲイルの騎獣《きじゅう》は、中でも特に戦闘能力が高いと聞いていたけれど、私にはただのパンダさんに見える。

空を飛べる騎獣《きじゅう》もいて、彼らは王都への伝令として先行しているとミハイルが言っていた。他には、闇の精霊使いを追う別働隊もいるのだとか。

実は、教会に設置されている移動用ペンタクルを使えば、すぐに王都に戻れるらしい。

でもこの任務は教会側にも秘密だということで、今回は地道な旅になった。

たぶん、私が森に捨てられた時は、その移動用ペンタクルを使ったんだろう。どうりで、あっという間に国の端《はし》の端《はし》にまで運ばれたはずだ。

不思議な動物の一団はできるだけ人里を避《さ》け、獣道《けもの》を進む。近道らしいが、上下振動が激しくて酔ってしまう。旅の間、私は終始へろへろだった。

今日で移動も七日目で、そろそろ慣れてくるかと思ったが、そんな簡単にはいかない。

「リル、そろそろ野営の予定地だが、大丈夫か？」

ゲイルに尋ねられ、私はぐらぐらになりながらくぐもった声で返事をした。

「どのあたりまで来ましたか？」

「王都まであと半分ほどだから、頑張れ」

「はい……」

同乗させてもらっている身分で不満を口にする訳にもいかなくて、私はできるだけ体力を使わないように黙りこんだ。

パンダさんの背中はふわふわで、それには充分癒《いや》された。

ちなみにこのパンダさん、名前はベリという。

到着した今日の野営地は、近くに川がある原っぱだった。

隊員達がてきぱきと野営の用意を進めているのを、五歳児の私は見ているだけ。

以前薪《まき》を拾うのを手伝おうとしたら、怪我《けが》をするからと止められてしまった。

盗賊《とうぞく》を辞めた彼らは、基本子供に優しいフェミニストなのである。

まあ、似非《えせ》盗賊《とうぞく》だった時も、たまに私にお菓子をくれたり気遣ってくれていたが。

手持《ても》ち無沙汰《ぶさた》な私は、とりあえずゲイルに教わっている文字の練習をしていた。

ゲイルと一緒にベリに乗っている間は、このメイユーズ国の歴史や逸話《いつわ》、周辺国との関係なんかを教えてもらえてとてもためになる。

といっても、私はへろへろなことが多いので、聞けた話はまだそれほど多くないのだけれども。

通りかかる騎士達が、土の上に書かれた私の文字を見て、ここが違うとかこの字は上手いとか声をかけてくれる。

ちなみにヴィサ君は野営地周囲に危険因子がないか、見回り中だ。

見回りを頼むと、私のもとを離れるなんてとちょっとごねた。しかし、この隊で空から見回りができるのはヴィサ君だけだから、どうしてもとお願いしてしまった。

煽《おだ》てるとだいたいのお願いは聞いてくれる、非常にありがたい精霊さんである。

あ、もちろん愛情はありますよっと。

「どこまで覚えた？」

文字の練習に熱中していると、また頭上から声をかけられた。団員の誰かかと思ったら、ミハイルだった。

人目を避《さ》けた移動なので、彼は盗賊《とうぞく》よりは身綺麗《みぎれい》だが簡素な服を着ている。どんなに服に気をつけても、騎獣《きじゅう》達がいたらとても目立つと思うのだけれど……たぶん気持ち的に違うのだろう。

「文字は全部覚えました。綴《つづ》りはまだ日常的な単語だけです」

この世界の文字は、前世では見覚えのないものだ。しいて言えば、アルファベットなどのヨーロッパ圏の文字に似ている。表音文字で、文字数も多くない。ペンタクルに含まれている文字もあり、比較的覚えやすかった。

それにしても、単語までこんなにするする覚えられるとは、五歳児の学習能力には恐れ入る。

試しに『緑月《りょくげつ》』と書いてみると、ミハイルは目を見張った。

「ゲイルは片手間に教えていたようだが、もう文字を全部覚えて、単語までか」

三十文字程度の文字を覚えることは、それほど苦ではない。なんせ前世では漢字検定も持ってましたからね。えへん。

その代わり、動詞の活用形の綴《つづ》りを覚えるのには少し苦労している。でもまあ、規則性さえ理解できてくれれば、なんとかなるだろう。

　王子に仕える時にきっと役に立つと思うから、先々は他国の言語も学習していきたい。

「一応は。でもできれば、文字を練習するためのテキストがほしいです。あるいは子供向けの本か……」

　そういえば、この世界で絵本や児童書を見ていないな。

「子供向けの本なんて、見たことがないな。本は基本的にとても高価だ」

　その割にあなたの部屋には山積みでしたよね？

　思いながらじぃっと見上げていると、ミハイルは気まずそうに頭をかいた。

「俺の本は戦術書がほとんどだから、文字を覚えるのには向いてないぞ？　専門用語だらけだし、他国の文献も多い」

　その言葉に、ある物が頭をよぎる。

「『六韜《りくとう》』……」

　私のつぶやきを聞いたミハイルは、目を見開いた。

「なぜその名を知っている！　どこかで見たのか⁉」

　ミハイルは突然前のめりになり、私に掴《つか》みかからんばかりの勢いだ。

　周囲にいた騎士達が、何事だとこちらを見た。

そのあと、いけないものを見たかのように目をそらされたのは、一体どういうことですか。

それはともかく。

『六韜《りくとう》』とは、ゲーム内でミハイルが探し求めている、東方の大国で書かれた幻の戦術書だ。

それは前世では、中国の伝説的な兵法書の名前だった。

周の太公望《たいこうぼう》が記したという設定で構成され、前漢の張良《ちょうりょう》が授けられたと噂の、とんでもない逸品《いっぴん》である。

日本では中臣鎌足《なかとみのかまたり》や源義経《みなもとのよしつね》が読んでいた、という言い伝えもあるのだとか。

あ、やめて、歴女《れきじょ》じゃないから。にわかだから、指差さないで。私程度の知識では、歴女《れきじょ》さんに失礼ですので。

「見たことはないです」

明らかに落胆《らくたん》したミハイルを横目に、私は続ける。

「ある場所はわかりますけどね」

その途端《とたん》、ミハイルの纏《まと》う火の魔法粒子がぶわっと広がり、火の粉《こ》のように周りに飛び散った。

あまりの反応の大きさに、判断を間違えたか？　と思ったが、もうあとには引けない。

「知りたいなら……交換条件でどうです？」

「何とだ？　金か？」

五歳児にゲスなこと言うな。

「私の教師役になってくれませんか？　ミハイルさんは色々な国の本を読んでいると聞きました。私はメイユーズ国だけじゃなくて、他の国の言語や文化、国際情勢も知りたいんです」

ミハイルは呆《あき》れたようだった。

「そんなに覚えてどうする。お前は魔導学園に入るんだろう？」

「それは身を立てるための手段です。適性はあるのかもしれませんが、魔導一辺倒《いっぺんとう》の人間にはなりたくありません。知識は何をするにも武器になります。私がお仕えしたいのは、将来この国の王になるお方です。私の身分でそこまで這《は》い上がるには、ただ魔導が使えるだけでは足りません」

言いながら、心の中で噛《か》みしめる。

それがどれほど困難なことなのか想像もつかない。でも、今のうちからできることをしておかなければ、到底間に合わないだろう。

私の目標は、王子との再会じゃないんだ。

女で平民以下だけれど、周囲にも認められる家臣となること。

そして、あの人の青臭い理想を守る。

そのためにできることは、なんだってやってやる。

ミハイルはしばらく考えたあと、にやりと笑った。その表情は久しぶりに見る。

「なら、お前を俺の小姓《こしょう》にしてやろう。お前が学びたいことは騎士団にすべてあるぞ。今日から女を捨てろ。俺の言うことすべてに従い、そのためには命を惜《お》しまずに行動できるか？」

できることなら命は王子に捧げたいが、つまりはそれほどの覚悟を持てということだろう。

思いもよらない申し出ではあるものの、またとないチャンスだ。

王都に戻っても、リシエール・メリスとしては暮らせない。その上、義母に生きて戻ったことがバレれば、きっとただでは済まないだろう。

私には学園入学まで身を寄せる場所と、後ろ盾《だて》が必要だった。

「それはミハイルさんにもリスクがあるんじゃないですか？」

すぐに飛びつくのは軽率だと思い、予防線を張る。

　ミハイルは相変わらず、にやにや笑いを浮かべていた。どうやらこの男、駆《か》け引きや化《ば》かし合いが大好きらしい。とんだ腹黒《はらぐろ》だ。

「リスクもあるが、メリットもある。まだ知識は全然だが、お前の力は役に立つ」

「役に……？」

「きちんと調べた訳ではないから仮定の話だが、お前はおそらく多属性持ちだろう。メリス家は代々多属性持ちが生まれる家系だと聞いているし、それを利用しない手はない。使える技は少なくても、何種類もの魔法粒子が見えるだけで充分だ」

「多属性持ち？」

「お前、何種類の魔法粒子が見えている」

「え、何種類って……全部で何種類あるんですか？　多すぎて数えたことないですけど」

　答えると、ミハイルはまた呆《あき》れたような顔をした。

　そして重いため息を吐《つ》く。

　なんですかその反応、普通に傷つくんですけど。

「もういい。お前の能力については、王都に戻ってから徹底的に検査する。とりあえず騎士団に入るか否《いな》か、今決めろ」

「入ります！」

間髪容《かんはつい》れず、私は言った。

罠《わな》でもなんでもいいや。

今後、これ以上のチャンスがあるとも思えないし。

「いい覚悟だ。じゃあ、お前は今この瞬間から俺の小姓《こしょう》で、下僕《げぼく》だ。『六韜《りくとう》』の在り処《あか》を早急に話せ」

呆《あき》れた。学びたいことは騎士団にすべてある、なんてかっこいいこと言っておきながら、結局はそれが目的か。

でもいい。ミハイルが私を利用するように、私もミハイルを利用させてもらおう。

「『六韜《りくとう》』は魔導学園の生徒にしか入れない部屋にあるそうですよ。ミハイルさんは私が入学できる歳になるまで、待っててください」

なんせゲームでは、主人公がミハイルにプレゼントするイベントアイテムだからね。

がっかりしたミハイルに、私は溜飲《りゅういん》を下げた。

4周目　子爵家三男の養女

半月近い旅の末、ようやく王都が見えてきた。

王都が間近になって、精霊使いを追っていた別働隊と合流する。残念ながら、騎士達の騎獣《きじゅう》で追いかけても、精霊使いらしき人間を見つけることはできなかったらしい。

王都に着くと、ミハイルは報告のために城に上がり、私はゲイルに招かれて彼の家を訪ねた。

ヴィサ君はふよふよと浮かびながら、私についてくる。

「おかえりなさい。あなた」

季節は紫月《しげつ》――七月だ。雨ばかりの青月《せいげつ》が終わって、そろそろ暑いばかりの季節になる。

彼が案内してくれた部屋のベッドで儚《はかな》げに微笑《ほほえ》むのは、ゲイルの奥さん。

家に連れてきてもらって初めて知ったのだが、彼は結婚していたのだ。

薄い水色の髪で、少し幼さの残る美しい奥さんだった。

私が挨拶《あいさつ》すると、彼女は子供が好きだと言ってとびきりの笑顔を見せてくれる。

「ミーシャ、俺はこの子を養子にしようと思っているんだが……」

「本当ですか!? じゃあ、私達の子供ね！」

奥さんはとっても喜んで――喜びすぎて咳《せ》きこんでいて心配になった。

それにしても――

「ゲイルさん！ そんなこと一言も」

私があわてて訂正しようとすると、ゲイルは人差し指を口に当て、私の言葉を封じる。

そして奥さんをなだめてひとしきりイチャイチャし、私を連れて部屋をあとにした。

「ゲイルさん、何考えているんですか？ 私がどういう経緯で森に連れていかれたか、ちゃんと話しましたよね？」

廊下を歩くゲイルの後ろを追いかけながら言う。責めるような口調になってしまったのは、許してほしい。

ミハイルの小姓《こしょう》になることが決まったあと、私は距離を置かれたり忌避《きひ》されたりするのを覚悟して、彼らに自分が侯爵家を追い出された経緯をちゃんと告げたのだ。義母に疎《うと》まれて死んだことにされた子供だと。もちろん、王子についてのくだりは割愛《かつあい》したけれど。

もしも侯爵である父や義母に私の存在が知られれば、ゲイルはただでは済まない。彼は子爵家の三男で、その権力差は歴然《れきぜん》としていた。

「それは聞いたが、騎士団に小姓《こしょう》として入るには貴族の身分がいるぞ？　騎士団に入ってしまえば外部との接触はほとんどない。そんなに心配することもないさ」

そう言って笑うゲイルに、私は絶句した。

この人絶対、ミハイルに毒されてる！

『この男、大丈夫なのか？』

ヴィサ君も同じ感想を持ったようで、呆《あき》れていた。

ゲイルは突然立ち止まると、しゃがみこんで私と目線を合わせた。

「お前こそいいのか？」

「何がですか？」

「騎士団は女人《にょにん》禁制だ。学園入学の年になるまで、男だと偽《いつわ》って暮らすことになるぞ」

「そんなの、命の危険に比べたらなんでもないです。それに、私には専門的な教師が必要です」

「……悪かったな、専門的じゃなくて」

やばい、失言でした。

「あ！　決してゲイルさんから教わった内容が初歩的だとか、そういうことではなくて！」

そう叫ぶと、ゲイルは仏頂面《ぶっちょうづら》になる。

ああ、見事に墓穴《ぼけつ》を掘ってしまった。

「……とにかく、お前は今日からリル・ステイシーだ。綴《つづ》りをちゃんと覚えておけよ」

「ゲイルさんの家名ってステイシーって言うんですか。初めて知りました」

「おい！」

今日は失言が止まりません。

あわあわしていると、ゲイルが突然優しく、そして少し寂《さび》しそうな目で私を見た。

「あのな、お前がうちの子になってくれると、俺も助かるんだ。何よりアイツが喜ぶ」

「アイツって、奥さんですか？」

ゲイルがうなずく。

「ミーシャは体が弱くてな、最初の子供が流れた時、もう子供ができない体だと医者に言われて、それからずっと気落ちしていたんだ」

なんと言っていいかわからなくて、ただ彼を見つめた。

「さっきの喜びよう、見たろ？　いつも二人になると、どうぞ妾《めかけ》を作ってくれとうるさくてな。お前が来てくれたら、うちも助かる」

そう言って笑うゲイルは、五歳児に対して赤裸々《せきらら》すぎると思わないでもない。

でも彼がどれだけ奥さんを愛しているかがわかって、なんだか私のほうが照れてしまう。

そしてそんな理由を話してまで、私に後ろめたさを感じさせまいとする優しさも嬉しかった。

「じゃあお互い様ですね。今日からよろしくお願いします」

私が差し出した手を、ゲイルは力強く握った。

「ああ」

そうして私達は親子になった。

これで私には、父が一人と義父が一人、それに義母が二人いることになった訳だが、まあ人生こういうこともある。

＊　❖　＊

それからの私は、勉強と勉強、レッスンを挟《はさ》んでまた勉強、時々お茶の毎日だった。

騎士団の小姓《こしょう》は主《おも》に、身分の高い将校の世話をする十二歳までの少年達を指す。家の跡取りではない、次男三男などが多い。彼らはそのまま騎士団に入団し、騎士になるのが通例だ。なので私ぐらいの年でも、しっかり教育を受けた子供ばかりだという。

私は焦って読み書きを習い、ミーシャと交換日記ができるまでになった。

それから貴族間の関係の把握。これはつらかった。

顔も知らない相手の名前を覚えるのも苦痛なら、家系図なんて言わずもがな。そいつらが結婚して子供が生まれて、さらに孫が生まれ、孫とはとこが結婚して……だの、もう意味がわからない。

そんな内容を本で勉強するなんて、貴族が踏《ふ》ん反《ぞ》り返るためには大変だったんだなと思う。

ゲイルは毎日屋敷から騎士団本部に通い、顔を合わせるのは夜だけだ。

私はステイシー家の執事さんに貴族の作法をレクチャーしてもらい、その合間にミーシャとお茶をする。

私が淹《い》れるお茶をミーシャはとても喜んでくれたので、調子に乗ってお茶菓子もと、クッキー、ケーキにケークサレ、マドレーヌと、知っているレシピを手当たり次第に再現してみた。

前世の私はインドアな趣味が多かったのだ。

もともと甘党らしいゲイルは、喜んでそれらのお菓子の処理係に名乗りを上げてくれた。たまに訪れるミハイルも、遠慮なくお菓子を食べながら私に最近の国内外の情勢を教えてくれる。そのたびに「授業料だ」と苦しい言い訳をしていたのが、少しおかしかった。

それらのお菓子は屋敷の人達にも非常に好評で、気づけば私は勉強の合間に料理の研究までしてしまった。正直、乗せられやすい自分の性格が怖い。

そうしてあっという間に紫月《しげつ》から半年ほどが経ち、色濁月《しょくだくげつ》が来た。

色濁月《しょくだくげつ》は日本でいう十二月で、この月の終わりに国の人達は全員一斉に一つ年を取る。

そして私は、ようやく六歳になった。

ステイシー家の生活は穏やかで、幸せすぎて、私には少しつらかった。

ずっと家にいればいいと口を尖《とが》らせるミーシャに、何度苦く笑ったことだろう。

そうできたらどんなにいいか。

穏やかに、日々を送れたら――

でも、私はすでに自分の人生を決めてしまった。

決心を曲げられない自分も、なんだからしくて笑える。

色濁月《しょくだくげつ》の翌月、灰月《はいげつ》の終わりに、私は正式に騎士団に行くことが決まった。

まだ周囲は雪深く、窓の外は真っ白に染まっている。

「行っちゃうのね」

そう言いながら、ミーシャは静かに鋏《はさみ》を動かした。

それは鉄製の重みのある鋏《はさみ》で、気持ちは嬉しいけど失敗しそうなのでやめるようにと、私も侍女も言ったのだ。でも自分が私の髪を切るのだとミーシャは聞かなかった。

二十三歳のミーシャ。

子供みたいにあどけなく、でも時々すごく大人びた顔をする。

この世界の母さんと同い年で、前世の私より、二つ年下のミーシャ。

パチパチと薪《まき》がはぜて、火の粉《こ》が小さく舞う。

パチンパチンという鋏《はさみ》の音と、二人の押し殺すような息遣い。

栄養が足りなくて切れやすかった私の髪は、今では強くなり、さらさらと頬に落ちた。

「あなたに初めて会った時、なんてかわいい子なんだろうって思ったわ」

ミーシャのつぶやきに、私は小さく笑った。

そんなはずはない。あの頃の私は痩《や》せこけた、ひどく貧相な子供だっただろう。

「本当よ。旦那様が戻るまでは何度も、このまま捨てられるんじゃないかって怖くて泣いていたの。目を覚ましたらまた一人だと思うと、眠るのすら堪《たま》らなく怖かった」

「そんなこと」

「でも旦那様は、そんな私に子供を連れてきてくれたの。賢くてかわいくて、甘えるのがとっても下手で、頑張り屋な女の子を」

「ミーシャ……」

「リル。あなたの夢を邪魔《じゃま》するつもりはないわ。応援してる。でもつらくなったら、いつでもここに帰ってきていいのよ。どんな事情があったって、あなたは私達の子供なんだから」

コトンと鋏《はさみ》を置いたあとに、ミーシャはそっと私を抱きしめた。

私は声を殺して泣いた。

この家に暮らす間、何度も、もう甘やかさないでほしいと思った。

その甘さに慣れて、弱くなるのが怖かったから。

そんな身勝手な私ごと、ミーシャは愛してくれていたと知る。

「休みになったら帰ってきます……………お母さん」

そう小さくつぶやいてから、私は心の中で本当の母親に詫《わ》びた。

＊
❖
＊

髪を切った六歳の私は、充分男の子に見えた。

ところどころ短くてザンバラ頭なのは、ご愛嬌《あいきょう》だ。

「心配するな、ちゃんと揃《そろ》えてやるから」

ゲイルにはそう言われたが、私は断った。

「ううん。このままがいい」

今日、私はついに騎士団に入る。

と言っても、騎士団の小姓《こしょう》に入団式はない。

小姓《こしょう》は、見習いの準騎士を除いた正騎士ならば誰でもつけることができる。本部に申請し、三人まで増やせるのだ。

私はミハイルの紹介なので、彼のもとへの配属がすでに内定している。

『大丈夫なのか？』

私が髪を切ってから、なぜかヴィサ君はひどく心配性だ。

『俺が守ってやるんだ。何も騎士団になんて入らなくても』

「私は守ってもらうんじゃなくて、守りたいんだよ。もちろんヴィサ君に色々と助けてもらえたら、嬉しいけど」

『おお！　まかせとけ！』

そうして一人で熱くなっている。獅子《しし》の割に、猪突猛進《ちょとつもうしん》タイプの精霊さんである。

ゲイルと一緒に王城の門まで来たが、まず入場検査があるらしい。

「じゃあ、ここでな」

慣例だと言って、ゲイルは一足先に騎士団本部に行ってしまった。

小姓《こしょう》は一人前の大人になるための見習いなので、六歳だろうが一人の人間として扱われる。

検査のあと、見張りの詰所にいた兵士さんが私を案内してくれることになった。

「では、騎士団本部までご案内いたします」

敬礼――この世界では、右手を握って胸に当てるポーズ――までしてくれる兵士さんは、私が言うのもなんだけどまだ若そうだ。

「あの、私はこれから小姓《こしょう》になる新参者ですから、敬語を遣《つか》っていただかなくても大丈夫ですよ？」

あまりにも申し訳なくてそう言うと、兵士さんはぽかんとした。

「いえ……しかし、自分は平民ですから……」

「でも王城に勤める者としては兵士さんが先輩ですし、それに私の家格はそんなに高くないですから」

あ、ゲイルさんごめん。

「と、とりあえず、ご案内いたします！」

そう言って先導してくれる彼のあとについていく。

王城はとてつもなく広かった。

王の居住区と政府執行機関、騎士団本部に寮まであるんだから、当然か。

城の奥の奥に王子がいると思うと、気分が高揚《こうよう》した。

まだそばに行けるほどの力はいないけど、私は王国の端《はし》の端《はし》からここまで戻ってきたんだ。

「兵士さん」

「はい！」

「できれば、普通に接してください。私は世間知らずなので、これから暮らす王城について色々と知りたいんですが」

「そうでありますか……」

子供の必殺技・上目遣いで哀《あわ》れっぽく言うと、騎士団本部に着くまで、兵士さんからたくさんの話を教えてもらうことができた。

兵士の多くは平民出身で、貴族出身の騎士とは扱いに大きく差があること。

それでも平民の間では理想の職場で、高い競争率の中、いくつも試験をパスしてようやくなれること。

貴族の女性は兵士を嫌うので、女性を見かけたらできるだけ近寄らないように、というお達しがあることまで話してくれた。

「リル！」

歩きながら話を聞いていると、前方から勢いよく誰かが飛び出てきた。

――シリウス叔父《おじ》様だ！

シリウスはただの青年風の偽《いつわ》りの姿ではなく、流れる銀の白髪《はくはつ》にスチル通りの美しい容姿をしていた。

まずい！

「ヴィサ君、声を消して」

『おうよ！』

これはステイシー家にいる間に発見したヴィサ君の必殺技だ。空気振動である音を消すことができる、優《すぐ》れもの。

風は操《あやつ》れるが今の力ではそよ風程度だとしょぼくれていた彼に、空気振動には干渉《かんしょう》できないかと私が提案したのだ。

最初は、こんなことになんの意味があるんだと懐疑《かいぎ》的だったヴィサ君。だけど、私がすてきかっこいいと褒《ほ》め讃《たた》えたら、その気になってくれた。

こんなに単純な性格で大丈夫かと、ちょっと心配だ。

何か叫んだらしいシリウスだったが、声が音になっていないことに気づくと喉を押さえた。

そして大股で私に歩み寄り、両脇に手を入れて軽々と持ち上げる。

高い高いって、こんなに怖かったんだ……

「シリウス様、私はルイです。リルではありません」

兵士さんの手前、そう言ってシリウスに新しい名前を知らせる。

『ルイ』はミーシャがつけてくれた名前だ。『リル』を逆さにして巻き舌の発音をなくすと『ルイ』になる。かつて世界を救った、偉大な精霊の名前らしい。

この名前に決まった時、なぜかヴィサ君は嫌な顔をしていたなぁ。

「兵士さん、シリウス様の世話役が探しているはずなので、呼んできていただけませんか？」

そう、ゲームにも出てきたユーガンさんがな!

シリウスは主人公のところにお忍びで来ては、世話役のユーガンさんに連れ戻されていたっけ。

老体に鞭《むち》打つ彼の姿が多くのファンの涙を誘った……というのは嘘だけれど。

口を開けて呆然としていた兵士さんが、すぐにはっとして城のほうに駆《か》けていく。

ここが人気《ひとけ》のない裏庭でよかった。

「シリウス叔父《おじ》様、下ろしてください。怖いです」

「あ、ああ……すまなかった」

シリウスの声が戻っている。

ヴィサ君を見ると、苛立《いらだ》たしげな顔をしていた。

どうやらシリウスの魔力に押し返されたらしい。

「リ……ルイ、体は大丈夫か？　苦しくはないか？」

地に下ろした私の顔を覗《のぞ》きこんであせあせしているシリウスに、私は苦笑する。

彼の中では、私は体が弱くて臥《ふ》せるばかりだった幼子《おさなご》のままなのだ。

「はい。シャナン殿下に治していただきました。今は至って健康ですよ」

そう言うと、シリウスはほっとしたようだった。

ん？　一瞬残念そうにも見えたんだが、気のせいか？

「そうか……無事に戻って、本当によかった。助けに行けなかった不甲斐《ふがい》ない叔父《おじ》を許してくれるか？」

「許すも許さないも……今はもうシリウス様の姪《めい》ではありません」

にっこりと笑ってみせれば、シリウスは固まった。

彼の後ろに『ガーン！』という文字が見えるようだ。

思わず笑ってしまう。

「王子に恩を返すため、今日から騎士団にてお仕えすることになりました、ルイ・ステイシーです。以後、よろしくお願いいたします。シリウス魔導省長官」

私が膝を折って男の子の正式な礼をすると、シリウスは悲しそうな顔になる。

「何もわざわざ汗臭い騎士団で下働きなどせずとも、王子に仕えたければ魔導省でいくらでも受け入れるのに……」

「いいえ、シリウス様とはもう血縁もないことになっていますから、そんなことをしては反感も買いましょう。それに、私は騎士団で学びたいことがあるのです」

私がそう言うとシリウスは唇を尖《とが》らせてむすっとした。

壮絶な美形が拗《す》ねると、こちらがすごい罪悪感に襲われる。初めて知ったな。

「シリウス様。私を助けてくださったこと、あの家で優しくしてくださり、手ずから水を与えてくださったこと、決して忘れません。あなたは私の大切なお方です」

私は、ずっと伝えたかった今までの感謝を口にする。シリウスは感極まったように口元を手で覆《おお》った。

なんだか、すごい親馬鹿を相手にしている気分。いや、感謝しているのは間違いないんだが。

「だからこそ、自分の努力で地位を勝ち取り、王子やシリウス様のお役に立てるようになりたいのです。力の伴《ともな》わない名ばかりの任官では、意味がありません」

「そうか。それほどの決意とあらば、邪魔《じゃま》はできん」

シリウスは厳しい表情で言う。

「次に会った時には、ただの騎士団の小姓《こしょう》として扱ってください。あなたのためならば喜んで働きます」

私の口からこぼれたのは心からの言葉だった。自然と笑顔になる。

そこに「シリウス様ー！」という叫びと、大きな足音がかぶさってくる。お迎えのようだ。

鬼気迫《ききせま》る顔のユーガンに連れられて、シリウスは何度もこちらを振り返りつつ去っていった。

『あんなに従順なあいつを、初めて見た……』

それまで呆気《あっけ》にとられていたらしいヴィサ君が、そうつぶやく。

シリウスが去ると、ユーガンさんと一緒に戻ってきた兵士さんと、再び騎士団本部へ向かう。道すがら、私は遥《はる》かに高い王城の峰《みね》を見上げた。

あそこまでの道は、果てしなく遠い。

騎士団本部の門前に着き、案内してくれた兵士さんに丁寧に礼を言う。そして私はそこを見上げた。

本部は王城の敷地内にありながら、建物としては独立している。建国当時からある砦《とりで》をそのまま使ったという、石造りの堅牢《けんろう》な建物だ。

先にゲイルに聞いたところによると、一階には室内訓練場や騎士の待機場所、武具などの倉庫があるらしい。二階より上は正騎士以外立ち入り禁止で、幹部の執務室や会議室、それに戦術研究室や諜報《ちょうほう》部など、主《おも》に騎士団のブレーンと呼ぶべき部署が設置されているそうだ。

そしてこの建物とは別に騎士専用の寮がこの近くにあり、私の主《おも》な職場はそこになる。

今日は顔見せのため、最初に本部に行くよう言われていた。

門の前には、もちろん門番がいる。

城門の脇にいた兵士達と違う制服を着た騎士が、二人並んでいた。

その顔に見覚えはないが、身なりはぴしっとしているので、まあやっぱり貴族なのだろう。

立っていても仕方ないと、門番に声をかけてみる。

「すみません」

無視される。目線すらくれない。

あ、声が小さかったかな？

『リルが呼んでるんだから、返事しろよ！』

『これからはルイだよ、ヴィサ君』

カッカするヴィサ君を心の中で窘《たしな》める。ヴィサ君が話せるようになってからは、声にしなくても心の中で会話ができるのでとても便利だ。

「すみません！」

今度は大声を出してみた。

しかし、またしても無視。

でも今度は、右側の騎士さんが目線を動かして、扉のすぐ横の城壁を示す。

そこには人工だと思われる、私の両手に丁度のるぐらいの丸くて半透明な石がくっついていた。

しかし説明がないので、私はとりあえず触《ふ》れてみた。

すると石が真っ黒に染まり、ピーッという高い音が鳴る。

私はその音量に驚いて手を離した。

驚いたのは門番の二人も同じだったようで、さっきまでの無表情がすっかり崩れている。

「お前……」

「えっ……え!?」

私がパニック状態に陥《おちい》っていると扉が開き、そこには大勢の騎士さんが並んでいた。

あれー？

とりあえず挨拶《あいさつ》だけのはずなのに、なぜに大歓迎？

と思ったが、扉の向こう側に並んでいるどの顔も戸惑《とまど》っているような……怖いものを見るような顔だ。正直、冗談を言える雰囲気じゃない。

ヴィサ君も気圧《けお》されて黙りこくっている。

大の大人に囲まれるのなんて久々で、私はおどおどしてしまう。

なんだこれ、新人いじめか？　それとも流行《はや》りの圧迫面接か？　いやいやこの世界では流行《はや》ってないだろう。まさか約束の時間、間違えた？　それともミハイルが申請を忘れた？　くそうミハイルめ！　あの兵法書バカめ！

脳内でつっこみと八つ当たりを繰り返していると、人込みをかき分けてミハイルとゲイルが現れた。

私はほっとして、二人を見上げる。

「あっはっはっは！　予想以上だ、ルイ！」

そして何を言うかと思えば、ミハイルは大笑いして私を抱《かか》え上げた。

なんだこれは？　今どーゆー状況？

意味がわからなくて義父であるゲイルを見る。こちらは困った顔で頭をかいていた。

そこに、またしても人込みの中から、壮年の風格ある髭《ひげ》のおじさんと、眼鏡をかけた長身で冷徹《れいてつ》そうな男が出てくる。

あれ、この眼鏡の人どこかで見たぞ。もしやゲームの中で攻略キャラにしてくれって要望が多かった、カノープス副団長様じゃないか？

登場回数は数えるほどなのに、スチルが美麗《びれい》だから、なんで攻略できないんだって非難轟々《ごうごう》だったんだよねぇ。やはり眼鏡キャラは強しだ。

じゃあ、その隣のおじさんは騎士団長か？

スチルでは小さくあやふやに描いてあっただけだから、ちょっと本物か見当つかないや。

「うーむ」

騎士団長と思《おぼ》しきおじさんが、渋い顔で髭を触って唸《うな》っている。

その隣のカノープス様は、スチルと変わらず無表情だが。

「ね？　言った通りでしょう、団長。約束通り、ウラジ戦役の記録書、いただきますよ」

「いや！　せめて複写にしてくれ。あれがなくなると困る……しかし……」

どうやらミハイルと団長は何かの賭《か》けをしていたらしい。

タイミングから言って、十中八九私が関わっているな。

どうにも嫌な予感が拭《ぬぐ》えない私を、ミハイルは上機嫌で肩車した。

「でかしたぞ、ルイ！」

怖い怖い怖いですよ!!

「……とりあえず、彼を解析《かいせき》室へ。用がない者は訓練に戻れ！　早く！」

カノープス副団長の声が響く。

彼には声優がいなかったので初めて聞いたが、思いがけずいい声だ。

この容姿と声で攻略キャラじゃないなんて、本当にどうしてだろう。

それはともかくとして。

私はミハイルの髪の毛を必死に引っ張りまくり、肩車から下ろしてもらうことに成功した。

そこから四人は、どんどん建物の奥へ奥へと歩いていってしまう。

六歳児の私にはペースが速い。

ゲイルがちらちらと私を心配そうに見ていた。

今日から独り立ちだと気合いを入れてきたのに、すぐに彼に頼るのもなんだかなぁだ。

私は平静を装って、内心必死の小走りで四人を追いかけた。

石造りの建物はひんやりと冷たく、昼でも薄暗い。

やがて建物の奥に階段が現れ、彼らは遠慮なくそれを上《のぼ》っていってしまう。

え？　二階は正騎士にならないと入れないんじゃないの？　私も行っていいの？

しかし立ち止まる訳にもいかないので、あとに続いて階段を上る。

特に見張りはおらず、無事に通過できてほっとした。

それからすれ違う人みんなに奇異《きい》の目を向けられつつ、廊下を進んだ。

ようやく辿《たど》りついたのは、『解析室《かいせき》』と彫りこまれた石のプレートがついた扉の前。

団長が、扉の脇の門にもあった石に触《ふ》れると、それがほんのり光って扉が開いた。

自動ドアなんてすごいな！　転生してから初めて見た！

私が目を丸くしているうちに四人が部屋の中に入ってしまったので、またあわててあとに続く。

「ここは……？」

そこは比較的小さな部屋だったが、さらに奥に三つの扉があり、奥行きがありそうだった。

騎士のものとはまた違う、白衣のような揃《そろ》いの制服を着た人達が四、五人、忙しそうにしている。ある者は机に向かったり、またある者は奇妙な器具の計測結果を紙に写していたり。

第一印象は、研究所というのがしっくりくる。

騎士団にこんな場所があるのは意外だなあと思っていると、後ろからガッと肩を掴《つか》まれた。思わず小さい悲鳴が漏《も》れる。

「先ほどの興味深い魔法反応は、君かの？」

振り向くといかにも好々爺《こうこうや》といった風貌《ふうぼう》の老人が立っていた。

背中が曲がり、杖をついてる。身長も百センチちょっとの私より頭一つ大きいぐらいだ。

この人、笑ってる割に目つきが鋭くて怖いんですけど。

なんのことかわからず黙っていると、団長が声をあげた。

「翁《おきな》！　戻ったか」

「団長様までこんなところにいらっしゃるとは、珍しい」

「お前も先ほどの反応は知っているだろう。この少年だ。解析《かいせき》を頼む」

「楽しみですなぁ。あのような反応を見たのは、カノープス副団長様以来ですじゃ。はたして『夜の森は魔物か精霊か』……」

『夜の森は魔物か精霊か』というのはこの世界の慣用句。まあ、意味は『鬼が出るか蛇が出るか』みたいな感じだ。どうでもいいけど、語呂がよくないよね。

「この子は私の息子だ。お手柔らかに頼む」

ゲイルがきりっと言った。

かっこいいよパパ！

私は地味に感動してしまう。

「しかし、検査しないことには正式に騎士団に置いてやることはできん。ルイ、わかるな？」

うっすらと微笑《ほほえ》みながら、ミハイルが私の肩に手を置く。

いい大人を装っているものの、その笑みは団長から戦利品を得られる喜びが隠しきれていないだけだな。スチルにしたら美しいだろうが、彼の性格を知っているとなんだかげっそりである。

「騎士団に入れていただくためなら、如何様《いかよう》な試練でもお受けします。何なりとお申しつけください」

とりあえず第一印象が大事ということで、私は教えられた通り、膝を折って騎士団長に礼を尽くす。

心配そうな顔のゲイルに、ちらりと微笑《ほほえ》んでみせた。

というか、体は子供でも中身は大人だ。注射嫌いでもないし、検査と言われても抵抗はない。

目が笑っていない〝翁《おきな》〟という老人には嫌な予感を覚えないでもないが、女は度胸だ。

ただ、もし服を脱ぐような検査だったらどうしようとは、ちょっと思う。

最悪、『隠身《おんしん》』を使えばいいかなーと考えながら私は立ち上がった。

全員の視線が、私に集中している。

こういう時は、自信たっぷりに振る舞うのがいい。前世の会社員時代、プレゼンテーションで学んだことだ。

だから私は、とりあえず精一杯微笑《ほほえ》む。

おもしろがって口笛を吹いたミハイルは、あとで絶対抓《つね》ってやると心に誓った。

＊
✣
＊

それは天啓《てんけい》のように降りてきた。

長官室での執務中、王城に張った結界でシリウスの琴線《きんせん》に触《ふ》れる気配があったのだ。

懐《なつ》かしい、慕《した》わしい気配。

「リル！」

真面目に執務をしていたのに、突然叫んで部屋を出ていくものだから何事かと思った、とのちにユーガンは語った。

ちなみに彼は、後継者である息子に泣いて縋《すが》られたため、引退できずに現在も世話役のままだ。

王城の廊下を飛ぶようにすり抜けたシリウスは、人気《ひとけ》のない裏庭の渡り廊下で目的の人物を発見した。

以前より少し背が大きくなった。血色もいい。

がりがりだった体に厚みが出て、より愛らしく見える。

――なのになぜ、髪がザンバラに切られているのか！

いつもは人間の外見に頓着《とんちゃく》しないが、自分のご主人様の姿がみすぼらしいのは我慢ならない。

会えなかった時のことを色々と聞いて、それからそれから――自分にはあなたを引き取って養育する用意があると伝えなくては！

シリウスはほとばしる感情を胸に相手に近づき、思いのまま彼女の名前を叫んだ。

その場にいた二人と一匹が、目を見開いてこちらを見る。

まあシリウスにしてみたら、リル以外の一人と一匹なんてアウトオブ眼中だ。

しかし次の言葉を発しようとした刹那《せつな》、自分の口に魔法をかけられているのを感じた。

発音した音が伝わらない。

精霊め、余計なことを。

シリウスは忌々《いまいま》しく思いながら喉を押さえた。

そういえば、このクソ猫は自分への腹いせに、リルの気配にバリアをかけた。そのせいで、遠方のリルの気配が辿《たど》れなくなってしまったのだ。

力を封じているとはいえ、腐っても精霊の王。完全に無力化させることはできない。シリウスは日夜、魔力全解放で王国中の気配を監視していたが、それでも彼女を見つけることはできなかった。しかも徹底的なスキャニングのおかげでいくつか魔導の不正使用を発見してしまい、仕事が増えてさらにシリウスを苛立《いらだ》たせた。

そういう訳で、彼はリル探しと執務に追われていた。魔力の消耗で体に負荷がかかったこともあり、ここ何月《なんつき》かは認識阻害《そがい》をかけず、容姿も本来のままだ。

リルを抱き上げたあと、自分だと気づいてもらえないかもしれないとシリウスは一瞬不安になる。ところが、初めこそ驚いていたもののリルは彼を見て優しく微笑《ほほえ》んだ。

「シリウス様、私はルイです。リルではありません」

しかし、その愛らしい口から出る言葉は素っ気ない。

シリウスは思わず泣きたくなった。

前世の記憶がよみがえる。

どんなに期待の眼差《まなざ》しで見上げても、今から仕事だからねと散歩に連れていってくれなかった時と同じ顔だ。

それにしても『ルイ』なんて、私の嫌いな精霊と同じ名前じゃないか！

「シリウス叔父《おじ》様、下ろしてください。怖いです」

「あ、ああ……すまなかった」

ちゃちな風の魔法を振り払い、主人に謝意を告げる。

ヴィサークが険《けわ》しい顔をした。いい気味だ。

「リ……ルイ、体は大丈夫か？　苦しくはないか？」

触った時に、リルの魔力の流れに違和感を覚えて尋ねる。

「はい。シャナン殿下に治していただきました。今は至って健康ですよ」

やはり、シャナンが命がけで治療したのはリルだったのだ。

七歳で禁忌《きんき》の魔導を行うなど、生意気な。

本当は、リルの体調がもっと安定したら、自分が治してリルに感謝されるつもりだったのに！

自分だけを頼るリルがかわいくて、それを先延《の》ばしにしていたのは否《いな》めないが。

「そうか……無事に戻って、本当によかった。助けに行けなかった不甲斐《ふがい》ない叔父《おじ》を許してくれるか？」

優しいリルならば、当然許してくれるだろう。しかし――

「許すも許さないも……今はもうシリウス様の姪《めい》ではありませんん」

予想外の言葉に、シリウスに大きな衝撃が走った。

まさか、甘えて頼ってほしくて治すのを先送りにしたと気づかれたのだろうか？

それとも、クソ猫ヴィサークに余計なことを吹きこまれたんだろうか？

クソ猫をにらめば、いい気味だといわんばかりにしっぽを振っている。

今度こそ完全に封印してやろうか。

「王子に恩を返すため、今日から騎士団にてお仕えすることになりました、ルイ・ステイシーです。以後、よろしくお願いいたします。シリウス魔導省長官」

跪《ひざまず》いて正式な礼をする主人の小柄な姿が、悲しかった。

私こそ跪《ひざまず》いて許しを請《こ》わねばならないのに……。そう思いつつ体が固まってしまい、シリウスは立ち尽くした。

それにしてもまさか、騎士団に入るなんて！

よく見ればその礼儀も服装も、貴族の男児のものだ。

ステイシーとは、どこの貴族だ？　貴族社会に興味がなく、家名をまったく覚えていない自分が腹立たしい。

建国時の知り合いにステイシーという人間はいないから、おそらく新興の貴族だろう。

シリウスはその名前をしっかり胸に刻《きざ》みこむ。

「何もわざわざ汗臭い騎士団で下働きなどせずとも、王子に仕えたければ魔導省でいくらでも受け入れるのに……」

「いいえ、シリウス様とはもう血縁もないことになっていますから、そんなことをしては反感も買いましょう。それに、私は騎士団で学びたいことがあるのです」

少し会えない間に、こんなにも立派に、そして他人行儀になってしまった。

シリウスはそれが悲しいし、おもしろくない。

やはり魔導省の長官などやめて、今すぐ犬にでも化《ば》けて主人について歩きたい。できるなら一緒に散歩に出かけたい。

初代の王と交わした盟約のせいで国に縛《しば》られている身が、悔《く》やまれる。

「シリウス様。私を助けてくださったこと、あの家で優しくしてくださり、手ずから水を与えてくださったこと、決して忘れません。あなたは私の大切なお方です」

私を見上げてかわいらしく感謝するリルに、シリウスの目が潤《うる》みそうになる。

そうか、これが泣くということなのか！

自分に涙腺《るいせん》があることを知らなかったシリウスは、激しい感動の最中《さなか》に自分を再発見した。

「だからこそ、自分の努力で地位を勝ち取り、王子やシリウス様のお役に立てるようになりたいのです。力の伴《ともな》わない名ばかりの任官では、意味がありません」

そう強い眼差《まなざ》しで言われれば、強制はできない。

「そうか。それほどの決意とあらば、邪魔《じゃま》はできん」

とりあえず将軍を真似《まね》て、威厳《いげん》ある顔をしてみる。

シリウスが凄《すご》むと大抵の人間は臆《おく》するのだが、リルはにこっと笑った。

「次に会った時には、ただの騎士団の小姓《こしょう》として扱ってください。あなたのためならば喜んで働きます」

感極まり、やはり離したくないと抱きしめようとしたところで、耳障《みみざわ》りな声と足音が近づいてきた。

今代の世話役、ユーガンだ。

最近ではすっかり自分に対して遠慮をなくしたユーガンに、シリウスは否応《いやおう》なく引きずられることとなった。

そんな自分に向けられたクソ猫の勝ち誇《ほこ》った笑みは、シリウスの目に焼きついてなかなか離れなかった。

5周目　副団長の従者《じゅうしゃ》

結果から言うと、わたくし、ルイ・ステイシー、ミハイルの小姓《こしょう》ではなく、カノープス副騎士団長の従者《じゅうしゃ》になりました。

もう名前も立場も変わりすぎて、私にもよくわかりません。

そして現在、騎士団の寮にあるガラクタ部屋の掃除を、一人で強《し》いられております。

……なぜだ！

溜《た》まった埃《ほこり》をはたきながら、私は状況を整理することにした。


まず、騎士団本部の門の横にあった丸い石について。

あの石は王城内の建物に設置された扉ほとんどについているものらしい。本来の用途は、扉を使用する者の魔力を覚えさせ、記録にある人間だけが扉を開けられるようにするためのもの。指紋認証ならぬ、魔力認証機としての役割を果たす魔導装置だそうだ。

すごい！

さらに騎士団本部の玄関口の石だけは特別製で、未登録の人間が触《ふ》れた場合、その人の属性によって色が、その魔力量によって鳴る音が違うらしい。

通常、未登録の人間が本部を訪れた場合は、身分確認のあと、警備中の騎士があの石に触《ふ》れて扉を開ける。

なぜなら、未登録者の音が鳴ると騎士達は緊急事態として門の前に集合することになっているからだ。

開いた扉の先に騎士達が集まっていたのは、そのせい。

ではなぜ私があの石を触るように促《うなが》されたのか。聞くと、騎士団伝統の新入り歓迎の儀式だったというのだから、呆《あき》れた話である。

小姓《こしょう》の歓迎にまでそんなことをするなんて、ご丁寧だな。そう思いながら聞いていた私だったが、本当は騎士だけにやるところを、絶対におもしろくなるからとミハイルが裏で手を回して実施させたらしい。ふざけるなと言ってやった。

本来、そうして集合した大勢の騎士達に新入りが気圧《けお》されるはずが、石の反応があまりにも特異だったために歓迎する側も戸惑《とまど》ってしまった——これがあの時の真相だそうだ。

解析室《かいせき》で検査を待ちながらこの話を聞いて、私は内心穏やかではなかった。

石の反応が特異だったって、それは私が女だからですか？　それとも下民《げみん》だからですか？　余計な精霊《おまけ》さんがついているせいですか？

尋ねたかったが、それらを口に出す訳にもいかなかったので、私は黙って翁《おきな》の検査を受けた。

服を脱ぐような検査がなくてほっとしたのは、ここだけの話だ。

そして検査の結果、私はほとんどの項目で『測定不能』を叩きだした。

そんなはずはないと翁《おきな》が何度も同じ検査を繰り返していたので、おそらくミスではない。

ちなみに、検査はかなりの種類があって、すべてをやり終えるのに一月《ひとつき》もかかった。解析室《かいせき》にこもりきりの日々。ちょっとげっそりである。

私は属性も『不明』なら魔力量も『測定不能』で、能力値も『未知数』だそうだ。

何それ、謎だらけで気味悪いんですけど。

リシェールには、そんな裏設定まであったのか？

普通がわからなくてイマイチ反応に迷うものの、周りの人間があまりに狼狽《ろうばい》するので私も一応困った顔をしておいた。そのあと、「意味不明すぎるので解雇《かいこ》」と言われてしまわないかと焦ったが、そうはならなかった。

私のような未知数な存在を野放《のばな》しにするほうが危険だと、騎士団長は判断。様子見で私を身近な場所に置くことに決めた。ついでに魔力の扱い方を学ぶようにと、騎士団内で最も高い魔力を誇《ほこ》る副騎士団長に私を任せた――正しくは押しつけた――のだった。

副団長は無表情ながらに不機嫌オーラを漂わせていたけれど、私にはどうすることもできない。

ちなみに彼の属性も『不明』なのだそうだ。

黒い髪の人間はそうなのかもしれんのぉ、と翁《おきな》は言っていた。

ところで、あの人の名前はなんと言うのだろう？

翁《おきな》と呼ぶ人ばかりなので、私もそれにならっているけどさ。

そんな訳で光月《こうげつ》――三月の初め、私はカノープス副団長の従者《じゅうしゃ》になった。

なぜ小姓《こしょう》でないかと言うと、小間使いである小姓《こしょう》は騎士団本部に出入りできないからだ。

しかし、従者《じゅうしゃ》は違う。従者《じゅうしゃ》を持つのは幹部のみに許されている特権で、その仕事は小《こ》姓《しょう》とは大きく異なっている。幹部達の従者《じゅうしゃ》は秘書に近い。その地位は決して高くないが、多くの仕事が従者《じゅうしゃ》の裁量《さいりょう》に任せられており、業務内容も多岐《たき》にわたる。

基本は執務室の整理整頓や来客の対応、スケジュール管理などの秘書仕事。その上、事務仕事を手伝ったり、主人の実家と連携を取って物事を進めたりと大忙しだ。

有事の際には戦えるようにと若い男性が就き、ある一定の年齢を過ぎると、彼らは幹部達の自宅で家宰《かさい》になることが多いという。

六歳児にそれをさせます？　と思わず言いたくなったが、副団長はあまりの優秀さに今まで従者《じゅうしゃ》を必要としていなかったらしい。

つまり私は名目上の従者《じゅうしゃ》。とりあえずは副団長の管理の下《もと》、魔導を学べと団長に言われた。

とはいえ、その管理者の副団長がめっちゃ不服そうですよ！　なんて言えるはずもなく、私は強引な団長に流されてしまったのだ。

それでも、空き時間にはミハイルが他国との歴史について教えてくれると言うし、私は頑張って副団長の従者《じゅうしゃ》を務めることにした。

仕事の合間に勉強ができ、魔力の扱い方も教えてもらえる。むしろ渡りに船じゃないか。私はそう自分を慰《なぐさ》めた。

たとえ最初の命令が、『自分の寝床《ねどこ》は自分で作れ』というものであったとしても。

そう、副団長様の性格はとっても冷たい。

典型的な『遠くから見ているのにはいいけれど、付き合うにはちょっと……』というタイプのイケメンだと、従者《じゅうしゃ》になって二秒で発覚した。

六歳児にいきなりそれか！　と思いつつ、私は前世を含めてトータル三十年以上生きてきたのだ。与えられた仕事に反抗するのも業腹《ごうはら》なので、私は今、頑張って掃除をしている。

私が寝床《ねどこ》として目をつけたのは、ガラクタがつめこまれた四畳間だ。

寮の中でも一際《ひときわ》大きな副団長の部屋と、扉を介して続きになっている。初めて見た時は何年開かずの間だったんだと絶句するほど、ひどい状況だった。

私はまず四畳間についた小さな窓を開け、ヴィサ君に部屋の風通しをよくしてもらう。

そして顔に布を巻き、突入した。

「眼鏡のくせに、几帳面綺麗《きれい》好きキャラじゃないんかい」と八つ当たり気味な文句を脳内で繰り返しながら、手当たり次第に片付けていく。

荷物は本や書類、衣類だったので、そこまで重労働ではなく、私でもどうにかなった。

本は虫干しで、衣類はあとでまとめて洗濯だ！

そうして、てこずりながらも、五日ほどかけて私はその四畳間を綺麗《きれい》にしていった。

なんと四畳間からは小さなベッドも発掘された。もともと従者《じゅうしゃ》の寝起き用の小部屋だったらしい。

洗濯済みの衣類はほぼ使われていなかった副団長の私室のクローゼットに。書籍は埃《ほこり》をかぶっていた本棚に、名前順に収納した。

それらの作業について副団長は何も言わなかったので、特に問題ないのだろう。

こういう無口系男子には、こちらは徹底的に好き勝手やって、向こうが何か言ってくるのを待つしかない。何を考えているかわからない相手の顔色を窺《うかが》うのは、精神がすり減るだけでまったくのムダ。

そのことを、私は大学時代に年上彼氏から学んだ。……結果的にはその彼氏とはお別れしたが。

そして自室を確保した頃には、私はもう副団長に仕事を教えてもらうのを諦《あきら》めていた。

副団長はなまじ自分が優秀なだけに、できない人間の気持ちがわからない。

指示は端的すぎて入団したばかりの私では理解できず、何度も聞き直しては彼を苛立《いらだ》たせた。

でも『聞くは一時の恥、聞かぬは一生の恥』と自分に言い聞かせ、彼の機嫌がどんなに悪くなろうとも、何度も確認を繰り返した。

間違って叱《しか》られるより、嫌な顔をされても失敗しないほうが私には大事だったから。

そんな私を見かねてミハイルもゲイルも様子を見に来てくれたが、私はなるべく彼らには頼らず、下働きの人を見つけては話を聞き、仕事を覚えた。

二人の世話になると、どうしても私の気持ちが甘えてしまう。

本当は彼らに泣きつきたい夜もあったが、なんだか副団長に負けたようで、そうしたくはなかった。

ここで彼らに甘えてしまえば、私は一生独り立ちできない気がする。

最初、庭師や洗濯のおばさんなど、下働きの人々は私が話しかけるとおどおどしていた。でも今ではすっかり慣れて、小さいのに働く私に同情して仕事を手伝ってくれる。

私は副団長の部屋もすみずみまで掃除し、ヴィサ君に頼んで毎日空気の入れ替えをした。

そして庭師にもらった花を飾れば、殺風景だった部屋も少しだけ華やかになった。

副団長は特に何も言わなかった。きっと不快ではなかったのだろう。

そうこうしているうちに仕事を覚えてきて、黄月《おうげつ》――四月が終わり、私はようやく副団長から次の命令を得た。

内容は、『正午に本部の私の執務室に来ること』という至って簡単なもの。

私は午前中のうちに洗濯を済ませた。そして途中で会った庭師さんに今が見頃のテリシアを一枝もらって、本部へ向かう。テリシアは白い小さな花がたくさん咲く、この季節の代表的な花だ。

寮から騎士団本部はすぐ近くだが、やはり子供の足では時間がかかる。

私は余裕を持って寮を出たので、約束の時間よりかなり早めに着きそうだった。

ちなみに、私の後ろをふよふよ浮いて、ヴィサ君もついてきてくれる。

まぁ早ければ早いで、執務室の掃除をしていればいいかと考えていたら、前方に見覚えのある姿が二つ。

「げ……」

『またあいつらか……』

私達が反射的にため息を吐《つ》いてしまったのも、致《いた》し方《かた》のないことだと思う。

「おい新入り、勝手に庭木を折るなんて何を考えている！」

「やはり卑《いや》しい生まれの者はやることも違うなぁ、庭木など盗んでどうする」

私に話しかけてきた二人は典型的ないじめっ子だ。ガッチリ大柄で鼻が豚のような少年とひょろっとしたトンガリ目君なので、私は彼らに心の中で豚鼻と吊り目という仇名《あだな》を与えていた。

彼らは騎士の寮で働く十歳の先輩小姓《こしょう》で、入団当初から何かと私に因縁《いんねん》をつけてくる。

確かに、年下の私がいきなり小姓《こしょう》を飛び越えて従者《じゅうしゃ》になったら、反感を抱《いだ》くのは当然だろう。

『子供のやること』と思って放っておいたが、しつこすぎてそろそろ疲れてきた。ヴィサ君なんて最初こそ怒り心頭《しんとう》だったくせに、近頃は疲れ切って、彼らの姿を見ただけで無口になってしまう。

「副団長のお部屋に花を飾ろうと思いまして」

以前、黙っていたら襟元を捩《ね》じりあげられたので、今回はそうなる前に説明してみる。するとと彼らはいやらしくにやりと笑い、豚鼻のほうが私の手からテリシアを取り上げた。

一応抵抗してみたが、ただでさえ病人歴が長くひ弱な私が、年上の男子に敵《かな》うはずない。

「花売りから買うのではなく、庭で花を得るとは考えもつかなかった。まさか、その分の金を着服しているのではないか？」

豚鼻よ、着服なんて難しい言葉、よく知ってるな。

「まさかそんなことを？　花を買う金など微々《びび》たるものだろうに。つまらないコソドロだ。こんな者を従者《じゅうしゃ》にせねばならず、副騎士団長様もおかわいそうに」

「オイ、聞いているのか？」

「え？　あ……はい」

「人の話もまともに聞けぬとは一体どういう教育を受けてきたのだ。喋《しゃべ》ると卑《いや》しさがうつってしまいそうだ」

なら話しかけるな。そう思うが、賢明に口は閉じておく。

沈黙は金。これ間違いない。

やけに回りくどい言い方をする豚鼻の襟元を捩《ね》じりあげる想像をしながら、彼らが満足するのを待つ。

『こいつら、他にやることはないのか……』

彼らの相手に飽《あ》きたらしいヴィサ君が、草の上で伏せの体勢を取りつつ言った。

その感想はおそらく、日本全国の給湯室でお局《つぼね》にいびられているＯＬの多くが抱《いだ》いているに違いない。

それにしても、いくら早めに出たとはいえ、そろそろ行かないと約束の時間に遅れてしまう。

ようやく得た副団長からの命令を、こいつらごときに邪魔《じゃま》されたくはない。

「副団長様の言いつけがありますので、失礼します」

そう言って軽めの退席の礼をしてみても、のりにのった彼らには通じない。

むしろヒートアップして、私を行かせまいとする。

……あ、なんだ。最初から、私が副団長のところに行くのを邪魔《じゃま》する腹か。

ならしかたない。

『ヴィサ君』

『やっとかー、待ちくたびれたぜ』

私が以前「余計な手出しはしないで」と言ったから、ヴィサ君は私の指示があるまで手出しはしてこない。最初はうだうだ言っていたが、これも私の躾《しつけ》の成果か従ってくれている。

ヴィサ君は二人のいるところにだけ、強い風を吹かせた。

二人はあわてて、目と口を閉じる。

ヴィサ君は物足りないと言っていつも不満そうな顔をするけど、今ぐらいの威力がちょうどいいよねと私は思う。

風に舞いあがったテリシアは、私の手元にふわりと落ちてきた。

柔らかい花なのに、少しも傷《いた》んでいない。

ヴィサ君の力加減、さすがである。

「大変だ！　どなたか呼んで参りますので、少々お待ちを！」

そう言って私は駆《か》け出す。

……おそらくは聞こえていないだろうけど、一応ね。

私が騎士団本部の門番の視界に入る位置まで来たので、ヴィサ君は術を解いたらしい。

振り向くと遠目に、彼らがさっさか寮に戻っていくのが見えた。

大事になるのを恐れたのだろう。

これで私も大人を呼ばなくて済んで、一安心だ。

門の前まで来ると、騎士団本部の門番は相変わらず微動だにせずぴしっと立っていた。

この職業、どうやら任務中は喋《しゃべ》ってはいけないらしい。

イギリスの王宮の衛兵も、そうだもんなー。

そんなことを考えつつ、私は例の石を触る。

色は黒く染まるが、音もなく扉が開いたのでほっとした。

門に入ってすぐのところに今度は警備兵がいて、彼らに何を持っているのか尋ねられる。

見た通りただの花なので、私はすぐに解放されて二階に向かった。

迷路のように入り組んだ造りの騎士団本部二階では、私はいつも道に迷ってしまう。

通りすがる人々に道を聞き、副団長の部屋の前まで辿《たど》りついた。ちなみに、敵に侵入された時の進行妨害目的で、複雑な構造をしているそうだ。

そして今度は扉横にある小さめの丸い石に触《ふ》れると、石は一旦黒く染まり、そのあと青に変わる。

これは中にいる副団長が、私の入室を許可したしるしだ。

「失礼いたします」

扉を開けたら、麗《うるわ》しの副団長様は机に向かって書類を読んでいた。

眼鏡キャラなだけあって……というと偏見かもしれないが、この方はかなりの仕事中毒《ワーカホリック》だ。

私は執務室の戸棚から、水の加護を受けた水替えのいらない花瓶を取り出して水を入れる。そこにそっとテリシアを活《い》けた。

やっぱり花はいいよなぁ。

それから、お茶の支度《したく》をはじめる。

副団長は決して自分からお茶の用意を命じないので、こちらが用意して休ませるしかないのだ。団長にも「適度に休憩《きゅうけい》をとらせるように」という指示を受けている。これではどちらが保護者かわからない。

応接用のテーブルにお茶と、こっそり持ってきた焼菓子を並べる。

豚鼻達に見つからなくて、本当によかった。

これは私が寮の厨房《ちゅうぼう》で焼いたものだ。少し前から作っていたものの、厨房《ちゅうぼう》のオーブンの癖《くせ》を覚えるのに手こずって、昨日ようやく満足のいく仕上がりになった。紅茶っぽいこちらのお茶の葉を混ぜこんだパウンドケーキ。なんせこの世界の食材を把握しきれていないから、凝《こ》ったものはまだ試せていない。これはステイシー家でも作ったことがあったし、比較的手頃な食材で作れる。ちなみに、卵は例の恐竜のものではない。

そうだ、材料を混ぜるのは、厨房《ちゅうぼう》の下働きのおにーさんにやってもらったよ。私じゃすぐに疲れちゃうからね。

この世界、ベーキングパウダーと同じ働きをする粉はあるのに、レーズンのような保存食は異様に少ない。それに、チーズなどの加工食品も。

たぶん、魔導で食べ物を新鮮なまま保存できてしまうから、漬物とか発酵《はっこう》技術が発達しなかったんだろう。

私はよく知らないが、シリウスが建国時からいるこの国の各種インフラは、他国に比べてかなり恵まれているらしい。とはいえそれで発酵《はっこう》文化が発達しなかったのだとすれば、魔導も一長一短だ。

納豆も食べられないし、何よりお酒がない！！！！！！！

なんてこった、飲み会もないのか。舞踏《ぶとう》会でジュース？　信じられない。

もうちょっと大きくなったら、私は果実酒の醸造《じょうぞう》に乗り出すつもりである。

年齢？　酒自体がないんだから、法律だって関係ないもんね！

……閑話休題。

「なんだそれは？」

お茶の匂いに気づいたらしい副団長は書類から顔を上げ、私の手元にあるケーキを見て言った。

「私が焼きました。お口に合えばと思いまして」

そう言うと、副団長は目をちょっと見開いた。

彼が感情表現をするなんてレアだ。

副団長はしばらく躊躇《ためら》っていたようだが、結局は書類を置いて立ち上がり、テーブルに近づいてきて私の手の中を覗《のぞ》きこんだ。

「見たことがない。何でできている？」

尋ねられて、私は脳内で指を折りながら材料を羅列《られつ》する。

「フォルカの卵、シュピカを引いて粉にしたもの、メレギの絞《しぼ》り汁に、ティガー油、シュガ石の削《けず》り粉《こ》です。あ、あと茶葉も香りづけに入っています」

こう言うと怪《あや》しげな錬金術《れんきんじゅつ》の材料のようだが、要は卵、小麦粉、牛乳に植物油と砂糖だ。こちらの砂糖は、なんと岩塩ならぬ岩糖から削《けず》って作る。

副団長は優雅な動作で席に着き、まずはお茶を一口。作法も完璧《かんぺき》だ。

「美味《うま》いな……」

くぅ！　この言葉を待っていた！　ミハイルに言われるのと全然違う。普段の態度がツンな人のちょっとした褒《ほ》め言葉って、どうしてこんなに嬉しいのだろう。

そしてフォークでケーキをぱくり。

――沈黙。

え、副団長様、固まっちゃった？

もしかしてまずいのだろうか？　味見、ちゃんとしたよ？　寮の厨房《ちゅうぼう》のおばちゃん、大絶賛《ぜっさん》だったよ？

しかし、しばらく沈黙したあとにばくばくと続きを食べはじめたので、まずくはなかったらしいとほっとした。

それにしても、騎士団に入団したのに、最近の私は料理したり掃除したりと主婦力ばかりを磨《みが》いている気がする。

そんな不満を抱《いだ》きつつも、無表情のままますごい勢いでケーキを食べる副団長を見て、私は思わずにやにやしてしまった。

従者《じゅうしゃ》になってから四月《よつき》が経とうとしていた。そろそろ、雨の多い青月《せいげつ》——六月がやってくる。

従者《じゅうしゃ》の毎日はハードだ。

まだ薄暗い頃に起き出して、まずは前日に勉強したことの復習。

今日はミハイルに借りたばかりの、メイユーズ国の歴史を交易の視点から分析した本を読む。

経済や政治だけでなく、時には風俗史まで持ち出して色々な視点からアプローチする。

そんなミハイルの授業は存外おもしろい。

その分、難しい専門用語もたくさん出てくるので、わからないことは忘れずメモしておく。

この世界には百科事典なんて便利なものはない。だから知らない単語は、お手製の紙を紐《ひも》で綴《と》じたノートに書き、授業の時にミハイルに聞いて言葉の意味を追加していく。

自分専用の辞書を作っているのだ。

『日本で言うところの○○』とかメモしておくと、さらに便利。

今のところ、『日本で言うところの銀行』だとか、『日本で言うところの土方歳三《ひじかたとしぞう》』の項目などがある。いちいち書くのが面倒で、略して『ＮＩ』になりつつあるけどね。

ルーズリーフみたいにあとからページも増やせるし、あると勉強する時に読み返せる。文字の勉強にもなるし、一石三鳥だ。

ミハイルの授業は週に二回だけ。でも、宿題が大量に出る。従者《じゅうしゃ》仕事と宿題で、今は正直手一杯。余計なことを考える暇《ひま》もない。

朝に勉強するのは、夜は疲れ切ってすぐ寝てしまうからだ。

最初の何日かでそれを学んで、朝の勉強に切り替えた。

このほうが頭もすっきりするし、効率がいい。

切りのいいところで復習を終えると、今度は厨房《ちゅうぼう》に顔を出す。

ちょうどその時間帯の厨房《ちゅうぼう》は戦争だ。

私は邪魔《じゃま》にならないように厨房《ちゅうぼう》のすみに寄って、まずはフライパンをお借りする。あらかじめ許可をとってあるし、厨房《ちゅうぼう》の皆さんも私の存在に慣れてしまったみたいなので問題ない。

いつの間にか追加されていた、私でも軽く持てる小さめのフライパンを火にかけ、温める。

バターがないのは本当に悔しい……。でも、その文化がないんだからしょうがない。

私はティガー油を敷いたフライパンに、フォルカ卵、シュピカ粉、バフの花粉《ベーキングパウダー》、メレギ汁を混ぜた生地を流して、パンケーキのようなものを作る。

明らかに材料は足りてないものの、なんとか体裁《ていさい》を整えた。それに切ったフルーツを飾りつけて完成だ。

なんとこれ、副団長様の朝食である。

初めてパウンドケーキを食べたあと、「朝もこれを」と命じられたのだ。意外にもお気に召したらしいと驚いた。いっぱい焼いたパウンドケーキを切り分けて毎日出すのは、なんだか楽すぎて気が咎《とが》めるので、今日は朝食っぽくパンケーキもどきにしてみた。

騎士団の厨房《ちゅうぼう》は王城内にあるだけあって、珍しい食材がいっぱい揃《そろ》っている。

今後ゆっくり料理を極める時間をとれるといいなと思いながら、私は仕上げにペリシをかけた。ペリシは見た目こそコンデンスミルクそのもので甘いのだが、味は意外とさっぱりしている。なんでもメレギという植物の茎《くき》を切ればメレギ汁、つまりは牛乳が取れ、根っこを切ればペリシが取れるらしい。花も綺麗《きれい》だと聞いたから、一度実物を見てみたい。

村ではどの家もアルパカウのミルクを使っていたため、メレギを見ることはできなかった。

アルパカウのミルクはちょっと癖《くせ》があるが、飼いやすく肉がおいしいので、家畜として人気が高いのだそうだ。

脱線したが、とにかく盛りつけの終わったほかほかパンケーキもどきをトレーにのせ、挨拶《あいさつ》をして厨房《ちゅうぼう》を出る。

背中から料理長の「また来いよ！」という声が聞こえた。

研究熱心な料理長で、私に食材や調理法を教えてくれる、とっても親切な人だ。

三十二歳でまだ独身だそうなので、早くいいお相手が見つかるといいと思う。

パンケーキもどきの皿を持って幹部小姓《こしょう》用の簡易キッチンに行き、茶器と茶葉、お湯を調達する。

時間が早いのでまだ誰もいない。正直、ほっとした。

私はこの間の二人だけでなく、寮に勤めるほとんどの小姓《こしょう》に目の敵《かたき》にされている。いくら気にしてないと言ったって、朝から無視されたり邪魔《じゃま》されたりしたら、やはり気分が悪い。

でも、私の存在がおもしろくないのも、本当によくわかる。貴族の格が低く自分よりも年少の子供が、小姓《こしょう》よりも上の地位である従者《じゅうしゃ》になる。しかも今まで従者《じゅうしゃ》を持たなかった副団長の担当となれば、癇《かん》に障《さわ》るのも当然だ。副団長は彼らの憧れの的だそうだから。

状況を改善できればとは思うが、謝るのもおかしい。それに今は仕事と勉強で忙しいので、そのまま放置してしまっている。

何より、十歳前後の少年達と対等に喧嘩《けんか》なんてできない。言い返すだけで馬鹿馬鹿しいという思いが、先に立ってしまう。

おかげでヴィサ君は最近すっかり機嫌が悪いんだけど、彼には我慢してもらうより他にない。

荷物でずっしり重いカートを押しながら、ひ弱な外見も問題なのかもとため息を吐《つ》く。

でも最近はよく動いているおかげか、力もちょっとついてきた。

もう少し筋肉がついて、もっと女に見えないようになるといい。

そのため、お肉もいっぱい食べている。

副団長の部屋の前まで来て、私はいつも通り丸い石に触《ふ》れた。

石の色が黒から青に変わったので扉を開けて中に入ると、副団長はすでに起きて書類に目を通している。

副団長はいつ眠っているのだろう。いつ部屋に行っても、大抵起きているのだ。

起床の手伝いも仕事かと思っていた私だが、それに関しては現在楽ができている。

「おはようございます、カノープス様」

「ああ」

非常に冷たい対応に見えるが、副団長の耳がちょっとぴくぴくしている。

これは感情が昂《たかぶ》った時の彼の癖《くせ》だ。

どうやって動かしているんだか知らないが、ケーキや甘いものなんかを持ってくると、いつもぴくぴく動いている。

この人は顔は変わらなくても意外に感情が外に出ている。ここ四月《よつき》の従者《じゅうしゃ》生活の賜《たまもの》で、わかるようになった。

もっと仕草を観察して、より快適な生活を送ってもらうのが今の私の役目だ。

「それはなんだ？」

テーブルに朝食をセッティングしていると、待ちきれないのか副団長がテーブルのそばにやってきた。

「パンケーキです」

いいいもどきですが。

私は心の中で付け加える。

本当だったらヨーグルトも混ぜて、ハワイ風のしっとりパンケーキにしたかった。一度パンケーキにはまって焼きまくった前世を考えれば、忸怩《じくじ》たる思いだ。

早々に席に着いた副団長にお茶を淹《い》れて、そばに控える。

副団長は上品にナイフとフォークを使い、朝食を食べはじめた。

副団長が朝食を終えると、今度は皿などを厨房《ちゅうぼう》に返しに行く。

途中で茶器を戻すために寄った簡易キッチンでは、見たことのない小姓《こしょう》さんにまでにらまれた。

はあー、これがなきゃいい職場なんだけどな。静かに喜んでくれる副団長を見てると、作り甲斐《がい》もあるし。

それからお皿を返すついでに、厨房《ちゅうぼう》でごはんを済ませた。

朝の戦争を終えた厨房《ちゅうぼう》は、閑散《かんさん》としている。落ち着いて朝食を食べるにはこのほうがいい。

厨房《ちゅうぼう》の食事はおいしい。でも、ちょっと脂《あぶら》っこいのと、みんなが寄ってたかって「もっと食べろ」と言ってくるのが難点だ。

『俺もあの〝ぱんけーき〟ってやつ食べたい……』

朝食を堪能《たんのう》する私に、ヴィサ君はちょっと甘えた声で言う。

ちなみにヴィサ君には、私が作った料理は一切与えていない。

なぜなら、犬に人間と同じものを食べさせるとメタボになるからだ。

本人は平気だと言うが、私はどうも前世で犬を飼っていた習慣が抜けない。

家族が食卓を囲んでいると、必ず足元に来ておこぼれを狙っていた青星。

二本足で立って、私の膝をかりかりしてたっけ。かりかりはなにも、猫だけの専売特許ではないのだ。

でも青星が糖尿になったら嫌なので、私があげるのは鶏《とり》のささみのような、淡白なものばかりだった。

それでも必ず、お母さんに怒られて――……

――やばい。唐突に泣きそうになる。

自分は死んだのだからと、なるべく前世の家族のことは思い出さないようにしてきた。

友達や、恋人のことも。

だってちょっと思い出すだけで、動けなくなるから。

のた打ち回るしかなかったメリス家のベッドの上で、私は一生分ぐらいの涙を流した。

もう会えない前世の家族やみんなと、死んでしまったこの世界の母のこと。

前世の記憶なんていらなかったという叫びを、何度呑みこんだだろう。
神様は、私からどれだけ『家族』を奪えば気が済むのかと、恨《うら》んだこともあった。
でも今は、その苦しみから救い出して、命も助けてくれた王子に仕えると決めたのだ。
だから、立ち止まっている暇《ひま》なんてない。
私は温かいお茶を、ゆっくりと飲み干した。
短い休憩《きゅうけい》のあとも、部屋の掃除やら書類の整理やら、やることがいっぱいある。
命じられてはいないが、言われる前に気づいて行動するのが優《すぐ》れた社会人だろう。
生まれも育ちも関係ない。
私は必ず『上』に行くんだ。

6周目　魔導訓練

パンケーキを喜んでくれた副団長を思い出してテンションを上げ、午前中にできる仕事はすべて終わらせる。今日の午後は本部に来るようにと、副団長に言われていた。

そこで彼と合流して、魔導の基本的な部分の手ほどきを受けるのだ。

場所は解析室《かいせき》。

そこには、魔力を吸収する大型の魔導訓練室があるのだ。奥にあった三つの扉のうちの一つがそれで、前に一度入った時には、とても広くて驚いた。部屋自体は暗くてがらんとした、ただの石造りの部屋という印象。

本部の解析室《かいせき》を訪ねると、待ち構えていたらしい翁《おきな》に捕まった。

なんと副団長も先に来ている。

遅刻したつもりはなかったが、あわてて頭を下げた。

「遅れて申し訳ありません！」

「よい。用があってもともと、ここに来ていたのだ」

待たせた訳ではないとわかり、胸を撫《な》でおろす。

横では翁《おきな》がにやにやしていた。この爺《じい》さんは存外、性格が悪い。

「では、はじめるぞ」

そう言って訓練室に入っていく副団長に続こうとすると、寸前で翁《おきな》に呼び止められた。

「おっと、忘れ物じゃ」

そう言って差し出されたのは、細工の入った高価そうなガラスペン。

「これは？」

「これは魔導師が使う、ペンタクルを物質や空間に刻《きざ》む道具じゃ。これがなければ魔導は発動せん」

「え？」

指とか炭《すみ》でも発動しましたけど？

反応が怖くて、そう口に出すことはできなかった。

「これは特別製での。普通、一つの補助具では一種類の属性しか扱えんが、これはお主《ぬし》が望むどの属性にも染まるようになっておる、ほれ」

そう言って、翁《おきな》はペンを握る。

するとそれは、みるみるうちに光沢《こうたく》のある紫色に染まった。

「『時』ですか……」

その色が時の魔法粒子の色であることを、私は経験的に知っていた。

「ほう、これも見えるか」

驚いたように言われ、ギクッとする。

あれ、検査の時に、これ出てこなかったっけ？

言ったらまずかったのかな。

なんだか、翁《おきな》の目が怖い。

「早くしろ」

タイミングよく副団長に呼ばれたので、私は翁《おきな》からペンを受け取り、あわててそちらに向かった。

早くしろと言った割に、副団長は別段怒ってる様子はない。

扉を閉めると、私はほっとして彼に向き直った。

「まずは手本を見せる」

そう言って副団長が取り出したのは、私がもらったものより倍ぐらい長い透明なペンだった。いや、魔法の杖に近いかな。

副団長がその杖を空中に向けると、緑色に染まった。

よく見れば木の魔法粒子が杖の中に絶え間なく流れて、川底の水草のようにきらきらと光っている。

やがてペン先からインクをつけすぎた時みたいに粒子がこぼれだしたが、決して床に垂れることはない。

粒子は空中にとどまり、それは一つの簡単なペンタクルを形作る。

私、これ知ってる。『植物召喚』だ。

すると石が敷き詰められた床から、テリシアの枝が伸びてきた。

テリシアはにょきにょきと枝を伸ばし、ちょうど私の背丈ぐらいになると、成長を止め、白くてかわいい花を咲かせた。

「これをやってみろ」

え、やり方とか魔導具の仕組みとかの説明はないんですか？

スパルタすぎませんか？

副団長は簡単に言うが、一体どうやって空中にペンタクルを描けばいいんだろう。

一瞬どうすべきか悩んだが、無表情で威圧感を放《はな》つ副団長に負けて、先ほど受け取ったペンを空中にかざしてみる。

うう……恥ずかしい。二十五歳のメンタルが魔女っ娘《こ》の真似《まね》事を拒否する。

とりあえず副団長を真似《まね》てみようと木の粒子をペンに込めようとするが、何も起きなかった。

まずい！　副団長がこっち見てるのに！

私はとりあえず、手当たり次第に魔力を込めてみた。

えーと、水でしょー、火でしょー、あとは金と土と……

しかし、何も反応しない。ペンに粒子が流れる感じも、ペンが色に染まることもない。

もう不良品なんじゃないかと思いはじめたところで、副団長が動いた。

彼は私の横をすり抜けて、外に出ていこうとする。

「カノープス様……」

失望させてしまったのか。

不安に思って名前を呼ぶと、彼はがっかりした様子もなく、さらりと言った。

「しばらく練習していろ。俺は忙しい」

さいですか。

まあ、優しく指導してくれるなんて、思っていませんでしたけどね。これっぽちも！

「わかりました。ご夕食までには戻りますので」

そう言って私は頭を下げた。

副団長が退出して扉が完全に閉まるまで、私はそのままだ。

『なんだあいつ！　態度、悪！』

「いいの、ヴィサ君。見られてないほうがプレッシャー感じないし、楽だよ」

ほとんど強がりだったが、口に出すと少し気持ちが楽になった。

私は気持ちを落ち着けて、ペンを握り直す。

副団長がやったのと何かが違うから、ペンが反応しないいんだ。

何度か魔力の強弱を変えて力を込めてみたが、やはりペンは無反応。

「ヴィサ君は何か知らないの？」

『そう言われてもなー、俺も人間の魔導は詳《くわ》しくないし……』

ヴィサ君はしっぽをしょぼんとさせた。

いいんだよ。むしろ、聞いてごめんよ。そんなにすまなさそうな顔をしないでおくれ。

お腹、もふもふしたくなるわ。

私はプロセスを変えて、ペンをよく観察してみることにした。

ヨーロッパの工芸品のように緻密《ちみつ》な細工が施《ほどこ》されたペンは美しく、お土産《みやげ》やプレゼントだったら嬉しかったに違いない。

描かれているのは特に規則性のない模様のようだが、よく見るとその中に見覚えのあるマークがいくつか刻《きざ》まれている。

「あれ？　これって……」

どこで見たんだっけ？

確かめるように指でそっと撫《な》でると、マークがふっと一瞬だけ水色に光った。

見間違いかと思い、もう一度。するとやはり、同じように光る。

『あ、これって、俺と一緒じゃん！』

一緒に頭をひねっていたヴィサ君が、はしゃいだ口調で言った。

そうして、自慢げに自分の体にある銀色の模様を見せてくる。

ただのトラ柄だと思っていたけど、言われてみればこのマークと似ているかもしれない。

「色が水色だし、これってもしかして風？」

言いつつ、マークに触《ふ》れながら風の魔力を込めてみる。

するとペンが輝きを増し、全体が水色に光りはじめた。

水色の粒達が、透明なペンの中をきらきらと流れていく。

そういえば、風関係のペンタクルにもこのマークが入っていたっけ。

今まで気づかなかった。きっと、属性にはそれぞれ、モチーフがあるのだろう。それがこのマークに違いない。

私はこのチャンスにペンタクルを刻《きざ》もうとするものの、今度はどうやってペンから魔力を出せばいいのかわからなかった。試しに力いっぱい振ってみても、粒子はペンの中に留まったままだ。

副団長がやった時は、溢れるように出てきていたのに。

私は考えをまとめようと床に座りこんだ。石造りの床はしっとりと冷たい。

今までこのペンを使わなくても、普通に魔導を使えたのだ。

でもこのペンを介さなければいけないと思うと、力をどう伝えればいいのか、よくわからなくなってしまう。

もういっそのこと、このペンなしでもいいんじゃないか？

一瞬そんな考えがよぎる。

でも、何か書くものがない場所で魔導が使えるのなら、魅力的だ。

それにペンに魔力を通した感じでは、自分の魔力が凝縮《ぎょうしゅく》されて濃密になっているのを感じた。たぶんこのペンは、魔力を無駄なく凝縮《ぎょうしゅく》させ、微細《びさい》な調整が利《き》くようにするための道具なのだろう。

日和《ひよ》っちゃだめだ！　やっぱり、ペンを使えるようにならないと。

私は気を取り直して立ち上がり、服についた埃《ほこり》を払った。

その時、ズボンの裾《すそ》をテリシアにひっかけたらしく、小さな穴が空いてしまう。

「げっ、やっちゃった」

下着が見えるほど大きな穴じゃないが、誰かに気づかれたら恥ずかしい。それに、自分の着ているものも管理できないと思われるのは癪《しゃく》だ。

帰ったらすぐ、縫《ぬ》ってしまおう。

小さな穴だし、繕《つくろ》えば目立たなくなるはずだ。

ゲイルに言えば新しい服を買ってくれるだろう。けれど、親子とはいえやっぱりまだ何かをねだるのには抵抗がある。ただでさえ、色々と手間とお金をかけさせてしまっているのに。

どうすれば目立たなく繕《つくろ》えるかな。

頭の中でシミュレーションしていると、あるヒラメキが浮かんだ。

「そうか、紡げばいいのかも！」

叫んで、私はすぐに思いつきを試すべくペンを振り上げた。

魔力をインクではなく、一本の糸として考える。

翡翠《ひすい》色の美しい糸を、空中に編みこむイメージだ。

がさつなところがある私だが、特技はレース編みだったりする。

子供の頃、おばあちゃんに教えてもらったのだ。

高校時代にはトルコのオヤにハマって編みまくっていた。

オヤはトルコの伝統的な工芸の一つで、要は縁《ふち》レースだ。

しかしその色やデザインは様々で、ビーズを編みこんだり花を象《かたど》ったりと複雑な工程も多い。

これがまた、堪《たま》らなくかわいい。

立体的で愛らしいオヤ。

そうだ、今度の休みには市場にカギ針を探しに行こう。

レースを編めるほど細いものは高価かもしれないけれど、従者《じゅうしゃ》のお給料もあるし、自分へのご褒美《ほうび》だ。

それから、こんな感じの翡翠《ひすい》みたいな綺麗《きれい》な糸を探して、オヤを編もう。最初の作品はミーシャにあげたいなぁ。

『おいちょっと、リル！』

「……え？」

考えが明後日の方向に飛んでいる間に、私の意識はすっかり自分が描き出したペンタクルからそれていた。

ヴィサ君の動転した声で意識をペンに戻す。すると空中には、レース模様で縁《ふち》取りされたかわいいペンタクルが浮かんでいた。色は柔らかさと美しさを兼《か》ね備《そな》える緑色だ。

そうそう、オヤってちょうどあんな感じに……

『なんだこのペンタクルは！　魔力がすげぇ増幅されてるぞ！』

ヴィサ君の声は狼狽《ろうばい》に満ちていた。

それに呼応するかのごとく、植物召喚のペンタクルが一層強い力を放《はな》つ。

力を浴びた冷たくてざらりとした床から、にょきりと巨大な双葉が生《は》えた。

「え……ッ」

双葉はみるみるうちに成長し、すぐに副団長の生《は》やしたテリシアを追い抜かす。そしてジャックのまいた豆の木のように、にょきにょきと成長を続けた。

私もさすがにヤバいかもと魔力の放出をやめようとするが――

なんと!?　ペンから指が離れない！

『リル、力の放出をやめろ！』

「やってるよ！　でも指が、指がペンから離れないの！」

美しいペンは、まるで養分を吸い上げる花みたいに、私から力を根こそぎ奪っていく。

その力はペンタクルを通じて豆の木に注《そそ》がれて枝が伸び、すぐに天井に行き当たった。するると今度は天井伝《づた》いに横の空間に枝を伸ばしはじめる。

茂る葉の形を見るとテリシアのようだが、とにかくサイズが常識を超えている。

「や……、なんで、なんで離れないの！」

ペンを床に叩きつけようとするも、伸びてきた枝に邪魔《じゃま》されてそれもかなわない。

空中で枝に固定された手はペンを離すこともできず、私の魔力は際限《さいげん》なく吸い上げられていく。

いつの間にか、私のウエストより太い枝があちらこちらへ伸び、訓練室を侵食していた。

ヴィサ君は枝から逃《のが》れようと、夏場の蚊のように飛び回っている。

私は伸びてきた極太の根っこのせいで足すら動かせない。ついに立っている気力まで奪われ、私はがくりと膝をついた。

もう一刻の猶予《ゆうよ》もない。私は貧血の時に似た眩暈《めまい》に襲われ、その根の張り巡《めぐ》らされた柔らかい床に倒れてしまいたい衝動に駆《か》られた。

しかし、テリシアをこのまま放っておく訳にはいかない。

化け物のように巨大化したテリシアは、成長のコマ送り映像のように左右に揺《ゆ》れながら、光を求めうねうねとその枝を伸ばしてく。

この植物が自分の魔力から生まれたなんて、悪い夢のようだ。

――もし私が気を失ってしまったら、一体どうなってしまうのだろう?

頭をよぎった考えに血の気が引く。

私の魔力が枯渇《こかつ》したら、テリシアの成長は止まるのだろうか?

止まるのならいい。でも、もしそうじゃなかったら?

何か対処はないか。

必死に頭を巡《めぐ》らせながら、意識を保つために頬の内側を噛《か》む。

こんなことをしたら、あとで口内炎になるのは確実だ。

「口内炎で、済めばいいけどね……」

皮肉を言って、ちょっと笑う。

そして、皮肉を言えるならまだ大丈夫だと、自分を慰《なぐさ》める。

この部屋はどんな魔力でも吸収できると聞いているけれど、蠢《うごめ》く枝に突き破られかけているドアや枝の食いこんだ壁を見ていると、その効果にどこまで期待できるかは怪《あや》しい。

体から吸い出される魔力に比例して、私の意識は遠ざかろうとする。それは死の恐怖に近い。

強すぎる魔力に魘《うな》され、このまま意識を失えば永遠に戻ってこられないのではないかと怯《おび》えていた、あの夜によく似ていた。

「ふ、ざけんなッ」

少しでも気を抜けば、弱った心はすぐに恐怖に付け入られてしまう。

思わず口からこぼれそうになった弱音を、あわてて罵倒《ばとう》に差し替えた。

見上げると、ヴィサ君は逃げ回りながら鎌鼬《かまいたち》を起こして攻撃しているが、いかんせん枝の量が多すぎる。

連鎖《れんさ》するように、私はヴィサ君を召喚した時のことを思い出した。

あの時、自分から信じられないほどの力が溢れ、それが否応《いやおう》なく周囲の人々を傷つけた。大人を吹き飛ばす強い風に、巨大な力。

嫌われ者のリシェール。魔物憑《ウェンディゴ》きリシェール。

メリス家のメイド達が、私を下町のスラングでそう呼んでいたのを知っている。

それでもいいと強がり、慣れていると嘯《うそぶ》いていたのは弱い私だ。

本当は人から好かれたかったし、冷たくされるのはつらかった。

でもだからといって、私は彼らを憎んだり、復讐や破壊願望を抱《いだ》いたりしてる訳じゃない。

私を助けてくれる人も、愛してくれる人もいた。その人達には、何がなんでも傷ついてほしくない。

私は力を振り絞《しぼ》り、枝の下に押さえつけられていた左手の人差し指を、地面をうねっていた根に突き立てた。

それは細胞分裂を続ける、まだ柔らかい根っこ。

ただいくら柔らかいとはいえ、そんなことをすれば幼児の爪には容赦《ようしゃ》なく根が食いこんだ。私は漏《も》れそうになる悲鳴を堪《こら》える。

すぐにこんな無謀《むぼう》なことはやめて、指先を庇《かば》いたい衝動に駆《か》られる。でも、なけなしの理性でそれを押し留めた。

もう、意識を保つ方法は痛みぐらいしか残っていない。

爪をじりじりと動かし、その根を削《けず》る。

どれほど時間がかかったのか。うねうねと蠢《うごめ》く太い根っこに、失敗せずそれを刻《きざ》みつけることができたのは、奇跡と言ってよかった。

私は安堵《あんど》のため息を吐《つ》く暇《ひま》すらなく、生々しい汁をこぼす根の疵《きず》に手を押し当て、体に残っていた魔力をまとめてぶちこんだ。

刻《きざ》んだペンタクルが金色に光る。

――意識が遠ざかりそうになる。

それでも歯を食いしばって、私は自分の意識に首輪をつけた。

少しでも長く、少しでも多く、力を込めなければいけない。

この植物の成長を止めるには手遅れだ。たとえ、火で焼いたとしても、そこから出た煙や熱で騎士団本部に被害が出ることは避《さ》けられないだろう。

私はそれらの方法はやめ、粘《ねば》つく根っこに懇願《こんがん》するように縋《すが》りついた。

もう足の感覚がない。おそらく倒れたのだろう。上下左右すらわからず、伸び続ける植物にゆらゆらと揺《ゆ》られている。

凶悪な揺《ゆ》り籠《かご》にしばらくは縋《すが》りついていられたが、やがて両手の感覚も遠ざかっていった。

もうどうにでもなれ。私は一か八かで、生き物のように蠢《うごめ》くその根の表面、先ほど刻《きざ》んだペンタクルに歯を立てた。

土に触《ふ》れていない、植物の純粋な生臭さと水っぽさが口に広がる。

生理的な吐き気で涙目になりながら、私は残りの魔力を注《そそ》いだ。

野生児のような自分の体たらくを、鼻で笑う。

私に残されているのは、蛇口《じゃぐち》から漏《も》れる水滴ぐらいの魔力。それでもなんとかかき集めて、一心に口から吐き出すイメージを作る。

なんで自分がこんな思いを。

もう苦しいのは嫌だ。泣き叫びそうになる気持ちを捩《ね》じ伏せる。

私に、前世二十五年分の記憶があってよかった。

少なくともその分だけ余計に、私は自分の理性を保つことができた。

やがてどうしようもないほど意識が遠退《の》き、前に死んだ時のような諦《あきら》めが降りてきた。

私の運転する車の目の前に飛び出してきた、少年の驚きの表情。ハンドルを切った先、もう避《よ》けようのない距離の電信柱に貼られた、歯医者の看板。飛び出すエアバッグ。ほんの一瞬のはずなのに、たくさんの情報がいっぺんに脳に押しこまれ、それらすべてがもう諦《あきら》めろと告げていた。

でも、自分はダメでも、少年には助かってほしいと思った。

偽善が介入する余地のないコンマ一秒の世界でそう思えた自分が、誇《ほこ》らしかった。

だから今も、自分で誇《ほこ》れる自分でありたい。

「リル！」

その時、空中から私のもとへと降下しようとしていたヴィサ君が、枝に弾《はじ》き飛ばされるのが見えた。

「ヴィサ君！」

根っこがうねる床に落ちたヴィサ君が、呻《うめ》きながら身じろぎをする。

「り……る……」

ヴィサ君はゆっくりと四本の足で立ち上がると、一本の足を引きずりながら私へと近づいてきた。

涙を堪《こら》えるのに精一杯の私は、彼にどんな優しい言葉もかけてあげることができない。

「ごめ……ヴィサ君、私……」

「見てろよ。お前を助けるのは俺の役目だ」

彼の私を見る目に、恨《うら》みや憤《いきどお》りはなかった。

そこにはただ純粋な、いたわりと優しさだけが浮かんでいた。

「リル……まってろな。いま……」

いつもより動きの鈍《にぶ》いヴィサ君は、私の膝に前足をのせた。

そして気にするなという風に笑うと、私の膝を台にして背伸びをし、私の右手に絡む枝に噛《か》みつく。

小さくても鋭い牙《きば》が、まだ柔らかい枝に刺さる。

テリシアの枝は初め、なんの反応も示さなかった。

しかし次の瞬間、横から太い枝が伸びてきて、ヴィサ君を引き離そうと胴回りに取りつく。

それでもヴィサ君は噛《か》みついた枝を離そうとはしなかった。

彼の口から今まで聞いたことのないような猛《たけ》った野生の唸《うな》り声があがり、涎《よだれ》がぽたぽたとこぼれて私の膝を濡《ぬ》らす。

「やめてヴィサ君！　もう……」

涙で視界がにじみ、苦しそうなヴィサ君の顔を見ることができない。

なんで自分の魔力のせいで、こんな目に遭《あ》わなきゃならないんだ。

大切な友達が、苦しむ姿を見なくちゃいけないんだ。

出口のない憤《いきどお》りが私の中に充満する。

そして、連鎖《れんさ》するように爆発したのは悲しみだ。

ヴィサ君。ヴィサーク。

私の相棒。私の相方。いつでもそばにいてくれた。

望みもしていなかったのに、勝手に私のもとへやってきた。そのくせ、大事な時にはいつも姿が見えなくなる。特に役に立つ訳でもない上にうるさくて、彼の存在を邪魔《じゃま》だと思ったことだってあった。

でもヴィサ君はいつも、リル、リルと言って慕ってくれた。私を心配してくれたし、助けてくれようと一生懸命だったことも知っている。母さんを想って泣いた夜にそばにいてくれたのも、彼だ。

ヴィサ君は体に比べて大ぶりなしっぽを振り回し、自分に巻きついた枝に叩きつけていた。ばっさばっさと柔らかいが重い音がして、そのたびに毛が盛大に飛び散る。

私はいてもたってもいられず、ペンをへし折ろうと強く握りしめた。

しかし華奢《きゃしゃ》に見えるガラスペンは、六歳児の握力では割ることができない。

滅多《めった》に見ないヴィサ君の険《けわ》しい顔に、苦しさの色が浮かびはじめた。牙《きば》が覗《のぞ》く口の端《はし》から、涎《よだれ》と一緒に赤い血がこぼれる。

――ヤバイ。もう意識が保《も》たない。

これが最後の手段だと、私は目の前のヴィサ君を拘束している太い枝に噛《か》みついた。

ざらざらした樹皮が舌にあたり、少し苦い味が口に広がる。

ヴィサ君は咎《とが》めるように私の顔をしっぽで軽く払った。

これが最後の一滴だ！

私はもうほとんど残っていなかった魔力を――私が最低限生きるために残していたわずかな力を、そこに注《そそ》ぎこんだ。

それは先ほどまでとは違う、なんの属性にも染まっていない純然たる魔力だった。

すると口の中のテリシアの枝は一瞬にして腐り落ちるように溶け、半透明の粘液《ねんえき》となって私の口と膝を濡《ぬ》らした。

同時に解放され、床に下りたヴィサ君。

それを見て、安堵《あんど》と猛烈《もうれつ》な眠気がやってくる。もうさすがに気合いだけでは抗《あらが》えそうにない。

ああ、もう繕《つくろ》うどころじゃないな。無事に帰れたら、ゲイルにねだって新しい服を買ってもらおう。

朦朧《もうろう》とする頭で、私はそんなことを考えた。

もう体には少しの魔力も感じられない。そして意識もほとんど飛びかけだった。

でもまだ、最後の仕事が残っている。

私は口の中にしつこく残っていた粘液《ねんえき》を吐き捨てると、拘束から解かれてぼーっとしているヴィサ君を見た。

「ヴィサ君……助けを、助けを呼んできて！」

「お……おう！」

ヴィサ君はそう答えると、テリシアが突き破った扉から電光石火《でんこうせっか》の勢いで外に飛び出した。

彼の小さな背中を見送る。

――ああ、よかった。

これで少なくとも、ヴィサ君は助かる。

闇への片道切符を手に、私の意識は薄れていった。

＊ ✣ ＊

シリウスが城内に異常な魔力を感知したのと、王城にあるシリウスの執務室にヴィサークが飛びこんできたのは、ほぼ同時だった。

あわてているらしい精霊の様子に、シリウスは嫌な予感を覚える。

「どうした！」

ヴィサークが見えないユーガンは、突然主人が叫んだので、さぞや肝《きも》を冷やしたことだろう。

『リルが……ッ！　とにかく騎士団の本部に来てくれ！』

よろよろと飛ぶヴィサークの白銀の毛並みは薄汚れ、あちこちから血を滴《したた》らせている。

傷ついた精霊の姿に、シリウスは背筋が凍るような恐れを味わった。

ヴィサークは言うやいなや、再び窓から飛び出していく。

それをそのまま追うこともできたが、シリウスは城内の連絡通路から行ったほうが早いと判断し、最短ルートで騎士団本部へと向かった。

やはり、手もとに置いておくべきだった！

シリウスは普段滅多《めった》に使わない魔法で素早く移動しながら、自分の判断をひどく後悔していた。

いくら本人が望んだとはいえ、人間世界では異質な魔法属性を持つリルを、騎士団に任せるべきではなかったのだ。

そばに置いて、一緒に心安らかに暮らすべきだった。

自分が近くにいれば、どんな不測の事態にも対応できる。完璧《かんぺき》に守れるという自信があった。

もう、帰らない〝りる〟を待つだけの自分ではないのだ。

騎士団本部の門前まで来ると、二人の見張りがぎょっとした。

その反応に構わず、シリウスは魔力を衝撃波として扉にぶつける。

扉は勢いよく開き、巻き添えをくらったらしい見張りの騎士は呻《うめ》き声を漏《も》らした。

「魔導省長官……？」

中にいた騎士達も、何事かと目を剥《む》いていた。

シリウスは彼らに構わず、今度は騎士団本部の中を飛ぶように——この場合、比喩《ひゆ》ではなく、本当に足は少し浮いていたのだが——駆《か》ける。

異常な魔力の発生源に近づいたところで、シリウスは奇妙なものを目撃した。

石造りの壁から、にょきりと枝が生《は》えている。

しかも、それはシリウスの目の前でみるみる成長していった。

異変に気づいたのか、本部のあちらこちらで悲鳴や狼狽《ろうばい》の声が聞こえる。

「シリウス……？」

うろたえた声で名を呼ばれ、シリウスが後ろを振り返る。

そこには、シリウスの天敵がいた。

彼はベサミという名の魔導師で、人と時の精霊のハーフだ。ハーフはとても珍しい上に、彼は変わり者で知られている。魔導師として王に召喚された際には、王城に仕えるのではなく、騎士団の一員として召し抱《かか》えられることを望んだ。人間共には〝翁《おきな》〟などと呼ばせて、彼らに溶けこんでいるつもりらしい。しかし、ことあるごとにシリウスにちょっかいを出してくるので、二百と少しの若造の癖《くせ》にと常々苦々しく思っていた。

「これはどういうことだ。騎士団で何が起こっている？　ここはお前の管轄《かんかつ》だろう！」

普段は無口で冷静なシリウスの激昂《げっこう》に、ベサミは驚いたようだった。

シリウスは彼の返事を待たずに発生源に向き直ると、より魔法を強く感じる方向へ再び衝撃波をぶつけ、壁を壊した。

割れた石壁の向こうからは、待っていたかのようにするすると幾本もの枝が伸びてくる。

「一体何が……」

呆気《あっけ》にとられた様子のベサミを尻目に、シリウスは自分の前に魔法でシールドを築いて部屋の中へと入っていった。シールドに触《ふ》れた枝は焼き切れ、シリウスの怒りを恐れるようにじりじりと部屋の中へ後退していく。

「リル！　リル、どこだ！」

シリウスは懸命に叫んだ。

平静を失うことのないエルフが、必死で声を張り上げている。

それは彼を知る者から見たら、驚きの光景だっただろう。

しかし今はそれを見る者もいない。

事態は悪化の一途《いっと》を辿《たど》っていた。

シリウスのシールドに焼かれた枝を押しのけて、次々に新しい枝が伸びてくる。

『シリウス！　こっちだ！』

ヴィサークの声にシリウスが視線を向ける。

そこには、リルの小さな手だけが、太い木の隙間《すきま》から覗《のぞ》いていた。体は完全にテリシアに呑みこまれてしまっている。

シリウスは血の気が引き、感情のままに溢れ出た魔力で、周囲の枝を吹き飛ばす。散り散りになった枝の中から、傷だらけのリルが現れた。

「リル!!」

駆《か》け寄ってその手に触《ふ》れると、力なく垂れた指にはまだ温《ぬく》もりがあった。

シリウスはひとまずほっと息を吐き、表情を厳しいものに変えた。

「リルの体から、魔力がほとんど溢れ出ている。このままでは……」

『リルの描いたペンタクルはあれだ。シリウス、どうにかしろよ！』

半べそのヴィサークの声が響いた。

彼の示す場所には、確かに強力な魔力を放《はな》つペンタクルが浮かんでいる。

「これは……」

シリウスは言葉を失った。

それは確かに見覚えがあるのに、まったく理解できない図案だった。

よく見ると、植物召喚のペンタクルが、何やら複雑な装飾で縁《ふち》取られている。

その複雑さが魔力を強化し、強力な効果を発揮しているようだ。

「こんなペンタクルを、一体誰が！」

『それが、リルが突然描き出したんだ。カノープスの見本には、そんなのちっともなかったってのに！』

ヴィサークの返事に、シリウスはリルの手をじっと見つめた。

「あなたは一体……」

しかし、シリウスが考えにふける暇《ひま》はない。

テリシアの枝はいまだ成長を続けている。このままでは、いずれ騎士団本部全体がこの恐ろしい植物に呑みこまれてしまうかもしれない。

いや、騎士団本部だけで済むかどうか……

シリウスはまず、リルを傷つけないように周囲の枝を取り除くことに腐心《ふしん》した。

先ほどまでと同様に感情のまま魔力をぶつければ、リルにまで害が及ぶかもしれない。

そうしてどうにか助け出したリルは、意識を失っているにもかかわらずガラスペンをしっかりと握ったままだった。

しい。

シリウスがペンを引きはがそうとするが、ペンにかけられた魔導に手が弾《はじ》かれる。

どうやら、発動中には使用者以外は触《ふ》れられないようにする魔導がかかっているらしい。

魔導補助具に、通常そんな縛《しば》りはない。

特に、初心者の練習用なら、なおさらだ。

何かあった時に他の人間が干渉《かんしょう》できなければ、魔導の暴走を止めることはできない。

——ちょうど今のように。

シリウスは美しく細工されたペンをじろりとにらんだ。

そこに編みこまれている魔導に、使用者の力を最大限吸い出し尽くすという特異な条件を見つける。

そんな特殊《とくしゅ》な道具をリルに与える可能性がある者など、一人しか思い浮かばない。

「くそ、ベサミめ！」

そう吐き捨てると、シリウスはペンにかけられた制限魔導を相殺《そうさい》するため、強引にリルの手を包みこんだ。

制限魔導が反発し、シリウスの掌《てのひら》を焼く。

それに構わず、シリウスは何事かを小声でつぶやいた。

するとようやくリルの手から力が抜ける。そのまま床に落ちたペンを、シリウスは力任せに踏みつけた。

ガラスが砕《くだ》け散り、甲高《かんだか》く澄《す》んだ音がこだまする。

同時に、宙に浮いていたエメラルドグリーンのペンタクルは空中に解《ほど》けるように溶け、やがてテリシアの成長は止まった。

安堵《あんど》したシリウスの足下では、血の気の失せたリルが苦しそうに息をしている。

彼は服が汚れるのも構わず膝をつき、熱い彼女の体を抱き上げた。

生きている。まだ生きて、呼吸をしている。

シリウスはしばし、言葉もなく彼女の軽い体を抱きしめた。

「シリウス、これは……」

テリシアの成長が止まったからか、部屋に誰か入ってくる。やってきたのはベサミだった。

シリウスの感情が激しく波立つ。

「ベサミ、騎士団本部は建前上、治外法権ということになっているが、城内での危険行為に目をつぶるつもりはないぞ。国内での魔導に関する最終的な権限は私にある。覚悟しておけ」

シリウスの鋭い眼光に、ベサミは体を竦《すく》ませて息を呑む。

ベサミがリルに渡したペンは、すべての属性が扱える特別製。しかし他にも、既製品にはない特殊《とくしゅ》性能をいくつも備《そな》えていた。

その中で最も厄介《やっかい》だったのが『持ち主《ぬし》の力に応じて術を強化する』というもの。

一見便利な機能に思えるが、ベサミはそれに細工を施《ほどこ》し、本人の意思に関係なく最大限の力を発揮するように調整していたのだ。

それはリルの底知れない能力がどれほどのものか、測るための機能だった。しかし、付き添いのカノープスがさっさと帰ってしまうなど、さすがのベサミも予想外だったに違いない。

やがて一人で魔導を発動させたリルは、魔力を絞《しぼ》り取られて意識を失ってしまった。

それでもなお魔導は作動し続け――放っておけば、命はなかったかもしれない。

好奇心から後先を考えずに行動してしまうのは、ベサミの悪い癖《くせ》だ。

それでも、今まではエルフ特有の無関心に乗じて、シリウスに咎《とが》められずに色々と好きにやってこれた。

シリウスがこんなに感情的になるところなど、ベサミは今まで見たことがなかった。

ヴィサークに案内させてシリウスが向かったのは、リルの居室だという狭くて薄暗い部屋だった。

シリウスはその部屋を見て眩暈《めまい》がした。

どうして自分がそばにいながら、彼女にこんな生活をさせなければならないのだろう。

本人のためだと思って目をつぶってきたが、実際にその生活ぶりを見てしまえば、とても我慢できそうになかった。

「リルはひどい。どうして私に我慢ばかりさせるんだ。私はただ……」

『シリウス……』

ヴィサークが呼ぶのも無視して、シリウスは小さなベッドにリルを寝かせ、大きな体を屈《かが》めてベッド脇の椅子に座った。

苦しそうな寝顔に切なくなる。

すでにここに来るまでの道中で、自ら魔力を注《そそ》ぎ、リルの治療は済ませていた。

あと必要なのは、ゆっくりと休養させることだけ。

もうそれ以外は手の施《ほどこ》しようがない。

時々唸《うな》り、苦しそうに胸を上下させるリルの姿に、シリウスは侯爵家にいた頃の彼女を思い出した。

他に、いくらでも道はあったのだ。

侯爵家よりも早くリルを引き取り、ずっとそばに置いて、どろどろに甘やかすことだってシリウスにはできた。

でも、しなかった。

――シリウスには、彼女をどうしても引き取れない理由があったから。

以前よりも健康そうな、ふっくらとしたその頬をシリウスは撫《な》でる。

苦しいのか、リルの目尻には涙が浮かんでいた。


バタン！

大きな音と共にリルの部屋に飛びこんできたのは、カノープスだった。

彼は珍しくあわてた様子で、長いマントがそれを証明するように大きく翻《ひるがえ》っている。

「来たか」

シリウスは凶悪な視線を彼に向けた。

対テリシアとリルの治療のため魔力を使いすぎたせいで、シリウスの認識阻害《そがい》の術はすっかり効果を失っている。

もともとそんなもの、カノープスに対しては必要もないが。

「久しいな、カノープス」

口火《くちび》を切ったシリウスに、カノープスが息を呑んだ。

「以前お前に会った時に、言ったはずだな？　お前が人間界に残る分には、私は関知しないと。ただし私の邪魔《じゃま》は一切せず、騒動を起こさぬようにせよと」

「覚えて、おります……」

カノープスはその場に膝をつき、頭《こうべ》を垂れる。

それは騎士団副団長が魔導省の長官にするものとは異なる――エルフ同士が、序列が上の者に対して敬意を示す姿勢だった。

「なぜこの者の監督義務を怠《おこた》った？　人間であろうと、無意識に精霊を喚《よ》ぶほどの力を持っていることはわかっていただろう？」

ヴィサークが同意するように鼻を鳴らした。

カノープスは及《およ》び腰になるのを堪《こら》え、顔を上げる。

確かに、カノープスにはずっと、ヴィサークが見えていた。

彼女に精霊を喚《よ》ぶ力があることに、気づいていた。

だから与えるべき仕事に迷い、比較的力仕事を少なく振っていたつもりだ。

最初は従者《じゅうしゃ》を持つなど面倒だと思っていたが……

彼女の献身《けんしん》的な働きに、考えを改めかけていたところだった。

「魔導は人に教えられようと、できない者にはできません。発動の感覚はそれぞれに違いますから、自分で訓練を重ねて感覚を掴《つか》ませるつもりでした」

「それは理由にはならん。お前の役目は魔導を教えることよりも、むしろ危険がないように監督することだったのではないのか？」

反論の言葉もなく、カノープスは黙りこんだ。

前々から団長には、人に物を教えることが下手だと指摘されていた。同様に、人を使うことも。

カノープスは自分でなんでもできてしまうため、単独行動が多い。

他人に任せて失敗するぐらいならば、多少の負担があってもすべて自分で片付けてしまったほうが早いという意識が強いのだ。

もちろん有能さゆえに、それでも副団長にまで上《のぼ》りつめることはできた。

しかし彼のその癖《くせ》は、下官の命を預からねばならない騎士団の幹部としては、致命的な欠点だ。

だからお前にルイを任せるんだと団長は言っていたが、カノープスにはその意味がわかっていなかった。

魔力だけ異常にある、だけどその使い方は満足に知らない、小さな子供。

いつも懸命で、必死な少女。彼女と相対する時、カノープスは戸惑《とまど》っていた。

それは彼女に何ができて、何ができないのかをはかりかねたせいだ。

魔導を教えようにも、人とエルフの魔力の使い方はもともと違う。だから自分では助言もできないと思い、放っておいた。

所用を済ませ、訓練室へ戻る途中に感知した、大量に魔力が流出する気配。急いで駆《か》けつけたが、その時にはすでに訓練室は壊滅的な打撃を受けていた。別物のように太いテリシアの枝は四方八方へ伸び、魔力を吸収するはずの訓練室を突き破って本部のあちこちにまで枝を伸ばしていた。

どこもかしこも大騒ぎだ。古い石組みの建物なので、崩落《ほうらく》の危険があるかもしれないと、現在本部は立ち入り禁止になっている。

カノープスはその混乱の中心である訓練室へと分け入っていったが、いくら探してもルイの姿はなく、なぜかベサミの姿も見当たらなかった。

偶然その場にいた騎士に聞いて自分の部屋に付属するルイの部屋へ来てみれば、自分よりも年かさのエルフににらまれて現在に至る。

エルフ同士で感情的なやりとりをすることなど、まずない。

カノープスはどうすればいいのかわからず、途方《とほう》に暮れてしまった。

＊
❖
＊

――あるところに、とても幸せな王子様がいた。苦しみを少しも知らない王子だ。

そんな彼の話を、少しだけ聞いてほしい。


彼が生まれ落ちたのは、資源と風土に恵まれた国の、戦争のない穏やかな時代。

そして賢君として誉《ほま》れ高い父と、美しく優しい母の気質を受け継ぎ、聡明《そうめい》な王子として育てられた。

彼の周囲は、綺麗《きれい》なもので満ちていた。

舞踏《ぶとう》会の着飾った女達に、甘いお菓子、精悍《せいかん》な騎士達の汚れ一つない鎧《よろい》や、甘ったるい褒《ほ》め言葉。

七歳になる王子から、人々は国の汚い部分を隠していた。

女達は玉の輿《こし》のため、美を求めて湯水《ゆみず》のように金を使い、騎士達は訓練ばかりの実戦知らず。貴族の男達の陰の策略が、時に国を裏から動かしていることも、王子は知らない。

王子は世界に、『不幸』というものがあるなんて、考えたこともなかった。

なぜなら周囲の人々は、みな笑っていたから。

病《やまい》にかかれば城を追い出され、貧窮《ひんきゅう》すれば社交界から自然と消えていく。

それらのいなくなった人々の末路《まつろ》を特に気にかけることもなく、王子はまた別の美しいものに心奪われるのだった。


それはようやく雪の心配をしなくてもよくなった、光月《こうげつ》――三月のこと。

王子はその日、世話役にも黙って城を抜け出した。

城から一度も出たことのない王子は、外の世界がどうなっているのか知りたくなったのだ。

そして見つけたのは、美しい庭園を持つ豪勢な屋敷。

彼は垣根の隙間《すきま》から小さな体を滑りこませ、庭園の中に入った。

季節柄まだ花の数は少なくとも、整えられた庭は魅力的で、見入ってしまう。

そしてどんどんどん奥へと進むうち、通行人の目には触《ふ》れない裏庭に辿《たど》りついた。

その裏庭は寂《さび》しい庭だった。花も木も池もなく、表の庭とは比べ物にならない。

庭に面する部屋の窓が開いていることに気がつくと、王子は好奇心に負け、窓から中を覗《のぞ》きこんだ。

そこでは、ベッドに臥《ふ》せった小さな少女が指で空中に何かを描いていた。

王子の属性は『光』。彼には、その子供が光に包まれて見えた。

指先からは光の線が浮かび、空中に踊るよう。

そんな美しい光を、王子は生まれて初めて目にした。

「何をしてる！」

気づけば、大声で尋ねていた。

すべての人に傅《かしず》かれて生きてきた王子は、『命令』以外の言葉の遣《つか》い方も知らない。

「あなた、だれ？」

そうつぶやいた子供の容姿を見て、彼は息を呑んだ。

濡羽《ぬれば》色の長い髪と、凍《こご》えた灰色の瞳。

そんな色の瞳を見たのは初めてだった。

この国では、鮮《あざ》やかな色の瞳ほど美しいとされている。

なのに、その目に見つめられて動けなくなってしまった。

肌は青白く、がりがりに痩《や》せて目の下には隈《くま》があり、その憔悴《しょうすい》ぶりは痛々しさすら感じさせる。

彼女は決して美しいとは言えない容姿だったが、彼はなぜか目が離せなかった。

「誰とは無礼な。礼儀も知らないのか」

思ってもいない言葉が、口からこぼれ出る。

年下の子供と会ったこともものない王子は、周囲からいつも優しくされてばかり。優しくする方法を、知らなかったのだ。


あまりいいとは言えない出会いだったが、彼らは急速に仲良くなった。

王子は少しでも暇《ひま》があると、世話役の目を盗んで少女のいる館《やかた》へ走る。

彼女はいつもベッドに臥《ふ》せっていた。

ある時は退屈そうに空を見ていたり、ある時はつらそうに咳《せき》をしていたり。

そんな彼女に、側仕《そばづか》えは何をしているのかと怒鳴《どな》ったこともある。

すると、「わからない」と、彼女は笑った。

貴族の屋敷で暮らす割に、彼女はちっとも貴族らしくない。

王子はドレスを着ていない『少女』と話をするのは、彼女が初めてだった。

彼女は扇子《せんす》で口元を隠して控えめに笑う令嬢とは違う。彼が城であったおもしろいことを話すと、顔をくしゃっとさせ、声をあげて笑った。

それは美しいとはとても言えないものなのに、この上ない嬉しさが彼の心を満たした。

彼女は自分のことを、この家の当主が外で作った子供で、『下民街《げみんがい》』から最近引き取られたばかりだと言った。

王子はそれまで、下民街《げみんがい》の存在も知らなかった。

彼女の話に聞く下民街《げみんがい》とは、とても過酷《かこく》で汚らしいところ。最初は自分の国にそんな場所があるなんて、王子は信じられなかった。

自分が見知らぬ男に殴られそうになり母親に守ってもらった話を、少女は嬉しそうにする。

しかし王子にとってはそれは、とてつもなく痛く、信じたくない話だった。

せめて彼女が少しでも癒《いや》されるようにと、王子はいつも自分の魔力を彼女に送っていた。

苦しむ彼女の眉間の皺《しわ》が少しでも緩《ゆる》むかどうか。

いつの間にかそれが、王子の一番の関心事になっていた。

誰かに優しくしたいという気持ちを、彼は初めて知った。

そして彼女を救いたいと思った時に初めて、彼は自分の無力さに気づいてしまった。

一歩王城から出てしまうと、誰に何を命じれば彼女を救い出せるのかもわからない。

彼女のことを口に出したら、もしかして二度と会えなくなってしまうかもしれない。

そう思うと、王子は恐ろしくていつも口をつぐんでしまうのだった。


――少女がだんだんと王子が教えていた貴族の話し方を覚えてきた頃、彼はある夢を見た。

それは、自分の意志ではどうにもできない、ただ見ているだけの夢。

夢の中の王子は少女に出会わず、綺麗《きれい》なものしか知らないままで十八歳になっていた。

そして魔導学園で、運命の少女に出会う。

黒髪ではなく、ガリガリに痩《や》せこけてもいない、愛らしい少女。

彼はやがて少女に夢中になり、彼女を妃《きさき》にしたいと思うようになる。

しかしそのためには、王太子妃第一候補に名前が挙がっている令嬢が邪魔《じゃま》だ。

令嬢は鬱陶《うっとう》しい黒髪と、忌々《いまいま》しい灰色の目をしていた。

彼女は魔力の強さを買われて妃《きさき》の第一候補に指名されてはいたが、本人はまったくそのことを知らなかった。それはただ、王家と令嬢の親の間でのみ交わされている約束。

しかし、やがて彼女が十八歳になれば、二人の婚約は大々的に発表されることになっている。

なんとかその前に、彼女を候補から外さなければならないと王子は考えた。

王太子の、ひいては王の妃《きさき》になるために一番重要視されるのは、魔力の強さだ。

飛びぬけて強大な魔力を持つ王族と子をなせるのは、貴族の中でも力の強い名家の令嬢に限られる。

それをどうにか捩《ね》じ曲げてでも、愛らしい少女を妃《きさき》にしたいと彼は願った。

王子はまず、令嬢について徹底的に調べ上げた。

そして彼女は侯爵家の当主が外に作った子供で、出身は下民街《げみんがい》であることを突き止める。

彼は取り巻き達を使って彼女の出自を学園中に吹聴《ふいちょう》し、やがて彼女が学園を追い出されるように仕向けた。

たくさんの学生に罵声《ばせい》を浴びせられながら、その令嬢は学園を去っていった。

水をかけられた重たい黒髪から、ぽたぽたと涙のようなしずくを滴《したた》らせて。


その夢を見て、王子は苦しんだ。

どうして黒髪の少女を陥《おとしい》れようとするのか。

自分であって自分ではない者の所業に魘《うな》されて、目を覚ました。

すると、ぽたぽたと涙をこぼしていた。
なぜなら夢の中の王子が学園から追い出した令嬢こそ、彼が今一番大事にしたいと感じている病弱な少女だったから。

その日は、彼女が無事でいると知りたくて、あわてて彼女の家に行った。
すると彼女はベッドの中で、もがき苦しんでいるではないか。
王子は部屋に飛びこみ、彼女に駆《か》け寄ると細い肩を掴《つか》み必死に起こした。
「おい、しっかりしろ！」
それでも彼女は目を覚まさない。
王子は無理を承知で、自分の両手にありったけの魔力を込めた。
彼の魔法属性は『光』。それはすべてを導き、育《はぐく》み、癒《いや》すもの。
力を込めるほどに、少女の呼吸は穏やかになり、やがてその目が開かれた。
涙に濡《ぬ》れた灰色の瞳が、光って見える。
彼女の体は、まるで魔力を吸う真っ黒な箱のよう。
夢中になって、王子は自分の力を彼女の体に流しこんだ。
彼は知っていたのだ。

貴族と平民のハーフが、通常成人までは生き延びられないと。

そしてそれを生かすためには、術師が命がけで魔導を施《ほどこ》さねばならないことを。

「殿下！　やめてください！　無事では済みません！」

「うるさい！　病人は黙ってろ！」

王子が魔力を流し続けることを、少女は不審に思ったようだった。

しかし、彼女が暴《あば》れたら困る。今自分が施《ほどこ》しているのが禁術だとは知られたくない。

「やめてください！　私にそんな価値なんてない！　殿下に何かあったら、私は……」

少女が必死で叫ぶその言葉に、王子の中で何かが切れた。

それでは、価値のない存在を愛《いと》しいと、守りたいと思う自分はなんだというのだろう。

想いが踏みにじられたようで、彼は余計に頑《かたく》なになった。

「価値なんて関係あるか！　苦しむ者を助けるのは、人として当然だろう……むしろ、民を助けるのは王族の役目ではないのか!?」

思わず叫んだそれは、言い訳だった。

今まで一度も実感したことのない、家庭教師の言葉がそのまま王子の口から出た。

すべての民に同じことができるかと言われたら、きっと無理だ。

少女だからこそ我が身に代えても守りたいなどと、自分の価値を全否定する相手に、どうして言えただろう？

彼女にわかってほしかった。こんなにも必死に彼女を救いたいと思う、自分がいることを。

今朝の夢が頭をよぎる。

自分は絶対に、彼女を苦しめたり悲しませたりして、遠ざけたりしない。

王子は歯を食いしばって術を続けた。

本当は、方法だけはずっと知っていた。彼女を救いたいと思っていたから。

でも怖くて、今まではできずにいたのだ。

術が無事完成したのを見届けて、王子は少女の肩から手を離す。

自分の中の魔力を使い切った彼は、やがて意識を失ってしまった。

「シャナン様。私、あなたのお役に立ちたいです」

自分が助けた本当の意味など、欠片《かけら》もわかっていない彼女の熱っぽい言葉が、嬉しくもあり馬鹿馬鹿しくもあった。

――ならずっと、隣にいて笑っていておくれ。

本当は、そう言えたらよかったのに……

そんなことを思いながら、王子は意識の深くに沈んでいった。

7周目　目覚めのあとに

また、あの夢だ。

自我を失って、粉々に砕《くだ》け散って、粒よりも小さくなって黒い穴に吸いこまれていく夢。

粒は悲鳴など上げられない。

世界は歪《ゆが》み、私の思考は呑まれていく。

『きみは、何を望んでいるの？』

心底不思議そうな声に問われる。

老獪《ろうかい》で、無知。

色っぽくて、いとけない。

子供のような、老人のような響き。

そんなの、決まっているじゃないか！

私はもう二度と、〇〇になんてなりたくないんだ。

頭が混乱する。

もう、ここにはいたくない――……

＊❖＊

目を覚ますと、星空の描かれた少女趣味な天井があった。

そこから吊るされた月と太陽のモチーフが、窓からの光を受けてちかちかと反射する。

ふいに布団《ふとん》の上にある重みに気がつく。そちらに視線を向けると、川のように透《す》き通った薄水色の髪が流れていた。

視線はその先にある、ミルク色をした小さな顔に辿《たど》りつく。薄ピンクの頬の可憐《かれん》な女性が寝息を立てていた。

「ミー……シャ?」

半ば無意識に、私は彼女の名前を呼んだ。

するとじわじわと意識が覚醒《かくせい》し、神経があちらこちらへと信号を飛ばす。

そこは天国でも地獄でも別の乙女ゲームの世界でもなく、少しだけ懐《なつ》かしいステイシー家だった。

椅子に座ったままベッドに伏せ、眠りこけているミーシャ。風邪《かぜ》を引いてはいけないと思い、どうにか彼女を起こそうとする。

しかし思うように体に力が入らず、大きな声を出そうにも声は掠《かす》れ、扁桃腺《へんとうせん》が腫《は》れ上がっているかのような痛みがあった。

これでは大人を呼ぶこともできない。

「あ……ッ……………は」

体の動かし方を忘れてしまったみたいに、指先すら満足に動かせない。

ああ、早くしないと、ミーシャがまた体調を崩してしまう。

一度臥《ふ》せったら、医者から床上《とこあ》げの許可が出るまで短くても一月《ひとつき》はかかるのに。

そんな私の焦燥《しょうそう》に気づいたのか、枕元で風が動く気配があった。

『リル、起きたのか！』

こめかみにふわふわの毛が触《ふ》れる感触と、いつもより力のない声。

ヴィサ君はふわりと浮かんで私の視界に入ると、小さな竜巻《たつまき》を起こした。

室内で起こった渦《うず》が、ミーシャの細い髪を巻き上げる。

威力の弱いそれはすぐにおさまるが、私の望み通りミーシャは目を覚ましたようだった。

「ん……」

彼女はゆっくり目を開けると、布団《ふとん》に頬を押しつけたまま私の顔を見た。

その目はしばし状況を確かめるように瞬《まばた》きを繰り返していた。けれど私の視線としっかり絡み合うと、最大限にまで目を見開いた。同時にミーシャは小さなため息をこぼした。

「ッ……リル！」

大声で私の名前を呼び、感極まった彼女が覆《おお》いかぶさってくる。

筋力のないか細い腕が、その時ばかりは強く私を布団《ふとん》ごと抱きしめた。

「よかった。あなたが目覚めて、本当に……ッ」

彼女の熱い頬がすぐそばにある。

その時になってようやく、ああ私は生き延びたんだなという実感が湧いてきた。

こんなにも心配をかけてしまったことを心苦しく思う。そして彼女が心配してくれたことをくすぐったく、嬉しく思った。

部屋の外からどかどかと足音がして、金に縁《ふち》取られた小さな扉が勢いよく開かれる。

そこから先を争うように飛びこんできたのは、髪を乱したミハイルとゲイルだった。

色男が台無しだ。

私は硬直した表情筋を動かし、少しだけ笑う。

「リル！」

すぐにミーシャごと私を抱きしめたゲイルと違って、ミハイルは最初、信じられないものを見るように、ベッドの傍《かたわ》らに立ち尽くしていた。

その指が、私の頬に触《ふ》れる。

まるで触《ふ》れれば溶ける砂糖菓子にするみたいな触り方だった。

首すら動かせず、彼の目を見返すこともできなかった。でもたぶんミハイルは、私の顔を穴が空くくらいじっと見ていたと思う。

私は少し伸びたゲイルの髭《ひげ》がじょりじょりして痛いと感じながら、なぜかミハイルに本当に申し訳なく思った。

＊
❖
＊

まだ夜は肌寒い季節にもかかわらず、ミハイルは庭に張り出したステイシー家のバルコニーで一人、柱に背中を預けていた。

茹《ゆ》でて殻《から》を剥《む》いたフォルカ卵のようにつるりとした月は少し欠け、星々がやかましいぐらいに瞬《またた》く。夜空の縁《ふち》では、魔導粒子が織《お》りなす光のカーテンがひらひらと踊っている。

ミハイルは夜空を見上げるのが嫌いだった。

それは彼女が、星を見るのが好きだったせいだ。

「どうした？」

窓を開けてバルコニーにやってきたのは、直属の部下で、友人でもあるゲイル。

ミハイルは部下の家でぼんやりとしていた自分に気づき、そろそろ暇《いとま》しなければと他人事《ひとごと》のように考えた。

「今日は泊まっていけばいい。お前も疲れただろう」

リルが目覚めるまでの二昼夜、碌《ろく》に眠っていないのは二人とも同じだった。

隈《くま》が浮き少し頬のこけたゲイルの顔を見ながら、自分もさぞやひどい顔だろうとミハイルは笑いたくなる。

ゲイルは貴族らしくなく、機転がきく。自分にはもったいないほどの部下だ。

養女が寝込み、自らも疲労困憊《こんぱい》のはずなのに、まだ人を気遣う余裕のあるゲイルが、羨《うらや》ましかった。

自分はダメだと、ミハイルは苦る。

深く眠る少女の青ざめた顔を見ただけで、膝から崩れ落ちてしまいそうな衝撃を受けた。

そして、たかだか任務先で出会っただけの少女の不調に、そこまで動揺《どうよう》している自分にもショックだった。

人にとらわれて苦しみたくないがために、他人を心に入れないよう、過去の英知に執心して生きてきたはずなのに。

「……悪かったな」

「ん？」

「俺がリルを連れ帰ったせいだ。お前にも迷惑をかけた」

「それ、本気で言ってたら怒るぞ？　リルはうちの娘だ」

言葉に反して、ゲイルの言葉尻には苦笑の気配がにじんでいた。

ゲイルはバルコニーの欄干《らんかん》を掴《つか》むと、星空を見上げながら言った。

「あの子をうちの子にできて、俺もミーシャも幸せだよ。お前にはむしろ、感謝しているさ」

人がよすぎるだろうと、ミハイルは言おうとしてやめた。

力の抜けた口からこぼれだしたのは、言うつもりのなかった言葉だった。

「魘《うな》されるあいつの顔を見た時……」

ミハイルのか細い声を、ゲイルは彼を見ずに黙って聞いている。

「驚いた。こんな小さなガキだったのか、って」

子供用のベッドが広く感じるぐらい、その子供は小さく頼りなかった。

「最初に会った時から、大人しく試されるどころか試しにくるようなガキだ。俺はたぶん、あいつのことを心のどこかで、殺しても死なないぐらいに思ってた。俺達の知らないことを知り、強力な精霊と契約して、闇の精霊すら追い払う。そんなの、大の男にだって無理だろう?」

茶化《ちゃか》すようなミハイルの言い方に、ゲイルは低く笑った。

「でも、今にも死にそうな顔を見てたら、そうじゃないんだってことが嫌というほどわかった」

病弱な妻を持つゲイルにこんなことを言うのは無神経だと、ミハイルにもわかっていた。それでも、一度開いた口を閉じることができなかった。

「いくらたくさんの属性を持っていても、強力な魔力があっても、小賢《こざか》しいぐらい回る頭があっても、傷ついたり病《やまい》に冒《おか》されればたやすく死ぬんだな。あいつは。――リルカみたいに」

途中からどう叱《しか》ってやろうかと考えていたゲイルは、最後のミハイルのため息にも似たつぶやきに、その勢いを失った。

そして思い出す。黒い巻き毛をした、長い睫毛《まつげ》の美しい少女のことを。

ミハイルの婚約者だった彼女の死が、ミハイルの心にどれほど大きな傷をつけたかということを。

ミハイルがリルを連れ帰ると言った時のことだ。リルカとは似ても似つかない、しかし同じ髪色と似た響きの名前を持つ子供がミハイルに与えるのは、はたして安らぎかそれとも苦悩か。ゲイルは口には出さないながらも心配していた。

リルを自分が引き取ることにしたのも、彼らの未来に不安を覚えたからだ。

もちろん、目標のために頑張るリルに好感を抱《いだ》いたのも事実なら、養女と言えど子供ができれば妻の気持ちが少しは安らぐだろうという打算があったのも事実である。

まあ、最後の理由が、一番比重としては大きい。

そして前よりも元気になった妻とかわいい娘を見れば、そんな差引勘定《さしひきかんじょう》抜きで彼女を引き取ってよかったと、今では思っている。

すっかり沈黙してしまったミハイルに付き合って、ゲイルもしばらく、冷たい夜風にあたることにした。

＊ ❖ ＊

「これは一体……」

ぼそりとこぼれた一人のつぶやきが、その場にいる全員の気持ちを代弁していた。

先日、原因不明の災禍《さいか》に見舞《みま》われた騎士団本部を目前に、魔導省から来た彼らは呆然とする。

ある植物に全体が侵食されてしまったその建物は、現在魔導省の専門チームによる調査のため、人払いをされている。そのため、今は廃墟《はいきょ》のようにがらんとしていた。

建物の表面を蔦《つた》のように這《は》う植物が、今回の彼らの調査対象だ。

ちなみに、ベサミ率いる騎士団所属の調査チームは、中立性に欠けるという理由でこの調査から外されていた。

「植物なのに、炎が効かないなんて」

「それどころか、すべての攻撃を吸収しているようだ。見ろ。表面に傷一つついていない」

国内の数々の魔導による異変を調査してきた彼らだったが、今までの事象とはあまりに異質な調査結果に、頭を抱《かか》えてしまった。

ザリッと土を踏む音がして、そこに長身の青年が近づいてくる。

それに気づいた調査員達は、全員が姿勢を正して彼を出迎えた。

シリウス・イーグ。

大人の男も見上げるほど長身のエルフは、今日も認識阻害《そがい》の術を使って印象を曖昧《あいまい》に、青年風にしている。しかしその巨木のような長身と威圧感だけは隠しようがなく、調査員達に無言のプレッシャーを与えた。

「状況は？」

「現在一通りの調査を終えましたが、そのすべてに異常な数値が出ています。詳細《しょうさい》はこちらです。また、駆除《くじょ》の方法を探《さぐ》るために一部に炎などを使った攻撃を仕掛けましたが、それらはすべて吸収されてしまい、ダメージを与えるには至りませんでした。その表面は金属のように固く、刃物などの物理的な攻撃も無意味かと思われます」

シリウスは手渡された調査結果に一通り目を通すと、何の躊躇《ちゅうちょ》もなくその植物に近づき、壁に伝《つた》う枝に手を伸ばした。

「花や葉の特徴はテリシアという樹木に似ています。しかし、異常な枝の太さや成長速度、壁を伝うような成長過程がテリシアとは大きく異なっており、今後は植物学者も招きまして、さらに詳細《しょうさい》な調査を……」

「有害物質を発生させる可能性は？」

「今後については断言できませんが、現時点においては確認されておりません。むしろ周囲の毒素を吸収する性質があるようで、そちらに関しても並行して調査を続けております」

シリウスによって選出された魔導省のスタッフは、身分は低いが有能だ。

その報告に耳を傾けていたシリウスだったが、突如《とつじょ》その右手が音もなく空《くう》を払う。誰も反応する隙《すき》もないほどの一瞬で、そばに伸びていた金属のように硬い枝が、ポトリと地面に落ちた。

調査スタッフが小さくどよめく。

それは太い、まるで大木の根のような枝。

表面は硬く、しかし驚いたことに中はドロリとした粘着性のある、半透明の物質に満たされていた。

シリウスは黙って、その表面を指先でなぞる。

調査員達は息を呑んだ。

「これは……」

シリウスは一瞬目を見開くと、その枝を放り投げる。先ほどまで報告をしていた隊長格の男は、あわててそれを受け取った。

「素手で触《ふ》れても問題ない。この中身の物質の解析《かいせき》を急げ。成分構成の他に、魔導の解《かい》析《せき》も頼む。それには『植物召喚』だけでなく、魔導がかけられているぞ。まさかとは思うが……」

言葉を濁《にご》したシリウスは即座にくるりと方向を変え、急ぎ足で魔導省のある王城へ向かった。

取り残された調査員達は、一瞬気圧《けお》されたように立ち尽くす。けれどすぐに上司の要望を叶えるために、調査を再開させたのだった。

＊
✣
＊

目覚めて二日経ち、私はようやくベッドの上《うえ》限定でちょっと体を動かせるようになった。その夜、またミハイルが見舞《みま》いにきてくれた。

改めて見たミハイルの顔は、普段通りの少し不遜《ふそん》な色男だ。

二日前の彼の奇妙な様子は、きっと気のせいだったのだろう。

「それで、一体何があったんだ？」

子供部屋の椅子にゲイルとミハイルが腰かけ、薄ら笑いでこちらを見ている。笑みを作ってはいるが、言い逃《のが》れは許してもらえなさそうな気迫のある目だ。

ちなみにミーシャはといえば、やはり予想通り体調を崩したそうだ。

大したことはないから心配するなとゲイルは言うものの、私は自分のせいだと少し沈む。

「何ガ……って」

まだ喉の腫《は》れが残っていて、出した声は掠《かす》れておかしなイントネーションになった。

私は一度喉に手をやり、そこを軽く撫《な》でる。

ゲイルがあわてて吸い飲みを手に取ったが、先ほど喉を潤《うるお》したばかりの私は首を横に振った。

「まドうの、れんしゅうヲ、してた」

発声の難しさと言葉に迷っていたことで、片言になる。

「ペン……が、てから、はなレ、なくて」

ゆっくりと、自分でも確かめるように言葉を紡《つむ》ぐ。

慎重にやれば、なんとか声がしゃっくりのように跳ねるのを抑《おさ》えることができた。

「ほじょする、ぺん。ちから、すわれて……」

状況を思い出し、寒気が走る。

あの時の死の恐怖が、リアルによみがえってきた。

顔色をなくしているのだろう。ゲイルが心配そうにこちらを見ている。

この二日間、覚醒《かくせい》と睡眠を繰り返していた私だが、ついに自分が起こした騒動と向き合わなくてはいけない時が来たのだ。

あのテリシアはどうなったのか。

訓練室は？　解析《かいせき》室は？　そして本部は？

翁《おきな》やあの部屋の近くにいたスタッフは、無事なのだろうか？　怪我《けが》人は出ていないだろうか？

尋ねたいのに、その答えを聞くのが怖かった。

その恐怖に比例するように、調子のおかしい喉も言葉を失っていく。

筆談をしようにも、力を失った私の指はペンを握ることすらできない。

私は力なくベッドに放り出された手を見た。人差し指の先には、無理に根っこに爪を立てたせいで包帯が巻かれていた。じりじりと今も痛むそこを直視する勇気はない。他にも体中擦り傷や切り傷だらけで、救いといえば口の中に口内炎ができていなかったことぐらいだ。

「リル、心配しなくても、怪我人《けがにん》は出ていない」

黙りこんだ私をいたわるように、ゲイルが言った。

その言葉に、私は幾分《いくぶん》か救われた。

「ほんとう？」

「ああ、解析室《かいせきしつ》の人間も、誰一人怪我《けが》を負っていない。初心者の魔導の暴走はよくあることだし、そこまで気に病むことはないさ」

「だが、本部はとんでもないことになっている」

「え？」

「ミハイル……」

ゲイルがミハイルを咎《とが》めるように眉をひそめたが、ミハイルは首を振った。

「どうせ、あとから誰かに言われるんだ。だったら俺達から知らせておいたほうがいい」

二人の様子がただごとではないので、そら恐ろしくなる。話の続きを聞くのが怖い。

「いいか、リル。今世間では、テリシアが本部の屋根を突き破ったと大騒ぎだ」

つ……突き破った？

『シャリプトラのじーさまもびっくりの大木だぜ。リルはやっぱすげぇよ！』

ヴィサ君はなんだかよくわからないことを言いながら、空気が読めず、嬉しそうにしている。シャリプトラって何？　人の名前？

私は反射的に体を起こそうとするが、少し背を浮かせただけで、再びベッドにへばりついてしまった。

「大人しく寝てろ」

そう言われても、大人しく寝ていられるはずがない。無慈悲《むじひ》なことに、ミハイルは言葉を続ける。

「怪我《けが》人こそいないが、あの建物は国王の所有物だ。それに危害を加えた訳だから、ただでは済まないかもしれないな。まぁ、今のところどうなるかはわからんし、はっきりとした発表はないが」

ため息と一緒に吐き出されたミハイルの言葉に、血の気が引いた。

「ど……ど……」

怖くて「どうしよう」と泣きつく勇気すらなく、私は生まれたての小鳥のように口をぱくぱくと開けたり閉じたりした。

「ミハイル！」

ゲイルが咎《とが》めるように呼ぶ。

「現実だろうが。いつまでも隠し通しておけることじゃない」

私は俯《うつむ》き、必死で頭を巡《めぐ》らせる。そして最初に出てきた答えは、ひどく陳腐《ちんぷ》なものだった。

「わたしと、えんを、切って！」

ゲイルやミーシャに迷惑をかけるのなんて、耐えられない。

私一人なら、子供のやったことと見逃《みのが》してもらえる……とまでは思わないが、一生の労働とか牢屋《ろうや》暮らしとかで、許してもらえるかもしれない。

私の掠《かす》れた叫びに一瞬目を丸くしたゲイルは、そのあと二拍ほど置いてから、私とミハイルに拳骨《げんこつ》を喰《く》らわせた。

私はコツンで、ミハイルはドスンという音の違いはあったけど。

「親が子供を放り出す訳ないだろう！　リルは俺をそんな男だと思っていたのか!!」

怒り心頭らしいゲイルに、私は壊れた人形さながら、プルプルとぎこちなく首を横に振ることしかできない。

「お前も、子供相手に余計なことを！」

部下に殴られ怒ってもいいはずのミハイルだが、彼は痛みに悶絶《もんぜつ》して頭を抱《かか》えたまま屈《かが》みこんでいた。

「……とにかく、リルは体調が戻るまで、自宅療養《りょうよう》の命令が出ている。余計なことを考えず、今はゆっくり休むように。わかったか？」

「ハイ……」

口答《くちごた》えは許さないというゲイルの気迫に負け、私はしおらしく返事をした。


さらに十日――事件から半月ほどが経って、私はようやく医者から床上《とこあ》げの許可をもらった。

ミハイルとゲイルに連れられて、私は王城へ向かう。

見送りの時にミーシャは、騎士がダメなら普通の女の子になればいいと、むしろ嬉しそうに私を送り出した。

王城までの道は、ミハイルの家の馬車を使う。

馬車といっても、引いているのはミハイルの魔力から生み出された騎獣《きじゅう》だ。

炎を纏《まと》った馬のようなそれは、石畳の道を静かに、そして優雅に進んでいく。

豪華な内装が施《ほどこ》された馬車の中は、気まずい沈黙で満ちていた。

もうこれが見納めかも知れない。城下街の景色を、私は頭に刻《きざ》みつけるようにじっと見ていた。

私達は城門のかなり手前で馬車を降りると、歩いて城門をくぐった。

長身の二人に挟《はさ》まれて歩く私は、まるで捕《と》らえられた宇宙人みたいに見えただろう。

そんな現実逃避をしているうちに、城の裏門が見えてくる。

その門の下、見張りの詰所の横には、ある人物が立っていた。

「カノープス様……」

てっきり二人と一緒に入城するものと思っていたが、私の身柄はそこで副団長に預けられるらしい。すでに決定事項だったようで、ゲイルとミハイルが驚いたり渋ったりする様子はない。

「二人とも、ご苦労だったな」

副団長は相変わらずの無表情で、二人の労をねぎらった。

ゲイルが心配するなというように、私の背中をぽんぽんと叩く。

私は副団長の前まで来ると、忘れかけていた従者《じゅうしゃ》としての礼儀を思い出し、彼に敬礼した。

「カノープス様には多大なる迷惑をおかけしまして、大変申し訳ございません」

私の精一杯の謝罪にも、副団長は眉一つ動かさない。

「副団長。僭越《せんえつ》ですが、ルイの監督責任は義父である私にあります。責任は如何様《いかよう》にも」

そう言って跪《ひざまず》いたゲイルに、私は悲鳴を堪《こら》えるのがやっとだった。

「いいえ、彼を騎士団に推挙《すいきょ》したのは私です。私が責任を取ります」

続くミハイルの言葉に、本気で涙目になる。

どうしてこんなことになってしまったのだろう。

二人の膝を汚す泥を見ていられなくて俯《うつむ》いたまま、私は唇を噛《か》んだ。

「二人とも、直れ。ルイの処分については、悪意なく厳正に行われる。私が保証しよう」

淀《よど》みない副団長の口調に、私は一層緊張感が増し、びくりと震えた。

言い終わると歩き出す副団長に、私も続く。

私は弾《はじ》ける寸前の風船のように不安を膨《ふく》らませながら、関係者用の暗い裏門から城内へ入った。

かつんかつんと、石で組まれた古い渡り廊下に冷たい足音がこだまする。

私は、二人と離された心細さと必死に戦っていた。

ヴィサ君は私の右上あたりを音もなく飛んでついてくる。

副団長の背中は、私を拒絶しているようにすら見えた。

彼は能率主義で冷徹《れいてつ》だと言われているが、情がない訳ではない。

副団長の部屋に飾った花が異様に長持ちするのは、副隊長がこっそり花に力を分け与えているからだと私は知っている。

その副団長の無関心な様子が、むしろ私を孤独にし、心に細《こま》かい傷を無数に作った。今すぐに立ち止まりたい衝動を堪《こら》え、彼のあとを追う。

しかし城の複雑な構造に、病み上がりの私はすぐにばててしまった。

早くあの背中を追わなくてはと思うのだが、踏み出す足には一向に力が入らない。

ヴィサ君が心配そうに顔の横まで下りてくる。

彼に心配をかけないようにと、私はどうにか笑みを作った。

すると、副団長が遅れている私に気づき、私とは比べようもない足の速さで戻ってきた。

私は逆光でよく見えない彼の表情に怯《おび》えながら、どうにか先へ進もうと気持ちを叱咤《しった》する。

その時、予想だにしないことが起こった。

副団長は私の目の前でしばらく考えるように立ち尽くしたあと、私の両脇に手を差し入れ、慣れない手つきで抱き上げたのだ。

しばらくは、何が起こったのかわからなかった。無意識に体を硬直させていると、副団長は不満そうに眉をひそめる。

「軽いな……」

「カ、カノープス様!?」

やっと出た声は、驚いて裏返ってしまっている。

「お前が病み上がりだと忘れていた。このまま連れていってやるから、大人しくしていろ」

「そんな訳には……」

「抵抗すると落ちるぞ」

そう言うと、副団長は私をしっかりと抱《かか》えて歩きはじめた。

ゲイルやミハイルならば私も慣れているのでなんとも思わないが、普段は絶対しない副団長にこんなことをされると、どうしていいか困ってしまう。

副団長はたぶん、子供を抱き上げたことがないのだろう。決して落とすまいとしっかり抱《かか》えるものだから、抱きしめられているみたいで私は狼狽《ろうばい》した。

騎士団所属なだけあって、筋肉もしっかりついている。

頭脳担当なのかと勝手に決めつけていて、すみません。

緊張がピークに達し、そのうえ予想外の出来事が起きて頭がパンクした私は、もうどうにでもなれと思った。

そういえば、副団長の様子や態度は、ある人を思い出させる。

それは親愛なるシリウス叔父《おじ》様だ。

二人とも身長が高いし、感情表現が苦手っぽい。

シリウスと副団長は、ゲームで関わりがあっただろうか？

私は首をひねったが、彼らの関係については何も思い出せなかった。

そうして私が黙りこんでいると、副団長がふいに口を開いた。

「悪かった」

「え……？」

「お前を訓練室に置き去りにしたことだ。何も知らないまま、最初から杖を扱える者はいない。お前も何もできないだろうと思っていた」

副団長の言葉に、私は目を見開く。

てっきり怒られるだろうと思っていた相手に謝罪されて、肩透《す》かしだ。だけど、確かに何も知らずに入団した六歳児が、いきなり魔導を使えるとは思わないだろうと納得する。

副団長は歩きながら、新入りにはまず貴族のプライドをとことんへし折ってから教育に入ることにしているのだと教えてくれた。

だから私のことも、『自分のできなさ』を認識させるために、あえて一人にしたらしい。

その話を聞いて、例の自分に嫌がらせをしようとする小姓《こしょう》の少年達を思い出した。

確かに彼らは、自分は貴族だという思い上がりがとても強いように感じる。彼らを教育するのは生半可《なまはんか》な労力では難しそうだ。

前世では居酒屋のバイトで新人教育をしたこともある私からすれば、そんな仕事真っ平ごめんだと思った。

あーいうやつらは、大抵すぐに仕事を放棄してくれやがるのだ。

……なんだ、副団長も苦労してるんだな。私は彼に中間管理職の悲哀《ひあい》を見た。

「いえ、自分の力が足りず、カノープス様にはご迷惑をおかけしました……」

ともあれ、本当に副団長を失望させた訳でも、私がおちこぼれな訳でもないとわかってほっとした。

私の口から疲れた声がこぼれ落ちる。

「つらいか？　少し我慢しろ。上に行ったら、治癒《ちゆ》魔導をかけてやる」

「え？」

その言葉に私は驚いてしまう。

「治癒《ちゆ》魔導は王家のお方以外使えないのでは……」

ゲームにそんな設定があったと思いながら言えば、軽く否定される。

「そんなことはない。お前だって使えるぞ。無論《むろん》、練習をすればだが」

副団長は、当然のようにそう言った。

「まさか」

「治癒《ちゆ》魔導は光属性だ。そして光属性というのは、人間では基本的に王族にしか現れない。というよりむしろ、光属性を持つ者が集団のリーダーとして台頭《たいとう》し、王族となって現在に至るというのが実際のところだろう。とにかく、お前も光の魔法粒子が見えるのだろう？　ならばお前は、光属性も備《そな》えているということだ」

「なるほど……」

ポン、と掌《てのひら》を叩きそうになった。

そうか。治癒《ちゆ》魔導は光属性で、私が光属性を持っているなら使うこともできるんだ。『王族の子孫だけ』という設定が頭にあったから、自分が使えるなんて考えたこともなかった。

それにしても、副団長はまるで自分が人間ではないかのような口をきく。

副団長が希少な光属性を備《そな》えているからではなさそうだと思いながら、私は彼の言葉を聞いていた。いくら使えると言われても、ゲームで主人公が使えなかったのだから、光魔導のペンタクルを私はまったく知らない。

「あ……」

――でも。

もっと早くそれを知っていれば、苦しむ王子に何かしてあげられたんじゃないか？

それだけじゃない。

何より、病《やまい》で死んだ母親を救えたかもしれない。

突如《とつじょ》、そんな後悔が私に重く伸《の》しかかる。

鼻につんときて、私は思わず副団長の胸に顔を埋《うず》めた。

「どうした？」

副団長を驚かせてしまったようだが、私は涙を止められなかった。

『リル!?　どうした！』

狼狽《ろうばい》したヴィサ君の声。

もしも、もっと早くこの力に気づいていたら。もっと早く、前世の記憶を取り戻していたら。

『もし』を何度も繰り返してしまう。繰り返すほどに、心は重く、考えは暗く沈んでいく。

「すみま……せ……」

泣きやもうと思うのに、母親の死に際が頭に浮かんで離れない。

冷たくなった手や、疲れた張りのない膚《はだ》。

落ち窪《くぼ》んだ目で私を見て、愛していると言った。

私にも母を救えたかもしれないという動揺《どうよう》。そして積み重なった緊張と、ゲイルとミハイルに迷惑をかけたという罪悪感に、自分が死ぬかもしれなかったという恐怖。

すべてがごちゃ混ぜになって、堪《こら》えようもなくどんどん涙が溢れ出た。

押し殺した嗚咽《おえつ》が、回廊《かいろう》に響く。

泣きやまない私を、副団長は自分のマントで覆《おお》って運んでくれた。

私は優しさに甘えて、彼の胸でしくしくとみっともなく泣いてしまう。

そうしてどれくらい運ばれたのか。風船みたいに膨《ふく》れ上がった悲しみが急速な勢いで萎《しぼ》み、気恥ずかしさだけが残った頃、副団長の足が止まった。

「ここだ」

副団長の囁《ささや》きに身じろぎする。

彼の目的地がどこだったのか、そういえば知らない。私はきっとひどい顔をしているだろうから、それどころではない。とにかく急いでマントの下で頬を拭《ぬぐ》う。

マントが取り払われると、そこは騎士団本部の前だった。

見覚えのある植物が、建物全体を覆《おお》っている。

「わあ……」

私は思わず――その美しさにため息を吐《つ》いてしまった。

初夏の眩《まぶ》しい光の中、蕾《つぼみ》が次々と花開いていく。

「これは……」

その突然の開花に、副団長も驚いた様子だった。

テリシアは日本の雪柳《ゆきやなぎ》に似ている。柳のごとく垂れた細い枝に、白い花を無数に咲かせる植物だ。

しかし本部に咲いたそれは桜みたいな薄紅《うすべに》色で、花弁もちょうどそれぐらいの大きさだった。まるで枝垂《しだ》れ桜が、本部の壁を覆《おお》ってしまったかのようだ。

「お前の魔力に反応しているのかもしれんな」

副団長はそう言うと、ゆっくりと私を芝生《しばふ》の上に下ろした。

「さて、そこの犬、シリウス様を呼んできてくれ」

副団長が声をかけたのは、なんと私についてきていたヴィサ君だった。

『なんで俺が!?』

憤慨《ふんがい》するヴィサ君だが、私はそれよりも副団長にもヴィサ君が見えていたのかと唖然《あぜん》とする。

「お前が行かないのなら、私が行くしかないか。その場合ルイを連れて歩けんから、その辺の木にでも縛《しば》りつけていくことになるぞ」

「く……ッ！」

確かに、今の私は重要参考人だものな。

見張りもなく私を置いていける訳はないし、あたりには人通りもなく警備兵もいない。

でもだからって、木に縛《しば》りつけるなんて面倒なことを副団長がするだろうか？

ぼんやりと考えているうちに、ヴィサ君はちらりと私の顔を窺《うかが》うように見たあと、すごい勢いで王城の方角へと飛んでいった。

……私以外にも使われちゃうなんて、ヴィサ君は結構パシられ気質だ。

「扱いやすい精霊だな」

「それ、本人には言わないであげてください」

先ほどまでの緊張とかその他もろもろが、どこかへ行ってしまった気がする。私はすっかり肩の力が抜けていた。正直、もうどうにでもなれだ。

「ルイ」

「はい」

「お前は……」

何かを言いかけた副団長だったが、その時ちょうど、彼を呼ぶ声があった。

二人揃《そろ》って振り向くと、そこには見覚えのある顔が手を振っていた。名前までは覚えていないが、おそらく隊長格の騎士団員だろう。

副団長は少し私を気にする素振りを見せたが、ここで待っているようにと言い置いて、彼のほうへ行ってしまった。

おいおい、これじゃヴィサ君がシリウスを呼びに行った意味がないだろ。

そう思うけれど、どうせこの体では逃げようもないし、第一逃げる気もない。私はその場で大人しく待っていた。

何やら緊急の案件らしい。しばらくその男と話すと副団長は一緒に寮のほうへ歩いていってしまった。

私は本部の建物に近づき、美しく花の咲き誇《ほこ》る木を見上げる。

その花は、人に危害を加える植物にはとても見えない。

桜に似た姿に、私の心には懐《なつ》かしさが溢れた。

この世界に桜はない。

見ていると、日本人である私の根っこに深く深く刺さる。

おもむろに、枝の一本に触《ふ》れてみる。成長を続けていた時とは違い鉄のように硬いそれは、まるで建物を飾るただのオブジェのようだった。

私がその枝に指先から微弱な魔力を流しこむと、枝はポロリと落ちて芝生《しばふ》に転がる。

それを拾い上げると、中にはアロエみたいな半透明のゼリー状の葉肉——いやこの場合は枝肉だろうか、とにかく何かが詰まっていた。

匂いを嗅《か》ぐと、少し青臭い。

それはヴィサ君を助けようとした時、口の中で溶けた粘液《ねんえき》と同じ物質のようだ。

もしかしてと思い、私はその液体を少しだけ肌に塗りつけてみる。

それは前世で使っていたオール・イン・ワン・ジェルのように、すぐに肌に馴染《なじ》んで見えなくなった。心地よいその感触に、私は自分の考えが正しかったことを知る。

その時——

季節外れな上に場違いなお花見と小さな実験をしていた私のところに、複数の人影が近づいてくる。

最初は副団長かと思ったが、明らかに小さい。

何事だろうと思い体ごとそちらに向ける。すると私が逃げると思ったのか、彼らは急にスピードを上げて私のそばまでやってきた。

ちらりと脳内をかすめた通りの人物で、私はがくりと肩を落とす。

豚鼻と吊り目を先頭にした、男の子達。

彼らは私を嫌う小姓《こしょう》の一団だった。

「おいおい、厄介者《やっかい》が来たぜぇ」

ははあと息を荒らげながら、彼らは口元に嫌な笑みを浮かべている。

いや、今来たのはむしろ君達のほうですよ。

「外では『魔力の暴走による事故』ってことになってるがなぁ……。お前がやったってのは、みんな知ってるんだよ。この悪魔《ディボロ》め」

貴族の子息たる彼らが下町のスラングを知っているのは意外だったが、下民街《げみんがい》育ちの私はスラングなぞ怖くもなんともない。さあ怯《おび》えろと言わんばかりの彼らに申し訳ないと思いつつ、私は何と言っていいかわからず口を閉じていた。

それにしても、対外的にはそういう説明になっているのか。

「黙ってんなよ、あぁ！」

一人が、まるで粋《いき》がったヤンキーのような声を出す。

はいはい。煮るなり焼くなり、好きにしてくださいよ。それであんた達の気が済むのなら。

どうせ処分を受けるとわかっている私は、やさぐれた気分で彼らをにらみつけた。

むしろここでリンチを喰《く》らえば、少しは国王の同情を得られるだろうか？

「へへ、痛い目見せてやるよ」

そう言って振り上げた豚鼻の手には、赤いガラスペンが握られていた。

「それは……！」

ようやく狼狽《ろうばい》した私の姿に、少年達が嗤《わら》う。

ペンに豚鼻の魔力が流しこまれるのがわかった。ペンはきらきらと輝き、一層綺麗《きれい》に赤く染まる。

副団長がしていた、新入隊員の躾《しつけ》の話を思い出した。

いくら私より年上といっても、小姓《こしょう》が騎士団の訓練を受けているはずがない。他にペンを出す者がいないところを見ても、それは彼らに正式に与えられたものではないのだろう。その証拠に、ペンに注《そそ》がれた魔力はダマとなって、こぼれることなくぎゅうぎゅうとペン先を圧迫《あっぱく》している。

「魔導が使えるのはな、お前だけじゃないんだよ！」

――どうやら私は、彼らの変なプライドを傷つけてしまったようだ。やばい。

「それなら何度でも謝るから、どうかそのペンを捨ててくれ」

必死に叫ぶが、彼らは私を嘲《あざけ》るばかりで一向に取り合わない。

いっそ彼に飛びついてそのペンを振り払いたい衝動に駆《か》られる。けれど、少し歩いただけでバテてしまう今の体力では、それはできない相談だった。

私が歯噛《はが》みしていると、やがて異変に気づいたのか、豚鼻の表情に焦りが見えはじめる。

「早くやめないと、大変なことになるぞ。早くペンから手を離せ！」

私の忠告は、豚鼻以外にはどこ吹く風だ。

「あいつ怖がってら」

「やっちまえアニキィ」

貴族の子供が精一杯悪ぶっているのに、吐き気がした。アニキと呼ばれた豚鼻の少年は、焦っているのに煽《あお》られてやめることもできず、だんだんと顔を赤くしている。

そんなくだらないやりとりの間に、ペンに蓄積された魔法粒子が今にも弾《はじ》けそうになっていた。

「手を離してったら!!」

私は思わず女言葉で叫んだ。

それと同時に、小さな破裂音が響いてペンが割れた。

中から暴走した火の魔法粒子が飛び出てくる。さらにボボボッという火炎放射器のような音が続き、豚鼻の手は炎に包まれた。

「わぁ！　あぁぁぁ！」

彼は叫び声をあげる。その後ろにいた舎弟《しゃてい》達は、ある者は尻餅《しりもち》をつき、ある者は逃げていく。

――あたりに水源はない。

先日の件で魔力を使い果たしていた私は、着ていた分厚い上着を脱ぎ、それでバタンバタンと少年の手を叩いた。服の内側から、鼻を摘まみたくなるような臭いが立ちのぼる。人の肉の焼ける臭いだ。

「君も！　早く！」

尻餅《しりもち》をついて残っていた舎弟《しゃてい》に呼びかけると、しばらく茫然自失《ぼうぜんじじつ》としていた彼も上着を脱ぎ、恐る恐るこちらへやってきた。

「力いっぱい叩いて！　火を消すんだ」

少年はベソをかきながら服を叩きつける。その下では、聞いているこちらがつらくなるような、くぐもったすすり泣きが聞こえはじめていた。

何度も何度も、しつこいほど服を振りおろし、煙がほとんどなくなった頃、私はようやく手を止めた。それにつられるように、向かいにいた少年も手を止める。

煤《すす》だらけで焦《こ》げついた上着の下からは、泣きじゃくる少年が現れた。彼の手は火傷《やけど》で赤黒くなり、皮膚が剥《は》がれたのか生々しいピンク色の肉が見えていた。

水で冷やしてあげたいが、残念ながら近くに水場はない。子供二人の力では、体格の大きな彼を水場まで運ぶのは難しそうだった。

——一か八か。私は先ほどの思いつきを試すことにした。

すすり泣く少年に寄り添《そ》い、大丈夫だと声をかける。

そして騎士団本部の壁に絡みついていたテリシアの枝に手を伸ばす。

今の爆発でもまったく損傷していなかったそれに、先ほどのように微量の魔力を流しこみ、今度は太めの枝を落とす。

「ナイフは？」

小姓《こしょう》が普段持っているはずの装備を問うと、呆然と立ち尽くしていた尻餅《しりもち》少年があわてて私にナイフを手渡した。

それは手紙を開封するためのペーパーナイフだったが、充分だ。

私はその刃に魔力を通しながら、丁寧にテリシアの枝に切れ目を入れていく。

すると驚くほどすんなりと樹皮が剥《む》け、半透明なゼリーがこぼれる。私はそれを、遠慮なく火傷《やけど》の上に落とした。

「わぁぁ！」

冷たいのだろう、彼が驚きの声を上げる。

感覚があるようなら、まだ火傷《やけど》はそれほどひどくないはずだ。

私は慎重に、彼の火傷《やけど》にその葉肉を伸ばしていく。

患部に指が触《ふ》れてしまわないように気をつけながら、半透明のゼリーで火傷《やけど》を覆《おお》う。

――すると間もなく、少年達の目は驚愕《きょうがく》で見開かれることになった。

最初に葉肉が落ちた場所からどんどん肉が盛り上がり、火傷《やけど》が治癒《ちゆ》していく。

少年の口からは、悲鳴のような困惑のような、奇妙なため息がこぼれた。

私も、肉が再生していく様子には吐き気を感じる。

キッチリ歯を食いしばって動揺《どうよう》が漏《も》れないように注意しながら、手を離す。

それにしても、最近の私は歯を食いしばってばかりだ。これで歯が弱くなったり歯肉《しにく》炎《えん》になったりしたら、どうしてくれよう。この世界に歯医者はいないのに。

そんなことを考えつつ、私はハンカチを出して手を拭《ぬぐ》った。

そうしている間にもみるみる傷は塞《ふさ》がり、やがて少年の腕にはシミ一つない、滑《なめ》らかな肌が戻ってくる。まさかここまでの効果を発揮するとは思っていなかった私は、驚きのため息をこぼした。

「これは一体……」

豚鼻君のつぶやきが落ちた時、こちらに走ってくる影があった。

今度こそ、それは我らが副団長様。先ほどの男と、それから逃げ出した小姓《こしょう》達も一緒だ。

小姓《こしょう》達は口々に「火傷《やけど》が！」とか「こいつが！」とか叫ぶ。しかし横になり黒焦げの服を纏《まと》っていても傷一つない様子の少年に気づき、やがて静かになった。

「とにかく、彼を救護室へ」

副団長が命じると、隊長格の男におぶさられて豚鼻君は行ってしまった。

そして、残されたのは私と小姓《こしょう》の少年達だ。

彼らは私を気味悪そうに見ている。

自分達がけしかけてきたくせに、本当に勝手だよな。そう思いつつ、私は騒ぎを起こしたことを副団長に謝罪した。

「お騒がせいたしまして、大変申し訳ありません」

「あ……！」

そこに、先ほどナイフを貸してくれた尻餅《しりもち》君が滑りこんできて、跪《ひざまず》いた。

「彼は、ルイは悪くありません。彼にリグダは助けられたんです！」

おお、豚鼻君はリグダというのか。初めて知った。

というのは置いておいて。私は先ほどまで、「粋《いき》がってるクソガキが」と思っていたうちの一人からフォローされて、不覚にも感激してしまった。

「わかった。詳《くわ》しい話はあとで聞こう。とにかく、お前達は主人のもとに戻れ」

まだ何か言いたいことがある様子の彼らだったが、副団長のにべもない態度に心挫《こころくじ》かれて、すごすごと去っていった。

「さあて、どういうことか説明してもらおうか？　ルイ・ステイシー」

いつもの平坦な口調の副団長であるものの、その目は鋭い。

私は思わず、一歩引いてしまった。

こちらはさっきの騒ぎで疲労困憊《こんぱい》なのに、ちょっと怒り気味の副団長の相手をするのは荷が重い。

——そこに。

『リルー！』

タイミング良くというか、悪くというか、ヴィサ君がシリウスを連れて戻ってきた。

今日のシリウスはエルフの麗《うるわ》しいお姿だ。

ヴィサ君は煤《すす》だらけの私を見て目を丸くし、周囲を飛び回る。

『どうしたリル！　こいつに何かされたのか！』

ちょ、そんな誤解を招くようなことを……

「これはどういうことだ！　カノープス！」

ほらみろ。やっぱり誤解したじゃないか。私は残念なほどに叔父《おじ》馬鹿を発揮するシリウスを見て、ため息を吐《つ》いた。

「どういうこと……とは？」

副団長の訝《いぶか》しげな言葉が終わるか終わらないかのうちに、私を衝撃が襲った。反射的にぎゅっと目をつむる。

「わあっ！」

うう、お腹に圧迫感が……

目を開けてみると、今度は視界いっぱいにシリウスの美麗《びれい》な顔が飛びこんできた。

どうやら今度は、シリウス叔父《おじ》様に抱きかかえられてしまったらしい。

「リ……ルイ、一体何があった？　この男に何かされたか？」

心配そうなシリウスの顔のドアップは、目に毒だった。

こんな時に限って、なんでいつもの地味な容姿じゃないんだ。

私は先ほどまでの緊張感が吹き飛ぶ勢いで、動転してしまった。

「な、なんでもないです！」

ペチ！　という音がして、気づけば右手でシリウスの顔を押さえていた。

だって、これ以上近づかれると怖い。

しかし彼は明らかに傷ついた顔になった。

ご、ごめんなさいごめんなさいごめんなさい！

私は涙目、ヴィサ君はにやにや笑いだ。

『拒絶されてやんの～シリウス。だっさ』

や、やめようよヴィサ君、シリウスに喧嘩《けんか》売るの！

この人怒るとマジで怖いって設定なんだよ！

もう何が何やらだ。

とにかく、私は足をばたばたさせて下ろしてくれと意思表示をする。シリウスは不承不承という様子で、私を地面に下ろした。

「お騒がせしてすみません、シリウス様。これにはちょっとした事情が……」

「叔父様《おじ》とは、もう呼んではくれないのか？」

シリウスの言葉に、私はぎょっとして副団長を見た。

それは言わない約束じゃないか！　副団長に聞かれてるんですけど！

「そいつならば気にすることはない。私の姉の息子だ」

「えぇ!?」

今日はなんだか驚いてばかりだ。

シリウスが顎で指しているのは、まさしく我らが副団長様。

驚きのあまり、私の声は裏返っていた。

だってシリウスはエルフで、副団長は人間なのでは？

私の驚きに答えるようにシリウスが手をかざすと、一瞬にして副団長の姿が変わった。

耳が尖《とが》り、黒髪も長く伸びている。もともと男前だった顔は、さらに端整《たんせい》さと華やかさを増した。

副団長は不満げだ。

「私の正体を教えるとは聞いていません」

「口答《くちごた》えができる立場か。口を慎《つつし》め」

シリウスが鋭く言った。

どうやらあまり仲のよくない叔父《おじ》と甥《おい》らしい。

いやその前に、こんな誰の目があるかわからないところで副団長の姿を変えてしまって、大丈夫なのだろうか？

そんな私の不安を読み取ったのか、シリウスが自慢げな顔をした。

「術がかかってるのはリルの目だけだ。これで今後は、私もカノープスも真の姿で会うことができるぞ」

いや、威張《いば》ってますけど、別に嬉しくないし、それ。

すっかり脱力した私の頭に、ヴィサ君がのる。

『それで、これはどういうことなんだ？　なんでリルはそんなに黒焦《くろこ》げなんだよ？』

「これは……先ほど不測の事態がありまして、火が出たために上着で消火いたしました」

なんとなく、あの少年達を告げ口するのは気が引けて、原因はぼかした。

それにしても、せっかくゲイルに新しく仕立ててもらったというのに、またしても服がぼろぼろになってしまった。お世話になっている分際で、私は本当にダメだなとがっくりする。

「先ほどの少年。あれもお前の仕業《しわざ》か？」

疑いの目で見てくる副団長に、どう返事をすべきか悩んだ。

「……いえ、彼が魔導術に失敗して、補助具が暴走しまして……」

「そっちじゃない。あの少年の火傷《やけど》についてだ」

遮《さえぎ》るように言われ、私は目を丸くする。

「あの少年、衣服があんなに焼けていたのに火傷《やけど》一つなかった。お前が治癒《ちゆ》魔導を使ったのか？」

「いえ、それは……」

私は言いながら本部の壁に近づいた。

「これを使いました」

言いながら、太いテリシアの枝を手に取る。

二人のエルフに、小さな驚きの表情が浮かんだ。

私は彼らの目の前でその枝に微量の魔力を流し、枝を落とした。薄紅《うすべに》の花びらが舞う。

「みな様にご迷惑をおかけしたこの植物ですが、意識を失う前、私はこれに『植物召喚』とは別の魔導をかけました」

「ふむ」

枝を差し出すと、副団長がそれを手に取る。

「それは、『守護』の魔導です。成長が止められないのならばせめて、この建物を、そしてそこにいる人々を守るようにと」

『守護』のペンタクルは、ゲームでも最後に出てくる重要度の高いものだった。

シチュエーションとしては攻略対象が戦争に赴《おもむ》く際、愛する彼に贈るハンカチに刺繍《ししゅう》する――というベッタベタな展開で……

「『守護』は代々国王のみが受け継ぐ光魔導だ。なぜお前が知っている」

不機嫌そうな副団長に問われ、私はげげっ、となる。

あれがこちらの世界でもレアなものだとは思わなかった。

そんなことわからなくて、あの時はただ必死だった。護《まも》ると言って思いつくのが、『守護』のペンタクルだけだったのだ。

なぜ知っているかなんて、当然答えようがない訳で――

「それで、どうして『守護』を施《ほどこ》した植物が、火傷《やけど》を治癒《ちゆ》すると思ったのだ？」

話に割って入ってきたのはシリウスだった。

助かったとばかりに、私はその質問に飛びつく。

「確信はありませんでした。ただ口内炎が……」

「『こうないえん』？」

口内炎を意味するこちらの単語を知らない私は、説明が面倒なのでスルーした。

「はい。あの植物に『守護』のペンタクルを刻《きざ》み、意識を保つために口の中の肉を噛《か》んでいたのです。そのあとにあの粘液《ねんえき》を口にしたら、中の傷がなくなっていたので……」

「そんなことが」

顔を見合わせる二人に、そこまで常識はずれのことをしてしまったのかと不安になる。

いや、確かに、建物を突き破るほどの巨大植物を生《は》やしておいて、今さら非常識と言うのもおこがましいぐらいの事態ではあるんだけど。

「ルイ……いや、リル。君に話さなければならないことがある。聞かなければならない

こと も」

真剣なシリウスの顔に、私は気持ちを引き締めて口を開いた。

「王宮内で騒ぎを起こし、騎士団本部に被害を与えた責任、如何様《いかよう》にも……」

シリウスは魔導省の長官だ。この国のすべての魔導に対して、管理し監視する権限を持っている。私が起こした騒ぎは明らかに何らかの処罰に該当するはずで、私はその責任を自分で負いたいと思っていた。

間違っても、ゲイルやミハイル、それに副団長に肩代わりさせる訳にはいかない。

「ルイ！　それは違うと……」

「それでは周囲が納得しないでしょう」

言いながらも、私の指は震えていた。

王宮内で騒ぎを起こした罪を、私の命で償《つぐな》えと言われてしまったらどうしよう。

私は目的も果たせないまま……何も成《な》せないまま、死んでいくのか。

恐ろしくてシリウスの顔を見られずにいたら、彼は腰を屈《かが》めて私の両肩に手を置いた。

まるで言い聞かせるかのように。

「本部は大分姿が変わってしまったが、それほど責任を感じることはない。先だって、調査の結果が出た」

「調査、ですか？」

「ああ。その結果も踏まえて、このテリシアは撤去せずにそのままにすることが決まった。王宮の持ち主《ぬし》である王も、それを承認した。このテリシアは設備として有益であると」

「……え？？？？」

いまいちシリウスの言っている意味が理解できず、私は首を傾《かし》げた。

「このテリシアは、私がベサミに命じて設置させた治癒魔導装置ということにする。その効果も実証されている。今後、君には一切、関わりがないことになる」

「治癒《ちゆ》魔導装置？　叔父《おじ》様が命じてって……」

あまりに想像とかけ離れた展開に、私は目を白黒させた。

「驚くべきことに、このテリシアには自分の身を守るために、外敵からの魔導攻撃を無効化する機能が備《そな》わっている」

「無効化、ですか？」

シリウスは珍しく笑顔を見せて続ける。

「ああ、原因はわかっていなかったのだが、『守護』のペンタクルと聞いて納得《なっとく》した。さらに外傷の治療薬になるとなれば、騎士団にとってもかなり有益だ。他の部署や他の国にも必要とされるはず。だからリル、気に病むことはないんだよ。むしろ胸を張っていい。騎士団本部はこのテリシアのおかげで防御力が向上した。近く実験を重ね、他の建物へも同じことができないか、検討に入るつもりだ」

――そんな。そんな都合のいい展開があるのだろうか？

その場にへたりこみそうになった私を、シリウスが支えた。

私はもう訳がわからず、薄《うす》ら笑いを浮かべるより他にない。

先ほどまでの覚悟が、ガラガラと音を立てて崩れていく。

「このことを君の手柄として発表できなくて、すまない……上の人間を納得させるには、どうしても私の名義でなくてはならなくてな」

「いえ、いいんですそれは全然」

緊張していた肩から力が抜けた。

なんだか疲労がどっとこみあげてくる。

「さて、それでは本題に入る前に、場所を移すとしよう」

え、本題？　今のが本題ではなかったのか？

そんな疑問を持った私が連れていかれたのは、騎士団本部の裏手にある東屋《あずまや》だった。

少し古ぼけてはいるが、しっかり手入れされていて、お花見をするには恰好の場所だ――こんな時でなければ。

私はイケメンを通り越して秀麗《しゅうれい》なエルフにまっすぐ見つめられ、尋問を受けていた。

「リル。君に聞きたいことがある。以前、私と真の姿で対峙《たいじ》した時も今日も、君は動揺《どうよう》せずすぐに私を叔父《おじ》だと認識したな。それはなぜだ？」

突然の質問内容に、私は一瞬意味がわからず、答えることができなかった。

頭をどうにか働かせ、シリウスが言っている内容を理解しようとする。

そういえば確かに、騎士団に初めて来た日、彼にばったりと出くわした。あの時も今日も、シリウスの術を使っていない真の姿を見ても、特に驚いたりはしなかった。

なぜなら、それはゲームスチルで彼の姿を見ていたからだ。

でもシリウスからしてみれば、確かにそれは奇異に映ったことだろう。

私は言葉に詰まった。

まさか今そんなことを聞かれるとは思ってもいなかったので、言い訳を用意していない。

『この世界は前世でプレイしたことのあるゲームの世界だから』と本当のことを言っても、信じてもらえるとは思えなかった。

黙りこくる私を、シリウスは宇宙のような奥ゆきを感じさせる目でじっと見つめた。

「それは、知っ﹅て﹅い﹅た﹅からか？」

「な、何を」

問われて、動揺《どうよう》してしまう。

「まずは、そうだな。すでに気づいていたかもしれないが、私はリル、君と血縁関係にない」

「はい」

まあ、でしょうなぁ。

私はエルフじゃないし。

あっさりとした私の反応に、シリウスはちょっと肩透《す》かしを食らったみたいだ。

「……私が君のもとに身分を偽《いつわ》ってまで通っていたのは、君を想ってのことだけではない。強大な力を持つ君とその父親の動向を見張るためでもあった」

「見張るため……ですか？」

その言葉に、私は少し傷ついた。

そりゃ、よく考えてみれば、私って無意識に精霊を召喚しちゃった危険人物ですもんね。見張っておかなきゃ危ないですよね。むしろ監禁されなかっただけ、ありがたいと思わなくちゃやだ。

そう思いながらも、知らず気持ちが顔に出ていたのか、シリウスも悲しそうな顔になった。

「だが、義務だけで君のもとに通っていたとは思わないでほしい。私はあと少ししたら、正式に君のことを引き取るつもりだった。監視対象としてではなく、君の安全を確保するために本当の家族として」

珍しく口数の多いシリウスに、面食らう。

それは副団長も同じようで、目を丸くしてシリウスを見ていた。

「しかし、君はいなくなってしまった。魔法で探知しようにも、教会の移動のペンタクルを通ったらしく追跡できなかった。あとはそこの忌々《いまいま》しい精霊が邪魔《じゃま》をしていたというのもあるが……」

そう言ってシリウスはヴィサ君をじろりとにらんだ。ヴィサ君はといえば、涼しい顔でしっぽを振っている。

何やらこの二人――一人と一匹――には因縁《いんねん》がありそうだ。

ヴィサ君もかわいいだけじゃないなんて、やるな。

それにしても、探知を邪魔《じゃま》してたってのはどういうことだろう？

「そんなことしてたの？　ヴィサ君」

『だってリル、あの村で楽しそうに暮らしてたじゃん。だったら連れ戻されるより、そっちのほうが幸せかなって思ってさ』

らしい。

うーん、どうやらヴィサ君は私のためを思ってシリウスの捜索《そうさく》を妨害《ぼうがい》してくれていたらしい。

私自身は王子のお役に立つために王都に戻りたいと思っていた訳だけれど、確かに最初はあの村でのんびりアルとエルと暮らす生活も楽しかった。

ヴィサ君は何も考えてないようで、実は考えてるんだなぁと感心する。

「そっか、ありがとね」

そう言って撫《な》でてやると、ヴィサ君は気持ちよさそうな顔をする。一方でシリウスは非常に不愉快《ふゆかい》そうな顔になった。

どうにもそりの合わない二人らしい。

「とにかく、私は一度君の存在を見失ってしまった。そして次にようやく感知できたのは、君が入城してからだ。そしてその間に、君の気配は少し変質した」

「変質……ですか?」

「ああ、もともと君は人間には珍しく多くの属性を持っているが、特に闇の属性が強くなったようだ。灰月《はいげつ》だったからかとも思ったが、それにしては強すぎる変化だ」

月によって強い属性というのは変わる。黒月《こくげつ》、闇月《あんげつ》、色濁月《しょくだくげつ》、灰月《はいげつ》は闇の属性が特に強くなる月で、草木も眠り日も短くなるのだ。この時期は闇の精霊の活動が活発になるので、人々はあまり外を出歩かない。

闇の精霊の中でも魔族と呼ばれる者達は、目には見えない。彼らは心の弱っている人間につけこみ、乗っ取ってしまうことがある。それらは闇患《やみわずら》いと呼ばれ、この世界では古くから恐れられていた。

人間は自分の属性の月がくると魔力が上がったり、逆に相性の悪い月には調子が出なかったりする。私は闇の属性があるから、当然その四月《よつき》の間は闇の力が強まっていたはずだ。自分では自覚がないけれど。

しかしシリウスは、私の変化はそれ以上であるという。

「何か、闇の眷属《けんぞく》に関わることがあったんじゃないか？」

そう問われて、私は村での出来事を思い出した。

そういえば、国境線を侵《おか》してカシルに闇の精霊を仕込んだ精霊使いは、どうしているのだろう？

ここのところ仕事と勉強が忙しすぎて、すっかり忘れていた。

「村で起こった件については、騎士団から報告を受けている。そうだな、カノープス？」

「ええ、捜査した団員の報告書に、闇の精霊使いの仕業《しわざ》である可能性が指摘されていました。しかし精霊使いは、何百年も前に排斥《はいせき》された一族です。生き残りがいるとは、とても」

「その生き残りがいて、なおかつそれの属性が闇であったとするならば、それは由々《ゆゆ》しき事態だ。ヴィサーク」

『あー……精霊使いなんてふざけたもん、昔、徹底的にぶっつぶしてやったつもりなんだがな。まだ残ってたとしたら、胸糞《むなくそ》悪いぜ』

「ヴィサ君、言葉遣い」

そう言って、私はヴィサ君のしっぽを掴《つか》む。

これは青星によくやったお仕置きだ。ヴィサ君は面食らったように黙りこんだ。

その様子を見たシリウスは、なぜか複雑そうな顔をしている。

「さっきから話している、その、精霊使いというのは……」

なかなか口を挟《はさ》めず置いてきぼりをくらっていた私は、初めから思っていたその疑問を口にした。

いい加減ヴィサ君が焦《じ》れてきているので、しっぽからそっと手を離す。

「精霊使いというのは、数百年前まで地上を支配していた一族だ」

シリウスの言葉に、私は驚く。

「でも、歴史の授業ではそんな……」

「彼らは歴史から抹消《まっしょう》された一族だ。しかし実際には、その圧倒的な魔力と代々受け継ぐ特殊《とくしゅ》な術式でもって、時の権力者と結びつき、絶大な権勢を振るっていた。あれは、人であって人であることを捨てた者どもだ。精霊使い達は、自分の、あるいは他者の命を糧《かて》に精霊を力業《ちからわざ》で従わせることができる。高位の精霊達はその存在を疎《うと》ましく思っていた。だから人間界にいた私と協力し、使役されていた精霊に反逆を起こさせ、一網打尽にした」

『俺の眷属《けんぞく》も捕まってたやつがいたからなー。長《おさ》としては放っておく訳にはいかなかったのよ』

つぶやくヴィサ君を無視してシリウスは小さく咳《せき》払いすると、じっと私を見つめた。

「それで話を戻すが、私が初めて君を下民街《げみんがい》で見つけた時、君はヴィサークを召喚し我を忘れていた。そしてその時放出していた魔力は、非常に高密度だった。解析《かいせき》室からの報告も受けているが、君の能力は正直底が知れない。一言でいうならば、人間ではありえないレベルだ」

「人間じゃないのですか？　……私」

思いもよらなかった話の展開に、呆気《あっけ》にとられてしまう。

人間じゃないと言われたら、じゃあ、なんなのだろう？

お母さんは普通の人間だったと思う。父親は、顔もよく覚えていないが。

「君が精霊やエルフか……あるいは精霊使いの生き残りだとしたら、私の顔を知っていても納得できる。どうだろうか？」

私は、疑われているのだろうか？

その、今知ったばかりの精霊使いであると？

そんなことを聞かれても、戸惑《とまど》うより他になかった。

「えーと、自分では人間のつもり、です。母親は死んでしまっているので、詳《くわ》しくはわかりませんが……」

否定したくても、私はその材料を持たなかった。

だからと言って『この世界は前世でプレイしていた乙女ゲームだから』真の姿のシリウスを知っているだなんて、答える訳にもいかない。

——どうしようか。

「シリウス様のことは……その、声でそう認識しました。私は病気がちだったので、正直声以外の記憶が曖昧《あいまい》で……」

うん、苦しいけどこれしかない。

「そうだったのか……」

無理かなーと思いつつシリウスの顔を窺《うかが》うと、なぜか感極まったような顔になっていた。

え、それ、どういう反応？

そんな穴だらけの尋問《じんもん》で大丈夫か？　シリウスに少しの不安を感じた。

「とにかく、今はその闇の精霊使いを警戒しなければならないということだ。そしてルイはその闇の精霊使いに狙《ねら》われている可能性がある」

しばらく何かを噛《か》みしめていたシリウスにしびれを切らしたようで、副団長が話の内容をまとめる。

ここに辿《たど》りつくまで、やけに長い前置きだった。

っていうか――

「狙われ……って私ですか⁉」

さっきの話の流れで、なぜ私が狙われていることになるのか、まったく理解できない。

「言っただろう。気配が変質していると」

「はあ……」

どうにかいつもの調子を取り戻したシリウスが、尊大に言った。

しかし失った威厳《いげん》は、そう簡単には戻ってこない。

つい、私の返事は気の抜けたものになった。

「私の気のせいならばいい。しかし、リルの気配が変容して闇の属性が増しているのは、その精霊使いに目印をつけられたからという可能性がある」

「目印……」

「そうだ。こんなことは言いたくない。でも、君の利用価値は計り知れない。今回のことでその利用価値はさらに増しただろうしな」

シリウスは難しそうに言う。

「リル。君の意志は尊重したいが、やはり私のところに来るべきだ。君を失うことは我が国にとっても損失になる。だからどうか、聞き分けてくれ」

すまなそうな顔をするシリウスに、私も申し訳なくなった。

騎士団にいたいというのは私の我儘《わがまま》なのかもしれない。

シリウスのもとにいれば、騎士団から這《は》い上がるよりもっと早く、王子の役に立てるようになるかもしれないし。

けれど、その選択は私にとって魅力的ではなかった。

もちろんシリウスが嫌いな訳ではない。好きだし、感謝もしている。

だからこそ、彼に寄りかかるばかりの人生なんて、嫌だった。

おんぶにだっこで頼ってばかりの人生に、何の価値があるだろう？

我儘《わがまま》だと承知の上で、そんな人生は嫌なのだ。

答えを口にしかねていると、私に救いの手が差しのべられた。

「彼女を守るならば騎士団でも問題ないでしょう？　私がいるのですから」

その言葉に、私は耳を疑った。

思わず声の主《ぬし》である副団長を見上げる。

彼は私を一瞥《いちべつ》しただけで、ふいっと視線をそらしてしまった。

「何を言う。現にリルは今回、騎士団内で問題を起こしただろう」

シリウスの反論が胸に刺さる。

いや、悪気はないんだろうが。

「言い訳をするつもりはありません。その件に関しましては私の失態です。今後は彼女の能力も視野に入れて、しっかり指導したいと思います。だいたい、護《まも》るのでしたら騎士団のほうが本職ではありませんか？」

「そんなことをして、お前になんの得がある？　人間と関わるのは苦手だろう、カノープス」

「それはそうですが、私も彼女から学んだことが多くあります。そしてこれからも、彼女に学びたいと思う」

「お前……」

副団長の思わぬ言葉に、私は感動してしまった。

ずっと、私は彼にとって邪魔者《じゃま》だろうと思っていた。

力もなく、部屋を掃除して花を飾るくらいしか能のない従者《じゅうしゃ》だ。団長に押しつけられていやいや面倒を見ていたというのが、本当のところだろう。

でも彼は、たかだか六歳の私に『学んだ』と言ってくれた。

なぜだろう、嬉しいのに、顔から火が出そうなほど恥ずかしい。

今まで騎士団でやってきた頑張りを、この人は確かに見てくれていたのだ。

「我儘《わがまま》を言って、申し訳ありません。でも、私はすでに騎士団の一員です。一度入ったからには最後までやり遂《と》げたいと思います。どうかお許しください」

私は立ち上がって、頭を下げた。

そしてしばらくの間、沈黙が落ちる。

衣《きぬ》ずれの音がして、シリウスが立ち上がったのがわかった。

「……わかった。しかし定期的に近況を報告に来るように。もちろんリル本人が、だ。

今も君は、私のかわいい姪《めい》なのだからね」

優しくそう言って頭を撫《な》でてくれたシリウスの掌《てのひら》は、温かかった。

その温《ぬく》もりが心地よくて、ずっと頭を下げたままでいたいと思ったのは内緒だ。

＊　❖　＊

シリウス叔父《おじ》様の了解も得て、私は晴れてカノープス様の従者《じゅうしゃ》として再始動した。ちなみに、叔父《おじ》様呼びも継続だ。

といってもなんてことはない、前のように掃除したり料理したり、おおよそ主婦活動だけれど。

でも、副団長が私を保護対象とはっきり認識したせいで、ちょっとややこしいことになっている今日この頃。

「こんな時間まで何をしている」

それは私が眠る前のほんのわずかな時間に、ミハイルに借りた本を読んでいた時のこと。

副団長の部屋に繋《つな》がる扉がノックされたと思ったら、振り返る間もなく速攻で開けられた。

ベッドに座って本を読んでいた私を、彼がぎろりとにらむ。

副団長の姿は、現在、私にはエルフの姿で見えている。

どうやらシリウスはあの場で副団長の術を解いたのではなく、私の目にまやかしの術が効かないよう魔法をかけたらしい。

おかげで副団長が今までに増してきらきらしているので、私はいつも目のやりどころに困っていた。

今度頼んで、この術は解いてもらおう。

「何と言われましても……今日学んだことを復習しております」

「子供が夜更《よふ》かしなどするな。早急にベッドに入れ」

「は、はあ……」

何を言うかと思えば、あんたはおかんか。

彼の視線があまりにも厳しいので、私はベッドサイドのボードに本を置いてベッドに入った。

副団長は満足して、部屋を出ようとする。

「おやすみなさいませ。カノープス様」

「…………ああ、おやすみ」

ものすごく長い沈黙のあと、彼は小声で言うと足早に部屋を出ていった。

バタンと、心なしか強めに扉を閉じる音がする。どうやら照れているらしい。

このように、あれ以来副団長は、どうも躾《しつけ》の厳しい昭和おかんに変貌《へんぼう》してしまったらしいのだ。

美貌《びぼう》のエルフが性格おかんとか、誰が得するというのだろう……

私はベッドの中で寝返りを打ちながら考える。

これか？　彼が攻略対象に選ばれなかった理由はこれなのか？

ヒロインに「早く寝ろ」「食事中に喋《しゃべ》るな」「宿題をやれ」と言う攻略対象に、人気が出るとは思えない。

ごく一部のマニアックな層にはウケるかもしれないが……

そういう訳で、最近は主婦業務をしていても落ち着かない。

「こんなに朝早く起きる必要はない」とか、「きっちり睡眠を取らないと成長に差し障《さわ》る」、「重いものは無理して持たずに大人に頼め」、「子供がフライパンを使うとは何事だ」――

その割にケーキは捨てがたいみたいだけど。

最初は呆気《あっけ》にとられていたが、最近は鬱陶《うっとう》しくてしょうがない。

二十歳を過ぎた頃、口うるさい実家の母親を面倒に思っていた時と同じ状況。

あー！　一人暮らししたい！　これじゃうっかり部屋を散らかしでもしたら、なんて言われるか。一度一人暮らしを体験してしまった人間に、これはつらい！

私はベッドでゴロゴロしつつ、副団長の態度への対応策を考えた。

しかし有用な策が見つからないうちに、私は深い眠りに呑みこまれてしまう。

まあでも、誰かにおやすみって言ってもらえるのは、正直嬉しいんですけどね。


「……それは本当にカノープス様の話か？」

次の日の夜、あらかたの仕事を片付けてミハイルのところへ行き、私は彼の授業を受けていた。

場所は彼の寮の部屋で、今日はゲイルも顔を出している。

二メニラ——一時間ほどの講義のあと、私は雑談のつもりで彼らに最近の悩みを相談してみた。

相談料はお茶請《う》けのクッキーだ。

「想像できんな。あの方は騎士の訓練の際も、必要最低限しか発言なさらない」

「でも本当だよ。夜は早く寝ろって部屋に来るし、危ないことはするなって言われる。でも、それじゃお仕事もまともにできないし……」

部屋には三人だけなので、口調も自然と砕《くだ》けたものになる。

三人でテーブルを囲んでいると、まるでステイシーの家に戻ったみたいだ。

私の発言に、二人は苦いものを食べたような、気が抜けたような変な顔をした。

いや、気持ちはわからなくない。

「なんというか、知りたくなかったな……」

「父親としてはありがたいというか、羨《うらや》ましいというか……」

ぶつぶつ言う二人に、やっぱり副団長は騎士団内ではお小言《こごと》を言わない人なのだと知る。

「自分が未熟なのはわかってるけど、もっと注意されなくなる方法ってないかなぁ」

『俺が黙らせてやろうか？』

退屈そうにしていたヴィサ君が、私の脳内に囁《ささや》いてくる。

『私が望んでるのはそういうことじゃないよ』

脱力して脳内でヴィサ君を諌《いさ》めていると、首をひねっていたゲイルが苦笑した。

「リルは手のかからない子だから、俺達も滅多《めった》に注意なんてしないものな」

「子供は叱《しか》られるのが仕事だと思って諦《あきら》めろ。そういうことをあえて言ってくれる人は貴重だぞ」

ミハイルも笑って私の頭を撫《な》でてくる。

うう、もうちょっと力加減を覚えてください。首がもげる。

「それか、どうしても嫌ならば、もっと自分が役立つことをアピールしてみるのはどうだ？」

「役立つこと？」

「たとえば、おいしい料理を提供するとか」

「朝食は作ってるよ？　カノープス様は甘いものがお好きみたいだから、ケーキも焼くし」

「なんだと！　俺達にはたまにしか食べさせないくせに」

「だってあっちはお仕事だもん」

「はあ、父親は俺なのに……」

ミハイルと私が言い合っていると、横でゲイルが寂《さび》しそうにため息を吐いた。

私はちょっと申し訳なくなったので、今度彼の好きなデザートを作ってあげようと決めた。

それにしても、ほんの少し前まではどんな罰を受けるかと震えていたというのに。また今のような時間を過ごせるようになって、本当によかった。それに関しては、叔父《おじ》様の機転に感謝感謝だ。

「とにかく、他に役に立てることって何かな？」

気を取り直して問いかけた私に、二人は首をひねる。

「うーん、カノープス様と言えば書類仕事に忙殺《ぼうさつ》されていらっしゃるイメージしかないからなぁ」

「書類仕事？」

「ああ、主《おも》に報告書だが。団長は書類仕事が苦手だから、自分の分もカノープス様に押しつけていらっしゃるんだ」

「何それ、ひどい」

団長様はダメ上司ということか。

二人は苦笑いだ。

「そう言うな。代わりに団長は副団長の苦手な社交界での付き合いを一手に引き受けていらっしゃるし、要は持ちつ持たれつなんだよ」

「ふーん……」

「とはいえ今は、主計官《しゅけいいかん》殿が病気で寝込んでらっしゃるからな。忙しさは数割増しだろう」

「主計官《しゅけいいかん》って？」

「簡単に言うと、騎士団の事務方のトップだな。騎士団は国に属しているが、内部にも会計機関を持っている。これは怠惰《たいだ》王の治世《ちせい》に騎士団がクーデターを起こそうとした時の名残《なごり》で、騎士団の予算はそこで管理されているんだ」

怠惰《たいだ》王というのは確か何代か前のダメな王様の異名だ。

具体的に何をしたのかは、まだミハイルの授業で習ってないからわからない。けれど、この人のせいでメイユーズの国力は、一時期とても弱まってしまったのだそうだ。

シリウスがいたから辛《かろ》うじて他の国に併呑《へいどん》されずに済んだと、前に借りた本で読んだ覚えがある。

「その人が寝込むとどうなるの？」

普通の会社だったら、直属の上司や部下が仕事を代行したりするんだろうが。

「主計室《しゅけいしつ》の書類の決裁は、基本的に主計官《しゅけいかん》か副団長か団長にしか許されていない。実情は、カノープス様に丸投げだ」

ミハイルは副団長に同情するように言った。

ゲイルも深刻そうな顔をしているから、よほどの事態なのだろう。

ミハイルの部屋から戻って自室で一人になると、私は四畳半の狭い部屋のベッドに横たわり、窓から月を見上げた。

クレーターのないつるりとした月は、完全な円には少し足りない。

この世界の月は前の世界とは違い、月に一度だけ満ちたり欠けたりする。つまり、一《ひと》月《つき》の間は同じ形の月が昇《のぼ》り続けるのだ。満月が昇《のぼ》るのは青月《せいげつ》──六月だ。今は青月《せいげつ》の一つ前の緑月《りょくげつ》だから、少しだけ欠けた月になる。色濁月《しょくだくげつ》は一月《ひとつき》ずっと新月が続くので、気が滅入ってしまう。

毎日同じ月を見るというのは、前世の記憶を取り戻したばかりの頃は奇妙な気分だった。それも今では随分と慣れてしまった。

なんとなく寝つけず、私は先ほどのミハイルの話を思い出す。

言われてみれば、確かに最近の副団長は以前にも増して朝も早いし夜も遅い。さらに私の面倒まで見ようとしているのだ。いくら有能なエルフとはいえ、さすがにオーバーワークだろう。

私は先ほどまで二人に愚痴《ぐち》っていた自分の態度を反省した。

副団長は感情を顔に出さない方だ。よく観察しないと彼の気持ちや状態は読み取れない。

そういえば最近お出しするお茶には、砂糖を多めに入れているような気がする。

有能な従者《じゅうしゃ》というのは、主人が顔に出さずともそういうところを読み取るんじゃないのか？

仕事仕事と言っていたにもかかわらず、私は本当に大切な仕事はちっともできていなかったのだ。

自己嫌悪で苦しかった。それを紛《まぎ》らわすために寝返りを打ってみる。ベッドの枕元では、ヴィサ君が気持ちよさそうに眠っていた。

「ふふ……」

思わず気持ちが緩《ゆる》む。

ヴィサ君は自分を偉い精霊だと豪語《ごうご》する割に、寝顔はとてもかわいくてずるい。

間の抜けた寝顔を見ながら、私はため息を吐《つ》いた。

空回り、してるな。

そもそも、私は王子のお役に立ちたくて、王都に戻ってきた。あの村での穏やかな生活を捨てて。

もしメリス家の義母に見つかれば命はないし、ゲイルやミハイルに現在進行形で多大な迷惑をかけてもいる。

それでも、もう一度、会いたくて。叶うならば彼の力になりたくて。あの人の治世《ちせい》に、私の母のように哀《あわ》れな死に方をする人が減ると信じて。

「なんか、今さらながらに無謀《むぼう》な人生」

自分から死地に飛びこむような選択ばかりを繰り返している。

私はきっと、ゲーム転生には向いていないのだろう。

それでも、ここまで来たらやめられない。ならいっそのこと、突き進むしかない。

賭《か》けるのは私の命一つ。降参するのは死ぬ時だ。

「最初は、カノープス様に一点賭《が》けかな」

このところ疲労困憊《こんぱい》しているらしいおかん気質の上司を思い出し、私はちょっと笑った。

そうだ。私の野望は騎士団の中じゃ終われないのだ。

副団長の従者《じゅうしゃ》で留まっていては、王子には辿《たど》りつけない。

迷っている暇《ひま》なんてない。迷いは心を弱くするだけだ。

おっちょこちょいだけど熱い精霊と、健康だけれど小さな体。

それに二十五年分の前世の記憶。

日本で暮らしていた前世の私は、世界がどうなろうと別に知ったことじゃなかった。

ただ自分が楽しければよくて、自分の周りの人だけが幸せならそれでよかった。

両親がいて友人がいて恋人がいて、働いてお酒を飲んでたまに愚痴《ぐち》った。買い物して遊びにいって犬と戯《たわむ》れて、それがどんなに尊い日々かなんて、考えもしなかった。

〝当たり前〟をなくして初めて、私はどれだけあの生活を愛していたかを知った。

リシェールとしての暮らしは、傷つくことばかり。

母を病《やまい》に奪われ、義母には疎《うと》まれた。きっと前世の愛された記憶がなかったら、私はとっくに自暴自棄になっていたと思う。そして何もかも恨《うら》んで、手当たり次第、人のせいにするような醜《みにく》い人間になっていただろう。

――それはまるで、ゲームのリシェール・メリスのように。

でも、私は違う。少なくとも、今の私は違うと断言できる。

私はたくさんの宝物を持っている。

たとえば、ずっとそばで私を勇気づけてくれるヴィサ君や、エルフで叔父《おじ》馬鹿属性のシリウス。優しくて立派な王子との出会いに、見ず知らずの私に優しくしてくれたリズ、それにアルとエルとの生活も。

身勝手なようでいて、本当に危ない時には身を挺《てい》して庇《かば》ってくれるミハイル。私を養子にしてくれたゲイルとミーシャには、どんなに感謝しても足りない。

それにわかりづらいけれど、ちゃんと私をいたわってくれる上司も……

本当なら出会わなかったはずの人達に支えられて、今日の私は生きている。

私はもう、この世界をゲームの中だなんて思わない。

大切な人達が生きるこの世界で、私もずっと、生きていく。

そう決意したところで、急に眠気が襲ってきた。私は気持ちよさそうな寝息を立てるヴィサ君の背をそっと撫《な》で、ゆっくりと目を閉じた。

書き下ろし番外編

エルフに思うこと

私の名前は、リシェール・メリス。

侯爵が市井《しせい》の女に産ませた庶子《しょし》であり、ついでに『恋するパレット～空に描く魔導の王国～』というクソゲームに転生した、享年二十五歳の転生者である。

さらに最悪なことに、私はこのゲームの中で主人公の邪魔《じゃま》をする悪役なのである。

ああ嫌だ嫌だ、わざわざ誰かに憎まれるような役なんてやりたくない。

なのでそんな運命からは全力で逃げたい所存ではあるのだが、そうはいかない理由が私にもある。

「起きていたのか」

いまだに身の置き場がない侯爵家の自室に、やってきたのは白銀の髪を持つ、耳の尖《とが》った美青年だった。

彼の名前は、シリウス・イーグ。

不老不死のエルフであり、この国で魔導省という魔導を司《つかさど》る省庁の長《おさ》をしている。

ゲームの攻略対象だけあって、その顔は眉目秀麗《びもくしゅうれい》。エルフはみんなそうらしいが、他のエルフを見たことがないので私からはなんとも言えない。

わかることといえば、目の前のエルフがとても美しいことと、そして魔力を暴走しかけた私を、定期的に見舞《みま》ってくれる優しさを併《あわ》せ持っていることである。

決して大げさではなく、彼がいなければ私は死んでいた。

前世の記憶を思い出し、下民街《げみんがい》を破壊こそせずに済んだものの、引き取られた侯爵家で私は孤独だった。

世話こそされるものの、積極的に私に関わろうとする人は誰もいない。

父親である侯爵すら、碌《ろく》に顔を見せない有様である。

そんな中で彼だけが、侯爵家の人間でないエルフの彼が、私を心配してこうして定期的に様子を見に来てくれる。

魔力多寡《たか》によって病んだ体は、シリウスに魔力を抜いてもらうことでなんとかもっている。

もし彼がいなかったらなんて、考えたくもない。

もし私にゲームの知識がなかったら、シナリオ通りシリウスと親密になっていく主人公に嫉妬《しっと》して嫌がらせをしただろう。

その嫌がらせによって、どんな結末が待っているかも知らずに。

だって、一人と言わず十人くらいの人生を狂わせていそうな美貌《びぼう》だもの。

いや、このお方は不老不死だから、もしかしたら通算で百人ぐらいは狂わされているかもしれない。

もはやただの地獄絵図である。

「どうかしたのか？」

おかしなことを考えていたせいで、じっと見つめすぎた。

視線に気づいたシリウスが、優雅に小首を傾《かし》げている。白銀の髪がさらりと音を立てた。

どうやら小首を傾《かし》げて様《さま》になるのは、かわいい女の子の専売特許ではないようだ。

「いえ、お美しいなと……」

油断していたので、思っていたことがそのまま口からこぼれ落ちた。

魔力を抜いてもらわないと喋《しゃべ》ることすらままならないので、ある意味シリウスの治療のおかげとも言えるが。

普段は思ったことを口にするどころか、熱に浮かされて思考することすらままならないので、つい油断してしまったのだ。

「そ、そうか？」

するとエルフの麗人は、涼しい顔をしつつも耳をぴこぴこと動かした。どうやら照れているらしい。

エルフ――と言うかシリウスが感情を昂《たかぶ》らすと耳が動くと気づいたのは、つい最近のことだ。

と言っても、本人に確かめたわけではないので、本当に感情が昂《たかぶ》っているのかはわからない。ただそうかもしれないという予測を立てているだけで。

不思議なのは、前世で飼っていた犬を思い出すことだ。シリウスに対して失礼極まりないのは承知の上で、その白銀の髪が、雪のように真っ白だった飼い犬を思い出させるのだ。

転生したということは、私はあちらの世界ではもう死んでいるのだろう。

散歩に行く人間がいなくなって困っていないか。私がいなくなって寂《さび》しがっていないかと、飼い犬を思い出すたびに切ない気持ちになる。

「どうした？」

悲しい気持ちが伝わったのか、シリウスが顔を心配そうに覗《のぞ》きこんでくる。

魔力を吸い取ってもらうと、感情まで伝わったりするのだろうか。悲しみを顔に出したつもりはないのだが。

私はなんでもないと言葉にする代わりに、首を左右に振った。

汗で濡《ぬ》れた髪が頬に張りつく。

シリウスはそれを見ると、魔法で布巾《ふきん》と水の入ったボウルを出した。

「気持ち悪いだろう」

そう言って、手ずから布を絞《しぼ》り、拭《ぬぐ》ってくれようとする。

さすがにそこまではさせられないと、私は彼の大きな手から逃《のが》れようとした。

見た目は子供だけれど、精神は二十五歳の女である。麗人に汗だくの体を拭《ぬぐ》われるなど、耐えられるはずがない。

「じ、自分でできます」

だが、病み衰えた子供の抵抗力など、たかが知れている。

布が顔に触《ふ》れたかと思うと、その温かさと心地よさに抵抗が思わず溶けた。

どうやらボウルの中は水ではなくお湯だったようだ。何から何まで気が回るエルフである。

私はその隙《すき》にあっという間にシリウスに捕らえられ、頭どころか全身拭き清められてしまったのだった。

うう、この感情は言葉にできない。

猛烈《もうれつ》な恥ずかしさとやるせなさが襲ってきて、体調がよくなったはずなのに、ひどく疲れてしまった。

そしてまたしても魔法で布巾《ふきん》とボウルをどこかにしまいこんだシリウスは、涼しい顔をしていて、一人であわてている自分が一層憐《あわ》れになる。

それにしても、この国に一人しかいないエルフに、こんなことをさせてしまっていいのだろうか。

人を呼んで任せるなりすればいいのにと、私は八つ当たりめいた視線をシリウスに向けた。

一方でシリウスはと言えば、一仕事終えた満足感のようなものまで醸《かも》し出している。

意外に子供好きなのだろうか。

ゲームにそんな設定はなかったと思うが――

「他に何か、してほしいことはないか？」

優しく尋ねられ、さらに困惑は深まる。

私は首を左右に振って、彼の厚意から逃《のが》れようとする。

いくらなんでも、優しすぎるのではないか。

まう。

特に現世の保護者が碌《ろく》でもない人間なので、シリウスの優しさがより一層染みてしまう。

さすが乙女ゲームの攻略対象キャラと思わなくもないが、シリウスはどちらかというとクーデレ――つまりクールで主人公に対してだけ、デレを見せるキャラだったと記憶している。

クールキャラが幼女の世話に手慣れているって、はたしてどうなのだろうか。

疲れ果てた頭でそんなことを考えていると、これ以上やることがないと知ったシリウスが、少ししょんぼりしているのが伝わってきた。

がっかりではない。しょんぼりである。

決して口に出さないし、態度もわかりにくいが、とにかくシリウスが気落ちしているのが伝わってくる。

やっぱり、魔力を抜いてもらう行為は、相手に感情が伝わってしまうのかもしれない。

しかしどれだけしょんぼりされたところで、私の返事は変わらない。というかこれ以上世話されようものなら、体調がよくなるどころか、さらに寝込んでしまいそうである。

私を気遣ってくれるというのなら、どうかこれ以上の看護はご遠慮いただきたい。

『いい加減にしないと嫌われるぞ、シリウス』

実はずっと、近くにいた精霊ヴィサークことヴィサ君が、布団《ふとん》の上でゆっくりとしっぽを振っていた。

どうやらこのエルフと精霊は古い知り合いらしく、その言葉には遠慮の欠片《かけら》もない。

私としては、あまりシリウスを刺激するようなことを言わないでもらいたいのだが、ヴィサ君は私と契約こそしているものの、私に従っているわけではないので、その行動は基本自由なのである。

「そんなことはない」

口では否定しつつ、シリウスはなぜか不安そうに私を見た。

どうしてこっちを見るのか。

そんなことはないって自分で言ったじゃないか。

「……ヴィサ君」

隙《すき》あらばシリウスに意地悪をしようとするヴィサ君を、私はそっと窘《たしな》めた。

二人とも、幼女の心にこれ以上心労をかけないでほしいものだ。

どっと疲れを感じて、私はうとうとしはじめた。

「それでは、そろそろ失礼する」

そう言って、シリウスは名残惜《なごりお》しそうに部屋を出ていった。

名残惜《なごりお》しいのはこちらも同じだ。この家ではまともに話しかけてくれる相手なんてヴイサ君ぐらいなので、久しぶりに他の相手と喋《しゃべ》れたのはすごく嬉しかった。

せめてそれだけは伝えたくて、私はシリウスの服の裾《すそ》を掴《つか》む。

「どうした?」

それに気づいたエルフが、不思議そうにこちらを振り返る。

「また、来てくださいますか?」

寝ぼけながら言うと、シリウスはこくこくと何度もうなずいた。

私は嬉しくなって、安堵《あんど》して穏やかな眠りに呑みこまれていった。

シリウスに対して感じる懐《なつ》かしさの本当の理由を、知らないままに。

異世界王子の年上シンデレラ
Cinderella of the Prince in Another World
原作 夏目みや Miya Natsume
漫画 文月路亜 Roa Fuduki
RC Regina COMICS

RC Regina COMICS
令嬢はまったりをご所望。
1~2
原作 三月べに
漫画 梶山ミカ
アルファポリスWebサイトにて
好評連載中!
もふもふファンタジー
待望のコミカライズ!
過労により命を落とし、とある小説の世界に悪役令嬢として転生してしまったローニャ。彼女は自分が婚約破棄され、表舞台から追放される運命にあることを知っている。
だけど、今世でこそ、平和にゆっくり過ごしたい!
そう願ったローニャは、小説通り追放されたあと、ロトと呼ばれるちび妖精達の力を借りて田舎街に喫茶店をオープン。すると個性的な獣人達が次々やってきて——?
B6判・各定価:本体680円+税
大好評発売中!
アルファポリス 漫画
検索
令嬢は まったりを ご所望。 2
三月べに
梶山ミカ
悪役令嬢 カフェ
妖精ともふもふ獣人達に囲まれて幸せ満喫中!?
アルファポリス

本書は、2014年11月当社より単行本として刊行されたものに書き下ろしを加えて文庫化したものです。


この作品に対する皆様のご意見・ご感想をお待ちしております。

おハガキ・お手紙は以下の宛先にお送りください。

【宛先】

〒150-6008 東京都渋谷区恵比寿4-20-3 恵比寿ｶﾞｰﾃﾞﾝﾌﾟﾚｲｽﾀﾜｰ 8F
（株）アルファポリス　書籍感想係

メールフォームでのご意見・ご感想は右のＱＲコードから、
あるいは以下のワードで検索をかけてください。

アルファポリス　書籍の感想　検索

ご感想はこちらから

レジーナ文庫

乙女《おとめ》ゲームの悪役《あくやく》なんてどこかで聞《き》いた話《はなし》ですが 1

柏《かしわ》 てん

2021年1月20日初版発行

文庫編集－斧木悠子・宮田可南子
編集長－太田鉄平
発行者－梶本雄介
発行所－株式会社アルファポリス
〒150-6008 東京都渋谷区恵比寿4-20-3 恵比寿ｶﾞｰﾃﾞﾝﾌﾟﾚｲｽﾀﾜｰ8階
TEL 03-6277-1601（営業）　03-6277-1602（編集）
URL https://www.alphapolis.co.jp/
発売元－株式会社星雲社（共同出版社・流通責任出版社）
〒112-0005 東京都文京区水道1-3-30
TEL 03-3868-3275
装丁・本文イラスト－まろ
装丁デザイン－ansyyqdesign
印刷－中央精版印刷株式会社

価格はカバーに表示されてあります。

落丁乱丁の場合はアルファポリスまでご連絡ください。

送料は小社負担でお取り替えします。


ISBN978-4-434-28377-2 C0193